CAROLINE SENDELE

Chiemgau-Schweigen

ANGST AUF DER ALM Nach einem Interview, in dem sie die Benachteiligung älterer Schauspielerinnen bei der Rollenvergabe beklagt, sieht sich Filmstar Sanna Schweigart Belästigungen durch begeisterte Fans und Bedrohungen von Hatern ausgesetzt. Sie beschließt, München vorerst zu verlassen. Das Ziel der Auszeit, eine einsame Hütte im Chiemgau, verrät Schweigart nicht. Journalistin Katharina Langenfels macht sich zunehmend Sorgen, als sie nichts mehr von der Schauspielerin hört. Vor ihrem Verschwinden hatte sie von zudringlichen Mails eines Stalkers berichtet. Ist der Filmstar in Sicherheit? Katharinas Mitarbeiterin Birgit Wachtelmaier nimmt die digitale Verfolgung des Stalkers auf. Ein moderner Kini aus Gstadt am Chiemsee gerät ins Visier der begnadeten Hackerin. Ist seine Verehrung für den bayerischen Märchenkönig Ludwig II. nur Tarnung? Als ein Toter aus Sannas Umfeld gefunden wird, beginnt ein nervenaufreibender Wettlauf gegen die Zeit. Katharina steht bald vor menschlichen Abgründen.

© Winfried Bartsch

Caroline Sendele wurde 1965 in Heidelberg geboren. Aufgewachsen in München verbrachte sie viel Zeit am Chiemsee. Während des Studiums verließ sie Bayern und ging für einige Monate nach Sevilla. Ihr Magisterstudium in Germanistik, Spanisch und Geschichte schloss sie in Freiburg ab. Ein Volontariat beim Privatradio eröffnete ihr den Weg zum Journalismus. Einige Jahre arbeitete sie bei SWF3/SWR3 in Baden-Baden als Redakteurin und Moderatorin. Auch im SWF/SWR Fernsehen hat sie verschiedene Sendungen präsentiert. Aktuell ist sie Teamchefin der Nachmittagssendung »Kaffee oder Tee« im SWR Fernsehen. Ihre Herzensgegend ist der Chiemgau geblieben. Der besondere Menschenschlag und die wunderbare Landschaft inspirieren sie – nicht nur zum Schreiben.

CAROLINE SENDELE

Chiemgau-Schweigen

KRIMINALROMAN

GMEINER

Personen und Handlung sind frei erfunden.
Ähnlichkeiten mit lebenden oder toten Personen
sind rein zufällig und nicht beabsichtigt.

Immer informiert

Spannung pur – mit unserem Newsletter informieren wir Sie
regelmäßig über Wissenswertes aus unserer Bücherwelt.

Gefällt mir!

Facebook: @Gmeiner.Verlag
Instagram: @gmeinerverlag

Besuchen Sie uns im Internet:
www.gmeiner-verlag.de

© 2024 – Gmeiner-Verlag GmbH
Im Ehnried 5, 88605 Meßkirch
Telefon 0 75 75 / 20 95 - 0
info@gmeiner-verlag.de
Alle Rechte vorbehalten
1. Auflage 2024

Herstellung: Mirjam Hecht
Umschlaggestaltung: U.O.R.G. Lutz Eberle, Stuttgart
unter Verwendung eines Fotos von: © Outdoorpixel / stock.adobe.com
Druck: GGP Media GmbH, Pößneck
Printed in Germany
ISBN 978-3-8392-0674-4

»Das Wunder, auf das ich so lange gewartet habe, bin ich selbst.«

Selma Lagerlöf, schwedische Schriftstellerin

*

»Ein ewiges Räthsel will ich bleiben mir und anderen ...«

Ludwig II. von Bayern, Brief an die
Schauspielerin Marie Dahn-Hausmann
vom 25. April 1876

ANFANG JULI 2023
DONNERSTAGVORMITTAG,
MÜNCHEN, KAISERSTRASSE

»… deswegen werde ich erst mal abtauchen.« Sanna Schweigart scrollte resigniert über ihr Tablet. »Ich könnte ewig weiterlesen, ›vertrocknete alte Schachtel‹, ›lass dir doch ne Glatze rasieren, hässlicher kannste ja nicht mehr werden‹, ›arrogante Bonzen-Zicke‹, ›Was glaubst du denn, wer du bist? Nix drauf, aber die Klappe aufreißen‹, ›Vorsicht, Schlampe, es sind nicht alle deine Fans‹.« Die Schauspielerin legte das Tablet vor sich auf den Parkettboden und starrte traurig darauf.

Damit hatte Katharina Langenfels nicht gerechnet. »Wie viele Kommentare dieser Art bekommen Sie pro Tag?«

Sanna Schweigart war eine der besten und erfolgreichsten Schauspielerinnen Deutschlands. Sie wollte sich vorerst aus der Öffentlichkeit zurückziehen, weil sie den Hass nicht mehr ertrug. Um das bekannt zu machen, hatte sie Katharina ein Exklusivinterview angeboten.

»Ich zähle sie nicht mehr. Eigentlich lese ich sie auch kaum noch. Schon von den paar hier wird mir schlecht. Am Anfang habe ich manchmal geantwortet, aber das hat in den sozialen Medien gar keinen Sinn. Die, die dich hassen, sind durch Argumente nicht zu überzeugen. Die meisten Beleidigungen werden sowieso unter Fake-Namen geschrieben, erbärmlich.«

Die beiden Frauen saßen nebeneinander auf der eleganten braunen Wildledercouch in Schweigarts Münchener Wohnung.

»Das ist alles eine Reaktion auf Ihren Auftritt bei Linser?«

Sanna Schweigart nickte. Vor zwei Wochen war sie in der täglichen Talkshow von Michael Linser zu Gast gewesen. Sie hatte sich getraut, das Thema der Rollenvergabe an ältere Schauspielerinnen anzusprechen. Auch ihr ehemaliger Manager Achim Wedel, der sie lange dazu gedrängt hatte, ihre grauen Haare zu färben, hatte sein Fett wegbekommen.

Katharina hatte sich vor dem Fernseher schlapp gelacht, wie gut Schweigart den schleimigen Wedel nachahmen konnte. »Mei, Sanna, du wirst auch nicht jünger. Da musst du dich schon auch nach der Decke strecken. Sonst kriegst du bald keine Rollen mehr. So ein bisschen Farbe auf dem Kopf, ist doch wurscht.«

Katharina hatte Wedel vor ein paar Jahren bei einer Recherche über den Fernsehmoderator Robert Adelhofer kennengelernt. Sie hatte damals noch als Reporterin beim Nachrichtenmagazin »Fakten« gearbeitet. Wedel war ihr direkt unsympathisch gewesen.

Dass Schweigart ihn geschasst hatte und seither ohne Management arbeitete, war in der Klatschpresse freudig breitgetreten worden.

»Üble Kommentare gab es vorher auch schon, aber jetzt ist es explodiert. Ich schätze mal, die Silberrücken-Bemerkung war zu viel.« Sanna strich das halblange graue Haar zurück, das sich weich um ihr Gesicht legte, und starrte ins Leere. Ihr Hund, ein plüschiger schwarz-weißer Border Collie, der halb auf dem cremefarbenen Wollteppich und halb auf den nackten Füßen seines Frauchens lag, stand auf und legte den Kopf in Schweigarts Schoß. Sanna streichelte das Tier und lächelte traurig. »Ja, du willst mich trösten. Bist so ein Lieber, Knurrhahn.«

Der Hund schaute sie treuherzig an und begann, ihre Hand abzulecken.

Sanna Schweigart war mit ihren Anfang 50 eine sehr attraktive Frau. Das dunkle Braun ihrer Augen betonte sie mit dezentem Kajal und Wimperntusche. Kleine Fältchen gaben ihrem Blick mehr Tiefe. Das hellblaue, kurze Leinenkleid harmonierte mit den Haaren und setzte ihre schlanken Beine in Szene. Der angenehme Duft eines fruchtigen Parfums umwehte die Schauspielerin.

Eine echte Dame, dachte Katharina.

Die Altbauwohnung in der Schwabinger Kaiserstraße war ein Wohlfühlort. Die dicken Mauern sorgten trotz der sommerlichen Temperaturen für ein gutes Raumklima. Traumhaft hohe Decken und glänzendes Fischgrätparkett, auf dem nur vereinzelt Teppiche lagen, hielten den Jugendstil in der Wohnung lebendig. Ein riesiges Mandala, das gegenüber vom Sofa hing, gab dem Raum Ruhe. Kräftige Orange-, Rot- und Blautöne zogen die Betrachterin in das kreisförmige Bild hinein. Der historische Stuck bildete einen perfekten Kontrast. Katharina entdeckte keinen Fernseher. Auf einer antiken Kommode standen ein Foto von Sanna und ihrem Mann – dem renommierten Physiotherapeuten Johnny Angerer – und eine ganze Serie von Bildern, auf denen Knurrhahn die Hauptrolle spielte.

»Ihr Hund ist entzückend. Meine Tochter hätte auch so gern einen. Aber uns fehlt einfach die Zeit.«

»Das verstehe ich gut. Aber wenn der Vierbeiner dann da ist, gibt man ihn nicht mehr her.« Schweigart drückte ihr Gesicht in Knurrhahns flauschigen Nacken. Der Hund hob kurz den Kopf. Seine Augen waren bis auf einen schwarzen Streifen, der vom linken Auge abging, von weißem Fell umgeben.

»Verrutschter Kajal«, kommentierte die Schauspielerin schmunzelnd.

Ab dem Hals wechselten sich weiße und schwarze Fellteile ab, der Schwanz war komplett schwarz. Knurrhahn schleckte noch mal kurz Sannas Hand, als wolle er sich abmelden. Dann kuschelte er sich wieder zufrieden knurrend auf den Teppich.

»Haben Sie denn von Veiterer und Mollik selbst was gehört nach der Talkshow?«

Katharina hatten die Äußerungen Sanna Schweigarts zum Alter ihrer Kollegen Michael Veiterer und Damian Mollik gut gefallen.

»Was ist denn zum Beispiel mit den beiden Silberrücken im Münchenkrimi?«, hatte sie losgelegt. »Der eine läuft weiterhin in zu engen Jeans rum, beide stellen mit Würde und Selbstverständlichkeit ihre Falten und ihre grauen Haare zur Schau. Bei uns Frauen geht das nicht. Darauf habe ich keine Lust mehr.«

»Endlich spricht's mal jemand aus«, hatte auch Katharinas Mann Tobias begeistert vor dem Fernseher ausgerufen.

»Der Michi hat mir danach direkt gemailt, dass er mich versteht und es wirklich ungerecht sei, wie mit älteren Schauspielerinnen umgegangen wird. Als Profilbild hat er jetzt einen Silberrücken.« Schweigart lächelte. »Von Damian habe ich nichts gehört, aber ich glaube, der steht da drüber. Es gibt auch ansonsten reichlich Zustimmung, sowohl von Kolleginnen und Kollegen als auch von Fans. Zum Teil sprechen sie mich auf der Straße oder im Supermarkt an, um mir zu sagen, wie mutig sie das fanden. Die

Hater sind aber leider auch nicht zurückhaltend. Von Kot im Briefkasten bis zu Bespucken auf der Straße war alles dabei in den letzten beiden Wochen. Die Plissees hab ich neu anbringen lassen.«

Katharina hatte sich schon gewundert, warum weiße Abdeckungen über den kunstvollen Jugendstilfenstern den Blick auf die Kaiserstraße verdeckten. Die Plissees, die die Münchener Sommersonne aussperrten, waren sicher teure Maßanfertigungen, denn die Fenster bestanden aus unterschiedlich großen Ovalen.

»Bisher habe ich mir nie Gedanken darüber gemacht, ob aus dem Haus gegenüber hier hereingefilmt werden könnte, jetzt schon. Als ob der ganze Müll, den ich geschickt und gesagt kriege, nicht schon genug wäre, hat jemand meinen privaten Insta-Account ausfindig gemacht und schreibt mir seit Kurzem Nachrichten, nennt sich ›Sannalover23‹.« Schweigart verdrehte die Augen. »Er will mich treffen und er wird mich treffen, er weiß alles über mich und so weiter.« Schweigart deutete angewidert auf ihr Tablet. »Ich nehme das nicht sonderlich ernst, aber wenn es in die Privatsphäre geht, dann reicht es einfach.« Die Schauspielerin strich sich traurig durch die Haare.

»Die Polizei kann nichts tun?«

»Ich könnte Anzeige erstatten. Aber es würde vermutlich nichts dabei herauskommen. Ich werde ja nicht konkret bedroht.« Sanna schaute nachdenklich vor sich hin. »Auch bei der Polizei gibt es undichte Stellen. Dann steht der ganze Mist in der Zeitung und alles wird noch schlimmer. Ich versuche erst mal, selbst damit klarzukommen. Aktuell habe ich kein Projekt, erst nächstes Jahr wieder eine Rolle in einer Liebeskomödie. Man braucht mich hier gerade nicht. Also kann ich auch mal neue Wege gehen.«

»Das klingt spannend. Weil Sie sagen, Sie haben aktuell kein Projekt: Hatte die Absage für ›Affären‹ den Grund, dass Sie dem Regisseur zu alt waren?« Katharina hatte recherchiert, dass in dem hochkarätig besetzten Mehrteiler um die Mauscheleien von Rita Berberer, der Intendantin einer öffentlich-rechtlichen Rundfunkanstalt, Sanna Schweigart ursprünglich die Hauptrolle übernehmen sollte. Kurz vor Drehbeginn hatte die Produktionsfirma dann bekanntgegeben, dass die jüngere Anita Arensburg die Intendantin spielen würde.

»Gesagt hat mir das so natürlich niemand. Aber dass Achim insistierte, ich solle mir endlich die Haare färben, und Bemerkungen beim Casting legen das nahe. Bei ›Linser‹ habe ich mich diesbezüglich bedeckt gehalten. Ich wollte mich nicht komplett um Kopf und Kragen reden.«

»Was für Bemerkungen?«, hakte Katharina nach.

»›So viel Fältchen hat die Berberer nicht um die Augen, aber das kriegen wir schon hin, Schätzchen.‹ Oder: ›Haben Sie mit Botox auch ein Problem, Frau Schweigart?‹ Dabei hat die Berberer zum einen graue Haare und zum anderen deutlich mehr Falten als ich. Sie ist ja auch viel älter. So authentisch wollte man es dann aber wohl doch nicht.«

»Verstehe. Und was meinten Sie eben mit den neuen Wegen, die Sie gehen wollen?«

»Ich nehme mir eine Auszeit, zusammen mit Knurrhahn. Hoffentlich wächst dann Gras über die Sache und ich kann wieder ein normales Leben führen, wenn ich zurückkomme.« Bei der Erwähnung seines Namens hatte der Hund kurz aufgeschaut, sich dann auf den Rücken gedreht und lag jetzt alle vier Pfoten nach oben gestreckt auf Sannas Füßen. »Wie Sie sehen, würde er es nicht akzeptieren, wenn er dableiben müsste.« Die Schauspielerin kraulte

Knurrhahn liebevoll den Bauch. »Mein Mann kann mich leider nicht begleiten, der ist unabkömmlich.«

Katharina wusste, dass Angerer sowohl in der exklusiven Theatinerstraße in München als auch in Prien am Chiemsee Physiotherapiepraxen betrieb – nur für Privatpatienten. Ihr bester Freund Oliver kannte Angerer seit dessen beruflichen Anfängen und war ihm in die Praxis in die Theatinerstraße gefolgt. Ansonsten gaben sich dort viele Prominente die Klinke in die Hand. »Geh zum Angerer« war ein geflügeltes Wort in betuchteren Münchener Kreisen.

»Verraten Sie mir, wohin es Sie zieht?«

»Das bleibt mein Geheimnis. Nehmen Sie mir das nicht übel, Frau Langenfels, ich schätze Sie sehr. Mit der Medell-Sache damals haben Sie einen starken Eindruck bei mir hinterlassen. Auch Ihr Umgang mit dem Fall Adelhofer war vorbildlich. Ich weiß, dass meine Geschichte bei Ihnen sehr gut aufgehoben ist. Dürfte ich Sie bitten, das Interview erst zu veröffentlichen, wenn ich abgetaucht bin? Dann können sich von mir aus alle das Maul zerreißen und spekulieren, wo ich bin. Und ich habe meine Ruhe.«

Katharina nickte. Zu hören, dass sie für ihre Arbeit geschätzt wurde, tat gut. Sie selbst neigte zu Selbstkritik. Es war vor allem ihre Freundin Birgit, die sie regelmäßig daran erinnerte, was für eine journalistische Koryphäe sie sei.

Nachdem sie vor Jahren eine rechte Schmutzkampagne gegen den grünen Landtagsabgeordneten Medell aufgedeckt hatte, war sie zu unfreiwilliger Berühmtheit gelangt. Kurz darauf hatte sie bei der Recherche über Robert Adelhofer die große Lebenslüge öffentlich gemacht, auf der seine Karriere als erfolgreicher Fernsehmoderator gründete. Nebenbei hatte sie herausgefunden, warum Adelhofers Bruder zu Tode gekommen war. Die Serie über Adelhofer hatte Katharinas Ruf endgültig zementiert und ihr den Weg zur Redaktionsleiterin von »Fakten« geebnet, einem der renommiertesten deutschen Nachrichtenmagazine. Als ihr ehemaliger Chef Bernd Riesche-Geppenhorst in Elternzeit gegangen war, sollte sie ihn zunächst kommissarisch vertreten. RG, wie Katharina ihn nannte, war aber überraschenderweise nicht zurückgekommen. Er bot ab und an noch als freier Mitarbeiter ein Thema an, »um nicht ganz aus der Übung zu kommen«.

Katharina hatte die Leitung fest übernommen und ihre Zeit als Reporterin bei »Fakten« hinter sich gelassen. Nur noch in besonderen Fällen schrieb sie selbst. Ein Interview mit Sanna Schweigart gehörte natürlich dazu.

»Nach meiner Auszeit spreche ich als Erstes mit Ihnen, das sage ich Ihnen jetzt schon zu. Sollte es vorher Berichtenswertes geben, kontaktiere ich zuerst Sie. Einverstanden?« Schweigart schenkte zwei Gläser Zitronenwasser aus einem Glaskrug ein. Seit Beginn des Gesprächs hatte der unberührt auf dem glänzend weiß lackierten Sofatisch gestanden. Jetzt hielt Sanna Katharina ein Glas hin und trank selbst einen großen Schluck. Die Schauspielerin wirkte erleichtert.

»Das freut mich sehr. Gut, verbleiben wir so. Ich gebe Ihnen meine Mobilnummer. Es könnte sich auch eine Kollegin um die Nachrichten auf Ihrem privaten Account kümmern, wenn Sie möchten. Frau Wachtelmaier ist unsere Digitalspezialistin. Für ›Fakten‹ wäre Stalken im Internet eine interessante Hintergrundrecherche. Ihren Namen halten wir natürlich raus.«

»Das klingt gut, vielen Dank! Vielleicht melde ich mich demnächst und erkundige mich nach dem Stand der Dinge.« Die Schauspielerin reckte zufrieden den Daumen hoch, als es dumpf klingelte. Es klang, als käme es aus Schweigarts Rücken. »Ach, da ist mein Festnetz, ich habe es schon die ganze Zeit gesucht.« Sie griff hinter sich und zog ein schnurloses Telefon hervor. »Ich verstecke es oft hinter dem Sofakissen vor Knurrhahn, damit er es nicht zum Spielzeug umfunktioniert, und dann vergesse ich selbst, wo es ist.« Schweigart meldete sich mit einem gut gelaunten »Hallo«. Sekunden später versteinerte sich ihre Miene, sie drückte die Beenden-Taste und stopfte das Telefon wieder hinter das Kissen. »Jetzt haben sie meine Festnetznummer. Unglaublich. Das ist noch nie passiert. Es ist eine Geheimnummer.« Die Schauspielerin war kreidebleich.

»Wer war das?« Katharina spürte Schweigarts Angst.

»Keine Ahnung. Jemand, der es offenbar ›geil‹ findet, mich am Telefon zu haben. Das hat er jedenfalls stöhnend kundgetan.«

Das Telefon klingelte erneut. Schweigart riss das Gerät hinter dem Sofa hervor und starrte darauf. Ihre Hand zitterte. Sie aktivierte den Lautsprecher und fauchte: »Rufen Sie hier nie wieder an.«

Bevor sie auflegte, hörten die beiden Frauen noch ein keuchendes »ich komm dich ficken«.

»Nichts wie weg hier.« Sanna Schweigart rutschte auf den Boden und fuhr unruhig durch das Fell ihres Hundes.

DONNERSTAGNACHMITTAG, MÜNCHEN, SENDLINGER TOR ARCHIV »FAKTEN«

»Das hat die Schweigart nicht verdient. So eine sensationelle Schauspielerin. Wobei, ein bissl Farbe in den Haaren würde sie schon viel jünger machen, aber gut. Jede so, wie sie will.« Die Archivarin von »Fakten« und Katharinas beste Freundin Birgit Wachtelmaier saß in ihrem Büro und hatte gespannt dem Bericht über das Interview gelauscht. Unter der roten Mähne, die Birgit heute offen trug, lugten als Ohrschmuck zwei kleine giftgrüne Fragezeichen hervor.

»Ich finde es bewundernswert, dass endlich mal eine der ganz großen Schauspielerinnen sich wehrt und die von Männern gemachten ungeschriebenen Regeln nicht mehr akzeptiert.«

»Sag ich doch. Aber dem Veiterer Michi und dem Mollik Damian stehen die grauen Haare halt schon sehr gut. Das mit den Silberrücken hätte sich die Sanna vielleicht sparen können«, meinte Birgit.

Katharina verdrehte grinsend die Augen. Wenn es um Optik ging, egal ob männlich oder weiblich, warf Birgit gern mal alle feministischen Prinzipien über Bord. Ihre Freundin nahm einen Schluck aus der schwarzen Jumbotasse mit der Aufschrift »Superheldin«. Katharina hatte sie ihr zu Beginn von Birgits Schwarz-Phase geschenkt. Exzentrisch kleidete sie sich schon seit der Trennung von ihrem Mann, einem spießigen Finanzbeamten. Zunächst war sie ein Fan schriller Farben und eigenwilliger Kombinationen geworden. Inzwischen trug sie nur noch Schwarz mit jeweils einem bunten Accessoire. »In den aktuellen Zeiten geht's nicht anders«, war ihr lapidarer Kommentar dazu. Katharina vermutete, dass auch Birgits 40. Geburtstag vor zwei Jahren zu dem Stilwechsel beigetragen hatte. Damals hatte sie schwer mit dem neuen Lebensjahrzehnt gehadert und Katharina beneidet, die ein Jahr vorher problemlos die 30er hinter sich gelassen hatte. Inzwischen hatte sich das gelegt und Birgit trug weiterhin selbstbewusst figurbetonte Kleidung, was ihre üppigen Formen zusätzlich hervorhob. Ihre 1,62 Meter streckte sie meist durch das Tragen atemberaubend hoher High Heels. Heute hatte sie ein ärmelloses schwarzes Top mit einer dreiviertellangen Leggins kombiniert. Dadurch kamen die schwarzen Stilettos mit Spitzeneinsatz besonders zur Geltung.

»Du willst keinen Kaffee mehr, richtig? Ist schon fast 17 Uhr.«

Katharina nickte.

»Ein Wasser? Oder noch viel besser …« Birgit zog eine Büchse aus einer ihrer Schreibtischschubladen, öffnete sie und hielt sie Katharina hin.

»Hm, Rooibos-Vanille, hast du den extra für mich gekauft?«

»Klar, Chefin, ich muss mich doch einschleimen.« Birgit schaltete den Wasserkocher ein und hängte ein Sieb mit Rooibos-Tee in eine weitere Jumbotasse, magentafarben mit der Aufschrift »beste Freundin«. Die hatte Birgit Katharina geschenkt und hielt sie für deren Besuche im Schrank bereit.

Die enge Verbindung der beiden Frauen hatte die Bewährungsprobe, dass Katharina auch Birgits Chefin geworden war, bestanden. In der Redaktion wurde natürlich über die zwei getratscht, aber das nahmen sie locker. Beruflich bevorzugt wurde Birgit von ihrer Freundin ohnehin nicht.

»Danke, du bist ein Schatz. Ich kann einen Tee brauchen. War stressig heute, erst das Interview und dann der Artikel über die Pressekonferenz des Umweltministers.«

»Aber bei dem Termin war doch der Zuwinkel?«

»Stimmt. Nur hat er viel zu lang und so einseitig geschrieben, dass ich den Text gerade quasi neu verfasst habe. Damit mir nicht langweilig wird.«

Birgit wusste, dass Zuwinkel Katharinas meistgehasster Mitarbeiter war. Die Mischung aus mangelnder journalistischer Kompetenz und dem Versuch, jeden Artikel in die Länge zu ziehen, um durch mehr Zeilen sein Honorar aufzubessern, war ein rotes Tuch für ihre Freundin. Dass Katharina eines seiner Machwerke wieder mehr als nur überarbeiten musste, würde dem Kollegen Ärger einbringen.

Birgit konnte den Wichtigtuer auch nicht leiden. Regelmäßig orderte er bei ihr im Kommando-Ton ausführliche Dossiers, meist mit dem Zusatz »sehr dringend«. Bei ihr biss er da allerdings auf Granit. Sie ließ sich Zeit und stellte genau so viele Infos zusammen, wie wirklich nötig waren. Resolut warf Birgit ihre roten Haare zurück. Die giftgrünen Fragezeichen an den Ohren wackelten empört.

Katharina hatte den Schmuck ebenso wie die schwarzen Fragezeichen aus Samt auf Birgits Top schon die ganze Zeit bestaunt. »Hast du gewusst, dass ich mit einer anspruchsvollen Recherche an dich herantreten würde?« Katharina deutete auf das Oberteil.

Birgit lachte. »Nein, die passen einfach gut zu meinem Job. Das Teil ist übrigens aus dem Thailandurlaub, drei Euro. Hatte ich das schon erwähnt?«

Katharina nickte amüsiert. Birgit hatte bereits ausführlich von der Reise erzählt. Das größte Highlight: drei Kilo Gewichtsabnahme »wegen dem vielen Gemüse, total Low Carb«.

»Was hast du denn Anspruchsvolles für mich?« Die Sonne, die durchs Fenster schien, beleuchtete das Fragezeichen an Birgits rechtem Ohr, als wollte es das Interesse seiner Trägerin unterstreichen.

Katharina trank einen Schluck Tee. »Mm, lecker. Man schmeckt richtig die Vanille. Danke dir.«

Birgit strahlte.

»Also: Schweigart hat mir die ganzen Kommentare gezeigt, die seit ihrem Auftritt bei ›Linser‹ auf ihren offiziellen Social-Media-Profilen gepostet wurden. Das ist zwar echt gruselig, aber leider normal bei Prominenten. Jetzt hat ein Sannalover23 ihren privaten Insta-Account ausfindig gemacht und schreibt ihr aufdringliche DMs. Sannalover23 ist ein Fake, es gibt keine Inhalte auf dem Profil, er folgt niemandem. Ich habe Schweigart von deinen digitalen Fähigkeiten erzählt. Sie wäre froh, wenn du checken könntest, wer hinter diesem Nutzernamen steckt. Hier sind die Zugangsdaten. Für die Zweifaktorauthentifizierung hat sie mir ihren Pin-Code gegeben, hier, alles vertraulich, versteht sich.«

»DMs, Katharina, ich bin stolz auf dich. Du hast es dir gemerkt.«

Katharina schmunzelte. Vor ein paar Tagen hatte die Freundin ihr erklärt, dass Katharinas Tochter Svenja »Direct Messages«, also private Nachrichten meinte, wenn sie von DMs sprach, die sie über Insta bekommen hatte.

»Dann bin ich doch mal gespannt, wie leicht oder schwer es mir der Lover macht.«

Katharina rührte in ihrem Tee und berichtete Birgit noch von dem anonymen Anruf auf Schweigarts Festnetz.

»Pfui Teufel. Was für ein Glück, dass ich nur eine kleine Archivarin bei Deutschlands bestem Nachrichtenmagazin bin.« Birgit seufzte theatralisch, die beiden Fragezeichen schwangen hin und her.

»Kleine Archivarin? Du bist die Größte, was täte ich ohne dich?« Katharina stand auf, legte den Arm um die Freundin und drückte ihr einen Kuss auf die sorgfältig geschminkte Wange. »Und du weißt ja …«

»… es bleibt alles legal, logo.« Birgit salutierte theatralisch, was auf ihren Stilettos sehr lustig aussah. Beide wussten, dass die Archivarin ihr Aufgabenprofil sehr umfassend auslegte. Hacken im Internet war ihre große Leidenschaft. Die zum Teil unorthodoxen Vorgehensweisen hatten schon oft entscheidende Hinweise gegeben, wie zuletzt im Fall Adelhofer. Welche digitalen Wege ihre Freundin wirklich beschritt, musste Katharina nicht wissen. So handhabten sie es seit Langem. Birgit versprach, vorsichtig zu sein, Katharina hakte nicht weiter nach.

»Jetzt muss ich nach Hause, Käsespätzle essen, von Tobias und Svenja zubereitet. Kein klassisches Hochsommeressen, aber Svenja liebt es. Und dann schabt der Papa natürlich Spätzle mit ihr.«

»Läuft bei euch, oder?«

Katharina nickte verlegen wie ein verliebter Teenager.

»Tobias ist ein toller Papa. Während unserer Trennung hatte er wenig Kontakt zu Svenja, das weißt du ja auch noch.«

»Ich erinnere mich dunkel.« Birgit war froh, dass diese Phase der Vergangenheit angehörte. Wie oft hatte Katharina händeringend einen Babysitter gesucht, wenn der Job sie wieder einmal außerhalb der Kita-Öffnungszeiten beansprucht hatte.

»Jetzt unternimmt er oft was mit ihr, wenn sie Zeit für ihren Vater erübrigen kann und nicht gerade eine ihrer pubertären ›Meine Eltern sind beknackt‹-Phasen hat. Seit Neuestem gehen sie am Wochenende zusammen bouldern. Da habe ich mal Zeit für mich. Und abends, wenn sie wiederkommen, sind alle happy.« Katharina lächelte zufrieden. »In der Agentur hat Tobias sich unentbehrlich gemacht. Er kriegt inzwischen die Leitung ganzer Werbekampagnen übertragen. Andere Kollegen ruhen sich im Homeoffice eher aus.«

Nie hätte sich Birgit vor einigen Jahren vorstellen können, dass Katharina und Tobias noch mal ein Paar werden und sogar heiraten würden. Er hatte sie während ihrer Schwangerschaft betrogen. An Versöhnung war damals nicht zu denken gewesen. Erst bei der Recherche zu Robert Adelhofer waren sich die beiden wieder nähergekommen, da hatte Svenja schon die erste Klasse besucht.

»Sehr gut. Dann wird er nicht neidisch auf seine erfolgreiche Gattin. Dass Magenta deine neue Lieblingsfarbe ist, hat er auch abgespeichert?« Birgit deutete auf Katharinas fröhliches Shirt eines spanischen Designers. Die Lilatöne passten perfekt zu den braunen Locken.

»Woher weißt du …?«

»Dass Tobias dir das Teil geschenkt hat? Weil du viel zu sparsam wärst, um dir so ein Luxusstück zu leisten.«

»Stimmt. Höchstens für Svenja würde ich so viel ausgeben.«

»Drum ist es gut, dass ein Mann im Haus ist, der dafür sorgt, dass du anständig angezogen bist. Mein Kleiderfundus wird fast nicht mehr benötigt.«

Katharina lachte. Ausgerechnet Birgit mit ihrem speziellen Style hatte schon vor Jahren in ihrem Büro einen Schrank mit »Termin-Klamotten« für Katharina eingerichtet. Für den Fall, dass sie kurzfristig zu einem wichtigen Gespräch oder einer Pressekonferenz musste und mal wieder eher leger gekleidet in die Redaktion gekommen war.

»Das liegt aber nicht nur an Tobias. Ich gehe ja kaum noch zu Terminen, bin eine richtige Schreibtischjournalistin geworden«, seufzte Katharina.

»Oh, mir kommen die Tränen. Die Schreibtischjournalistin, die heute bei Sanna Schweigart war, ganz schlimmes Schicksal.« Birgit tippte ihrer Freundin an die Stirn. »Geht's noch? Auf nach Hause, Frau Redaktionsleiterin.«

Katharina sah auf die Uhr: »Erst 17.30 Uhr und ich kann schon in den Feierabend. Davon hätte ich früher nur träumen können.«

»Stimmt. Super, dass die Chefin mit gutem Beispiel vorangeht.«

»Solange alle Artikel pünktlich abgegeben werden, ist mir egal, wann die Leute Schluss machen.«

Birgit nickte. »Hat RG nie so gehandhabt. Ein Segen, dass er uns nur noch ab und an mit einem Artikel beglückt.«

»Jetzt ist es aber mal genug mit den Blumen.« Katharina stand auf, drückte ihrer Freundin einen Kuss auf die Wange und ging Richtung Tür.

»Auch die Sneakers passen farblich, top!« Birgit deutete auf Katharinas – natürlich magentafarbene – Schuhe.

»Die sind aus dem Outlet, 25 Euro.«

»Klar, Hauptsache Schnäppchen.« Birgit wandte sich ihrem Laptop zu. »Dann einen schönen Abend.« Die Hackerin war in Gedanken bereits bei Sannalover23.

Die Kusshand, die Katharina ihrer Freundin beim Schließen der Bürotür zuwarf, ging ins Leere.

FREITAGMITTAG, MÜNCHEN, THEATINERSTRASSE, »ANGERERS HOME OF THE FITNESS«

»Der Starke und die Schöne – Sanna Schweigart und Johnny Angerer ganz privat«.

Aufmerksam betrachtete Oliver die Bilder im Klatschblatt »Szene«. Sein Physiotherapeut und dessen Frau hatten vor ein paar Jahren die Türen zu ihrer Wohnung in Schwabing und der Villa in Prien für eine Fotostory geöffnet. Nach dem, was Katharina am Vorabend erzählt hatte, würde Schweigart aktuell sicher keine Promireporterin in ihre Wohnung lassen.

Damals hatte das Paar strahlend seine Privatsphäre gezeigt – vom Whirlpool über einen in allen Farben leuchtenden Bauerngarten in Prien bis zum eigenen Fitnessstudio in der Münchener Wohnung.

So detailliert interessierte es Oliver gar nicht, obwohl er ein glühender Verehrer von Schweigarts Schauspielkunst war. Im Moment wartete er eher sehnsüchtig darauf, dass sein unterer Rücken in den Genuss der Wunderhände von Schweigarts Ehemann käme. Aktuell stand der am Empfang und unterhielt sich angeregt mit einer Mitarbeiterin – wahrscheinlich die Therapeutin der jungen Frau, die hier im Wartezimmer ebenfalls schon ein paarmal missmutig von ihrem Smartphone aufgeblickt hatte. Zumindest versuchte Angerer, den Patienten das Warten und die Schmerzen so erträglich wie möglich zu machen. Ein beheizbarer Massagesessel aus hellblauem Leder stand bereit, um sich schon vor der Behandlung etwas Lockerung zu gönnen. Nebenan lud ein Kneippbecken ein.

»Es gibt nix Besseres, Herr Arends. Eine, maximal zwei Minuten Wassertreten und Sie sind schon fast wie neu. Immunsystem, Durchblutung, Venen, Ganzkörpererneuerung, verstehns? Und Schlafen tuns danach wie ein Baby.«

Bei der Hitze heute hatte Oliver kurz damit geliebäugelt, Johnnys Standardspruch zu befolgen. Aber mal wieder hoffte er, gleich dranzukommen, hatte die Schuhe angelassen und sich in einen der edlen Korbsessel fallen lassen. Eine große dunkelblaue Amphore neben ihm verbreitete dezenten Vanilleduft – im Hochsommer eigentlich zu schwer, fand Oliver. Er wischte weiter über das praxiseigene Tablet. Selbstverständlich lagen hier keine abgegriffenen Zeitschriften herum. Die Gäste konnten im Internet surfen und verschiedene Publikationen digital abrufen. Jedes Mal öffnete Oliver als Erstes »Szene«. Irgendwie entspannte es ihn, sich Bilder aus dem bewegten Leben der Promis anzusehen. Hier im Wartezimmer hatte er damals auch den kleinen Artikel über die Hochzeit seiner besten Freundin entdeckt. »Starreporterin heiratet nach acht Jahren Trennung Vater ihres Kindes« war die einfallsreiche Schlagzeile gewesen, darunter sogar ein Foto. Katharina und Tobias hatten es locker genommen. Wer dem Blatt das Foto zugespielt hatte, hatte selbst Birgit nicht herausfinden können.

Oliver stand auf und goss aus einem goldfarbenen Spender »energetisierendes Wasser aus einer bayerischen Kraftquelle« in einen der bereitstehenden Kristallkelche. 80 Prozent der exklusiven Behandlung bezahlte seine private Kasse, 20 Prozent übernahm Oliver selbst. Da musste er das eine oder andere Angebot doch auch mal nutzen. Diese Luxuspraxis hatte nichts mehr mit den zwei Räumen im Olympiadorf gemeinsam, in denen Angerers Karriere begonnen hatte. Oliver hatte dessen Arbeit damals schon geschätzt und die deutlich angezogenen Preise beim Umzug in die Theatinerstraße in Kauf genommen.

Durstig leerte er das halbe Wasserglas. Eine Viertelstunde war er mit dem E-Bike von der Ainmillerstraße in die Innenstadt gefahren – bei 30 Grad. Trotz der Klimaanlage im Wartezimmer schwitzte er. Angerer stand weiterhin am Empfang. Was hatte er mit seiner Mitarbeiterin so Wichtiges zu besprechen? Sie lächelten sich an, schien nichts Ernstes zu sein.

Oliver setzte sich wieder. Johnnys Behandlung war die Wartezeit wert. Er war einfach der Beste. Ob ISG-Blockade oder steifer Hals, Angerer hatte Techniken drauf, die Beschwerden ruckzuck verschwinden ließen. Das wusste auch die A-, B-, und C- Prominenz Münchens, die Oliver hier regelmäßig zu Gesicht bekam. Richard Meier, der neue Mittelstürmer-Gott des ortsansässigen Triple-Siegers, war eben direkt durchgewunken worden.

Oliver trank gelangweilt sein Wasser. Gerade hatte er den leeren Kelch auf dem dafür vorgesehenen Silbertablett abgestellt, als eine der jungen Mitarbeiterinnen im schicken weißen Jumpsuit den Raum betrat. Das Teil lag am Körper an wie eine zweite Haut. Den Reißverschluss des Oberteils hatte die Blonde, die laut Namensschild Mareike hieß, deutlich zu weit offen gelassen.

»Des nehm ich gleich mit, Herr Arends.« Sie strich routiniert die langen Haare zurück und griff lächelnd nach dem Glas. »Sie können dann in die Vier.« Mareike bückte sich und säuberte das Tablet mit Desinfektionsspray. Die Einblicke, die sie dabei gewährte, waren Oliver etwas peinlich.

Glücklicherweise winkte Johnny ihm vom Empfang überschwänglich zu. »I komm sofort, eine Sekunde noch. Wir besprechn grad noch den Dienstplan.«

Oliver betrat Behandlungsraum Nummer vier, eigentlich mehr ein Saal, ausgestattet mit edlem Kirschholzparkett, das rötlich leuchtete. Eine große Massageliege bildete das Zentrum. Über ihr konnte der auf dem Rücken liegende Patient eine abstrakte Deckenmalerei aus bunten Linien und geometrischen Formen bewundern. Zum Ablegen der Kleidung stand ein antiker Thonet-Stuhl bereit. Selbstverständlich gab es auch hier den goldfarbenen Wasserspender. Hanteln, Kettlebells und Thera-Bänder, die an einer Wand bereitlagen, blieben bei Oliver ungenutzt. Auch den zur Praxis gehörenden Geräteraum mit den neuesten computergesteuerten Maschinen zum Muskelaufbau nutzte er nicht mehr. Er trainierte zu Hause. Zu Angerer ging Oliver nur noch, wenn er sich behandeln lassen musste. Früher war auch das ein Termin gewesen, der hauptsächlich der Beruhigung seiner Ängste gedient hatte. Selbst Rückenbeschwerden hatten hypochondrische Schübe bei ihm ausgelöst.

»A bissl verspannt, Herr Arends, sonst alles subba.« Diese Entwarnung hatte damals besser gewirkt als eine angstlösende Tablette. Johnny hatte sicher nicht geahnt, wie wichtig die Botschaft für seinen Patienten gewesen war. Danach war Oliver beschwingt in seine Kanzlei zurückgekehrt. Kein Bandscheibenvorfall, keine schwere Gelenkentzündung, kein künstliches Knie in Sicht, uff.

Diese Zeiten hatte er hinter sich. Seinen Psychotherapeuten, der ihm aus der Angststörung geholfen hatte, sah er sehr unregelmäßig. Zu Weihnachten brachte er dem Mann weiterhin ein Geschenk vorbei. Dankbar war Oliver ihm auf ewig. Der Therapeut hatte damals Techniken empfohlen, die das Gehirn umprogrammierten. »Mentalgymnastik« nannte er das Training, bei dem Oliver sich gedanklich mit allen Sinnen in angenehme Erlebnisse hineinversetzte. Die Ängste waren weniger, Oliver optimistischer geworden. Auch Katharina war das aufgefallen. Schon als sie gemeinsam die erste Klasse besucht hatten, hatte sie ihn regelmäßig auf den Boden der Tatsachen zurückgeholt, meist mit einem lakonischen »da ist nichts«. Später war die eine oder andere Beziehung an Olivers Ängsten gescheitert. An das Single-Dasein hatte er sich inzwischen schon fast gewöhnt. Umso wichtiger war Katharina. Sie hatte immer zu ihm gestanden und seinen Ängsten stoische Ruhe entgegengesetzt. Mal war es ein verdächtiger roter Fleck auf dem Arm gewesen, den Katharina lapidar als Mückenstich identifizierte. Mal hatte sie ihren Freund daran erinnert, dass es sich bei seinen Schmerzen in der Brust nicht um einen Herzinfarkt handelte, sondern sie vom Kistenschleppen kamen. Am Vortag hatte er einem Kumpel beim Umzug geholfen.

Zufrieden entledigte sich Oliver seiner »Anwaltsuniform«, wie er es nannte: dunkelblaues Polohemd, hellbraune Bundfaltenhose, dunkelbraune Slipper. Die Klammer, um die Hose zum Radfahren hochzustecken, legte er daneben. Nur noch mit einer grauen Boxershorts bekleidet, streckte er sich wohlig auf dem flauschigen Handtuch aus.

Selbiges hatte inzwischen Yazemin, eine weitere Mitarbeiterin im knappen weißen Sport-Outfit, über die Massageliege gespannt. »Der Herr Angerer ist sofort da, dann geht's den verklebten Faszien an den Kragen.« Mit einem verschwörerischen Zwinkern winkte die dunkelhaarige Schönheit Oliver auf die Liege und schwebte aus dem Raum.

»So, der Herr Arends, wie geht's uns denn heute? Zwickt der Piriformis noch?« Angerer hatte schwungvoll die Tür aufgerissen und scannte sofort mit analytischem Blick die möglichen Blockaden an Olivers unterer Wirbelsäule. Aus hygienischen Gründen grüßte der Physio glücklicherweise nur noch mit einem Kopfnicken. Sein Händedruck hatte sich angefühlt, als wollte er die gesamte Hand einer kurzen Akupressur-Behandlung unterziehen. Oliver hatte sie anschließend hinter dem Rücken immer unauffällig geschüttelt.

Der Inhaber des »Home of the Fitness« war durch und durch eine kraftvolle Erscheinung. An seinem Körper fand sich kein Gramm Fett. Die klar definierten Oberarmmuskeln beeindruckten auch durch ihren Umfang. Unter dem engen weißen Funktionsshirt zeichnete sich ein Waschbrettbauch ab, mit dem er James Bond doubeln könnte.

Das dezente Aftershave des Physiotherapeuten, das am Empfang zu einem astronomischen Preis angeboten wurde, fand reißenden Absatz. Vermutlich hofften die Patientinnen, ihrem Hartmut oder Alois daheim zumindest einen Hauch von Angerer-Aroma zu verleihen. Eine leichte Aufgabe war das nicht, denn der Physio sah auch noch unverschämt gut aus. Er trug einen dunkelblonden Undercut und hatte stahlblaue Augen, die von der leichten Gesichtsbräune noch betont wurden. Eine markante Nase und volle Lippen vervollständigten das ansprechende Gesamtbild. Dass Angerer einen Schlag bei Frauen hatte, wunderte Oliver nicht. Offenbar hatte er auch seine Wirkung auf Sanna Schweigart nicht verfehlt. In den einschlägigen Klatschspalten war damals zu lesen gewesen, Schweigart habe sich nach einer Rückenoperation unter Johnnys Händen sehr wohl gefühlt. Dies habe den Grundstein für die baldige Eheschließung gelegt. Der Altersunterschied war rauf und runter diskutiert worden – Angerer war 15 Jahre jünger als seine Sanna –, aber die beiden schien das nicht zu stören. Aus Olivers Sicht hatte vor allem Angerer mit der Schauspielerin das große Los gezogen.

»Das tut schon noch weeeeeeh«, ächzte Oliver, als der Physio seinen Finger genau in die Stelle der linken Gesäßhälfte gebohrt hatte, die sich »bretthart« anfühlte, wie Johnny konstatierte.

»Des is' genau der Piriformis, da bleib ich jetzt amal drauf, verstehns? Dann lässt's nach.«

»Aha«, wisperte Oliver. Tatsächlich wurde der Schmerz nach ein paar Sekunden weniger. Angerer begann, die Pobacke durchzuwalken, als handle es sich um einen Hefeteig, der kräftig geknetet werden musste.

»Sie müssen dehnen, jeden Tag dreimal. Schauns, so.« Angerer warf sich auf den Boden, winkelte beide Beine an und legte das linke über das rechte.

»Und jetzt ziehn«, rief er begeistert und führte die Übung behänd vor.

Das würde mit Sicherheit schmerzen, mutmaßte Oliver.

»Probieren Sie's gleich amal«, kommandierte der Physio und kam mit einem einzigen Sprung zurück in den Stand. Ungelenk versuchte Oliver, die Haltung einzunehmen. Wie befürchtet war die Spannung beim »ranziehn, weiter ranziehn«, wie Angerer anfeuerte, mehr als unangenehm.

»Macht nix, jeden Tag dreimal, des hilft, glauben Sie's mir.«

Oliver löste die Stellung erleichtert auf und genoss, dass Angerer sich dem unteren Rücken zuwandte.

»Des ISG läuft, des is' schon amal suppa. Des hama ja auch schon x-mal eingrenkt. Wenns jetzt noch den Piriformis dehnen, dann brauchens mich bald nicht mehr.« Angerer lachte jovial und träufelte warmes Öl auf Olivers

Rücken. In diesem Moment vibrierte es in der Trainingshose des Physios. »Oh, des is' die Gattin. Sorry, Herr Arends, Momenterl.«

Angerer meldete sich mit einem flötenden »Servus Sannerl« und blieb in der halb geöffneten Tür stehen. Oliver atmete tief durch, erleichtert, kurz einfach nur liegen zu dürfen. Durch das gekippte Fenster drang der Sound der Theatinerstraße: italienische Wortfetzen, eine Drehorgel, ein kleines Kind brüllte »Maaaamaaaa, nein, will nicht«.

»Nochamal? Wahnsinn.« Angerer stand im Gang, hatte die Tür aber einen Spalt offen gelassen.

»Gibt's ja ned«, hörte Oliver. Die Stimme des Physios hatte ihre Lockerheit verloren.

»Sannerl, ganz ruhig bleibn, alles werd guad.«

Bis zu seiner Liege hörte Oliver, wie aufgeregt Schweigart auf ihren Mann einredete. Verstehen konnte er sie nicht.

»Heut schon?«

Wieder ein unverständlicher Wortschwall.

»Dann muss i Patienten verlegn.«

Pause.

»Na, alles guad. Bleib in der Wohnung, i bin da, so schnell, wie's geht. Bussi.« Johnny schmatzte in den Lautsprecher und kam zu Oliver zurück.

»Emergency, Sie haben's vielleicht ghört. Aber wir warn ja sowieso fast durch. Nächstes Mal häng ich a paar Minuten dran. Sorry, aber wenn die Sanna ruft, muss der Johnny spurn.« Er lachte unecht.

»Ich hoffe, es ist nichts Ernstes. Gehen Sie nur.«

Der Physio stand da und trommelte mit den Fingern auf die Massageliege. Er schien Olivers Worte gar nicht zu hören. Plötzlich fixierte er seinen Patienten. »Sie, Herr Arends, Sie san doch Anwalt, stimmt's?«

»Hm«, machte Oliver unbestimmt, da er nach dieser Frage oft in Dinge hineingezogen wurde, mit denen er lieber nichts zu tun hatte.

»Wenn ich Sie jetzt ganz spontan engagier', gilt doch a Schweigepflicht, oder?«

»Ja. Ich wüsste aber vorher gern, worum es geht.« Oliver stand auf und begann, sich anzuziehen.

»Hier ham die Wände Ohren. Wenns fertig sind, kommens nach unten. Muss keiner sehen, dass wir zusammen die Praxis verlassn. Fahrens mit dem Aufzug bis in die Tiefgarage. Kommens zu dem dunkelblauen Cabrio Kennzeichen M-JA 010. Bitte tuns mir den Gefallen.«

»Einverstanden. Verstehen Sie das aber bitte nicht als Zusage.« Auf die Möglichkeit, dass er einen Fall auch ablehnen könnte, wies Oliver alle Klienten hin, auch einen Johnny Angerer. Da es um Sanna Schweigart ging, würde er tun, was er konnte, um zu helfen. Das musste Angerer aber nicht wissen.

Die Augen des Physios waren so flehentlich auf Oliver gerichtet, dass der nicht anders konnte, als Mitgefühl zu empfinden.

»Dank' schön, bis gleich.«

FREITAG, GLEICHE ZEIT, MÜNCHEN, KAISERSTRASSE

Was würde sie brauchen? Zwei warme Pullis, eine Fleece-, eine Regenjacke, zwei lange Hosen. Ansonsten Shorts, T-Shirts, Trägerhemdchen. Auf Kleider und Röcke würde sie verzichten.

Das Packen beruhigte Sanna. Sie lief konzentriert durch ihren begehbaren Kleiderschrank. Knurrhahn, der vorhin nicht nur geknurrt, sondern wütend gebellt und sogar geschnappt hatte, lag nun wachsam an der geöffneten Schiebetür und folgte mit den Augen jeder Bewegung seines Frauchens. Die gespitzten Ohren signalisierten: Ich werde dich verteidigen.

Sannas Handy meldete sich. Ihr Herz begann zu rasen, die Hände wurden feucht, ihr ganzer Körper schien zu glühen. So reagierte sie seit den obszönen Anrufen auf dem Festnetz bei jedem Klingelton – und nach dem Vorfall von vorhin erst recht. Hoffentlich hatte jetzt nicht auch noch irgendein Idiot ihre Mobilnummer herausgefunden. Hektisch kramte sie unter den Kleiderstapeln nach dem Gerät. »Herbert«, zeigte das Display an. Sie seufzte erleichtert auf. »Hallo, mein Lieber, danke, dass du gleich zurückrufst.«

Die tiefe, ruhige Stimme des Freundes tat ihr gut. Schon als sie in Trostberg zusammen im Kindergarten gewesen waren, hatte Herbert Schafgott die Fähigkeit gehabt, Sanna bei so mancher Unbill des Lebens wieder auf die Spur zu setzen. Nie würde sie die Bügeleisengeschichte vergessen.

Es war ihr dritter Geburtstag gewesen. Sie war wie jeden Tag in den Kindergarten gegangen, wo sie ein bunt dekorierter Schokoladenkuchen erwartet hatte. Der Raum hatte voller Girlanden gehangen. Sanna hatte gestrahlt vor Freude und Stolz. Sie stand im Mittelpunkt. Dann war Rosi erschienen. Sanna konnte sie sowieso nicht leiden. Und ausgerechnet heute hatte sie stolz ihr neues Spielzeugbügeleisen mitgebracht.

»Vom Opa«, erklärte Rosi strahlend und begann, sämtliche herumliegenden Kleidungsstücke zu glätten. »Schau, kanz klatt«, verkündete sie immer wieder angeberisch. Sanna ignorierte das zunächst und aß mit Herbert und anderen Kindern den Kuchen. Als eine der Erzieherinnen zum x-ten Mal zu Rosi lief, um ihre Bügelkünste zu loben, platzte dem Geburtstagskind der Kragen. Sanna riss Rosi das Gerät aus der Hand und schrie »mein Burdstag«.

Sofort versammelte sich die Erzieherinnenschar um die beiden kleinen Mädchen und versuchte, die Wogen zu glätten. »Schau, Sanna, das ist Rosis Bügeleisen. Wir haben doch so viel andere Spielsachen.«

Alles Mögliche wurde als Ersatz herangeschleppt, Puppen, Feuerwehrautos, Spielzeugwerkzeug – nichts half.

Sanna drückte das Bügeleisen an ihre Brust und war ganz außer sich. »Ich hab Burdstag, ich hab Burdstag«, brüllte sie immer wieder unter Tränen.

Rosi hatte inzwischen auch angefangen zu weinen. Der vierjährige Herbert rettete die Situation. Mit einem Stück Kuchen ging er zu der verunsicherten Bügeleisenbesitzerin.

»Schmeckt guad, probier a Stückerl. Die Sanna bügelt solang.«

Hose und Shirt aus seinem Turnbeutel breitete er vor

Sanna aus. Die begann zu bügeln, während Rosi irritiert den Kuchen aß – begleitet von leisen Tröstungen einer Erzieherin.

Sanna hatte sich richtig hineingesteigert, daran erinnerte sie sich genau. »Noch eins und noch eins, so viel Abeit heut, so viel«, hatte sie vor sich hin geflüstert und natürlich bemerkt, wie die anderen Kinder um sie herumstanden und staunten.

Rosi hatte das Schauspiel kauend beobachtet und, kaum war der letzte Happen geschluckt, »fertich« gerufen.

Sofort hatte Herbert verkündet: »Feierabend.«

»Feierabend«, hatte Sanna fröhlich bestätigt.

»Dann können jetzt alle zusammen Verstecken spielen, einverstanden? Sanna fängt an, weil sie das Geburtstagskind ist.« Dieser pädagogische Coup der Erzieherin hatte dann doch funktioniert. Nach dem Spiel war das Bügeleisen verschwunden.

Herbert hatte Sanna an diesem Tag zu ihrer ersten Hauptrolle verholfen und sie in ihre Schranken gewiesen.

»Sanna? Bist no' da?«

»Ja, entschuldige. Ich habe nur gerade an die Bügeleisengeschichte gedacht. Damals warst du auch schon im richtigen Moment zur Stelle.«

»Mei, des Bügeleisen und die depperte Rosi. Die hat immer no' an Haushaltswarenladen in Trostberg, da kanns bügln, bis alles platt is'.« Herbert lachte.

Sannas Anspannung ließ weiter nach.

»Hier is' alles bereit«, fuhr der Freund fort. »I bin grad unten. Da kriagt niemand mit, dass i telefonier. Schaut alles guad aus. Des Hütterl is' so im Wald drin, da kommt normal keiner vorbei. Und des Essn kriagsd von mir, Alm-Sterneküche, verstehst?«

Sanna konnte das breite Grinsen in seinem Gesicht förmlich sehen. »Du bist der Beste, Herbert, vielen, vielen Dank. Der Johnny kommt jetzt gleich und fährt mich heute noch hoch. Ich kann nicht mehr, es reicht.«

»Ja, des kann i mir scho' vorstelln, dass des furchtbar is'. Aber du hast es ja ned anders wolln.« Herberts Lache schallte durch den Lautsprecher.

Knurrhahn blickte kurz auf, merkte, dass keine Gefahr drohte, und legte sich wieder ab.

»Was hast denn auch so berühmt wern müssn. Wärst in Trostberg bliebn, hättst im Bauerntheater mitgspielt. Da hätt' sich keiner an die graue Haar' gstört.«

Sanna schwieg.

»Spaß, Sanna. Da wärst du ned glücklich worn. Jetzt kimmst amal da rauf, und dann sehma weiter.«

Herbert hatte sie wieder gerettet. Eigentlich hatte sie erst morgen auf den Geigelstein umziehen wollen. Aber nach den Vorkommnissen heute würde sie keine Sekunde länger als nötig in München bleiben. Dass ihr die kleine Hütte eine halbe Stunde von der Schafgott-Alm entfernt gehörte, wussten nur Johnny und Herbert. Sanna hatte sie dem Kindergartenfreund vor Jahren abgekauft, um einen Rückzugsort vor der Öffentlichkeit zu haben. Genutzt hatte sie sie bisher nicht. Der Komfort in der Villa in Prien war zu verlockend. Herbert kümmerte sich für ein kleines Entgelt um das »Hütterl«, wie er es getauft hatte, und hielt alles instand. Heute würde sich das bezahlt machen.

»Johnny fährt mich ein Stück. Den Rest laufe ich, Tarnung liegt schon bereit.« Sanna schaute auf die spießige Perücke – lehmfarbene, mittellange Fönwelle à la Mutter Beimer –, die große Sonnenbrille und das Kopftuch. Damit hatte sie sie noch niemand erkannt.

»Ihr wissts scho', dass des Fahrn da auf dem Forstweg verbotn is', ge'? Des wird richtig teuer, wenns euch derwischn.«

»Ich weiß, habe das auch noch nie gemacht. Aber diesmal will ich nur unerkannt ankommen. Wir werden erst irgendwann nachts da sein, wird schon keiner mitkriegen.«

»Ich hab dich gwarnt. Nimmst eigentlich des Viecherl mit?«

»Ja, der Hund ist dabei. Ich habe hin und her überlegt, weil ihn manche von den Homestorys kennen könnten. Aber ohne ihn wäre es mir zu einsam. Auch deswegen laufe ich nachts hoch. Spazieren gehen werden wir abends und frühmorgens, wenn kaum jemand unterwegs ist, oder Knurrhahn?«

Der Hund erkannte sofort seinen Namen, legte den Kopf schief und hörte seinem Frauchen aufmerksam zu.

»Da wirst du schauen, wir zwei auf der Alm. Das wird dir gut gefallen«, flüsterte Sanna.

Knurrhahn stand auf und drückte sich an ihre Beine. Sie streichelte ihm zärtlich über den Kopf.

»Dann passt doch alles. Jetzt schaust, dassd gut herkimmst, und dann sehma uns bald. I werd so wenig wie möglich zu dir runterkommen und sowieso nur, wenns keiner mitkriagd. Der Kühlschrank und die Kammer san voll, des langt für a paar Tag'.«

»Herbert, ich bin so dankbar für deine Hilfe. Ich weiß gar nicht, wie ich mich dafür jemals revanchieren kann. Bis bald!«

Johnny fuhr, so schnell es erlaubt war, vom Odeonsplatz Richtung Universität. Oliver saß auf dem Beifahrersitz. Sein Klapp-E-Bike hatte der Physio mit zwei Handgriffen in den Kofferraum gepackt. »Von der Kaiserstraße in die Ainmillerstraße, da könnens ja auch laufen. Aber logisch, des Bike nehmen wir mit, kein Thema.«

Vorher hatte Angerer Oliver den Grund von Sannas Anruf erklärt – in der unbeleuchteten Garage im Auto sitzend. Der Physio schien geradezu panische Angst davor zu haben, von irgendwem gesehen und möglicherweise verfolgt zu werden. In den Duft seines Aftershaves mischte sich eine leichte Schweißnote. Entsprechende Flecken zeichneten sich unter den Armen des Funktionsshirts ab.

Was Johnny berichtet hatte, war tatsächlich ätzend. Die obszönen Anrufe bei seiner Frau hatten sich fortgesetzt.

Oliver hatte sich gestern Abend schon aufgeregt, als Katharina ihm von dem ersten erzählt hatte.

Vorhin hatte nun auch noch ein Klatschjournalist bei Schweigart geklingelt und sich als Paketbote ausgegeben. Als sie öffnete, hatte der Mann das Handy als Aufnahmegerät benutzt und sie mit zudringlichen Fragen bombardiert – wie es ihr gehe, ob sie sich jetzt doch die Haare färben werde, wie Johnny mit dem Altersunterschied klarkomme und so weiter.

Sanna hatte verzweifelt versucht, die Tür zu schließen. Der Typ hatte aber mit einem Fuß schon halb in der Wohnung gestanden. Irgendwann war es ihr gelungen, ihm das Smartphone aus der Hand zu schlagen. Um es aufzuheben, hatte der penetrante Reporter den Fuß aus der Tür nehmen müssen und Sanna hatte sie zugeworfen. Der Mann hatte trotzdem nicht lockergelassen. Hatte von draußen gerufen, er wolle doch nur helfen, damit die Wahrheit über Schweigart in der Zeitung stehe. Sie sei doch sonst so freundlich mit der Presse. Als sie darauf nicht eingegangen war, hatte er ihr gedroht. Er werde warten, bis sie bereit sei zu sprechen. Er habe Zeit.

Nach diesem Bericht war Angerer hektisch losgefahren. Jetzt zockelten sie im Schritttempo durch den Stau in der Ludwigstraße. Johnny trommelte mit den Fingern auf das weiße Leder-Lenkrad. Immer wieder betastete er nervös seine perfekt gestylten Haare. Kleine Schweißtropfen glänzten auf seiner Stirn. Mit einem verschwörerischen Seitenblick zu Oliver flüsterte er, als säßen Mithörer im Auto: »Sie werdens sowieso bald in ›Fakten‹ lesen, Herr Arends, drum jetzt schon im Vertrauen: Meine Frau wird München heut verlassen, unbekanntes Ziel. Eigentlich wollt' sie erst morgen fahrn, aber mit dem ganzen Schmarrn, der seit gestern passiert is', packt sie des ned länger. Und jetzt kommen Sie ins Spiel. Wenn wir gleich da sind und der Aasgeier immer noch umananda scharwenzelt, dann würd' ich Sie bittn, dass Sie den mit irgendwelchen Paragrafen aus dem Haus komplimentiern, verstehns? Damit die Sanna und ich später unbeobachtet rauskommen.«

Oliver überlegte kurz und stimmte dann zu. Von Katharina wusste er, wie penetrant die Boulevardpresse werden konnte. Horst Riebelgeber von der Münchener »Abendausgabe« war der Intimfeind seiner Freundin. Sie wäre begeistert, wenn Oliver berichten könnte, einem dieser Schmutzfinken zumindest kurzfristig die Suppe versalzen zu haben.

»Bisher ist das noch nie vorgekommen? Dass jemand versucht hat, Ihre Frau zu Hause abzupassen?«

»Na, Gott sei Dank ned. Aber sie war halt auch immer Everybody's Darling, die Sanna. Des hat sich erst in letzter Zeit geändert. Weil sie halt angfangen hat, sich zu beschwern über des Jugendlichkeitsgetue in ihrer Branche. Homestorys hats auch keine mehr wolln. Die letzte war 2021. Des war aber der Deal mit der Klatschpresse. Die ham von uns regelmäßig a Futter kriegt. Dafür war unser Lebn einigermaßen relaxt ohne Paparazzi und den ganzen Schmarrn. Hat funktioniert. Aber die Sanna mag halt nimma.«

Johnny konnte nicht verbergen, dass es in dieser Frage zwischen ihm und seiner Frau Konfliktpotenzial gab.

Nachdem sie von der Leopoldstraße abgebogen waren, preschte Angerer durch Schwabing und ignorierte jegliche Zone-30-Schilder. Rasant bog er von der Friedrich- in die Kaiserstraße ab. »Des Auto stell ich neben der Ursulakirch' auf unsern Parkplatz. In der Garag' steht schon a alter Opel. Hat mir ein Bekannter gliehn. I muss die Sanna auf jeden Fall unbemerkt aus München rausbringen.« Er deutete die Straße entlang. »Da vorn, des isses, der hellblaue Altbau. Davor steht schon mal niemand.« Angerer fuhr langsamer. »Hier, nehmens meine Schlüssel und gehns vor. Nicht, dass der mich erkennt und direkt abhaut. Des da is' der Hausschlüssel.«

In Olivers Hand landete der Schlüssel mitsamt Anhänger aus echtem Silber in Form eines »J«.

Angerer wischte über den Bordcomputer, die Beifahrertür sprang auf. »Bis gleich, ach, und übrigens: I bezahl Sie natürlich. Gebens einfach beim nächsten Mal am Empfang Ihre Kontodaten ab, des regelt mein Büro.«

Oliver nickte. An Geld hatte er noch gar nicht gedacht. Aber bei diesem Auftraggeber konnte er seine Dienste tatsächlich großzügig in Rechnung stellen.

Er lief zur Haustür, die wie der ganze beeindruckende Bau aus dem Jugendstil stammte. Auf die schmalen Holzverstrebungen, die sich wie Zweige durch die Glasscheiben rankten, waren Ornamente geschnitzt. Farne und Zweige in Milchglas-Optik verzierten einige der Scheiben. Andere waren transparent.

Sie gaben den Blick auf einen Paketboten frei, der die Briefkästen inspizierte. Oliver sperrte die Haustür auf, ging wie selbstverständlich zum Kasten mit der Aufschrift

»Schweigart/Angerer« und entnahm ihm diverse Umschläge. Aus dem Augenwinkel registrierte er, dass der vermeintliche Zusteller ihn anstarrte. Die halblangen schwarzen Haare verdeckten den Großteil des Gesichts. Eine weite Cargo-Hose schlackerte an der dürren Gestalt. Das Firmenlogo auf der Jacke wirkte unecht.

»Kann ich Ihnen helfen?«, fragte Oliver zuvorkommend.

»Äh, nein, äh, ich hab ... Ich will, also, ich bin hier sowieso durch.«

Der junge Mann ging Richtung Haustür und fuhr zusammen, als er dort Johnny entdeckte, der ihm den Fluchtweg versperrte. Der Physio musterte den verkleideten Paparazzo abschätzig, als sei er ein lästiges Insekt. Vermutlich hätte Angerer ihn ohne Probleme mit einem Griff auf die andere Straßenseite befördern können.

»Was ham Sie an der Aussage meiner Frau nicht verstandn? Was wolln Sie noch hier?«, herrschte er den Mann an, der inzwischen knallrot im Gesicht war und bei jedem Wort zusammenzuckte.

»Wieso? Ich habe doch nur die Post ...«

»Die Post ham Sie gebracht, ja? Vor einer Stunde ungefähr, würd' ich sagen. Und seitdem ruhns sich hier aus? Da habts aber großzügige Zeitfenster bei ... Wie heißt des?« Angerer trat näher und schaute sich das Logo auf der Jacke des Hänflings an. »Komisch, noch nie ghört, ›Fast Deliver‹ – schön aus'm Internet rauskopiert und aufs Jackerl gebügelt, oder?«

»Ich muss weiter.« Der Mann versuchte verzweifelt, an Angerer vorbeizukommen.

»Wir wissen, dass Sie kein Paketbote sind. ›Fast Deliver‹ gibt es gar nicht, wie die Suchmaschine mich eben informiert hat.« Oliver trat von hinten an den unglücklichen

Klatschreporter heran. »Was Sie getan haben, Fuß in der Tür und so weiter, das ist Nötigung, Paragraf 240 StGB, und Hausfriedensbruch, Paragraf 123 StGB. Sie verziehen sich jetzt und lassen sich hier nie wieder blicken. Ansonsten werde ich ungemütlich. Ich bin der Anwalt von Frau Schweigart.«

»Jetzt wollma aber schon noch den Namen von dem fleißigen Zusteller wissn«, ätzte Angerer in Richtung des Unglücksraben.

Dessen Kopf flog hektisch zwischen den beiden Männern hin und her. »Ich heiße Jorge Rodriguez. Bitte lassen Sie mich gehen. Ich wollte den Job nicht, habe meinen Chef angefleht, jemand anders zu schicken. Aber Herr Riebelgeber meinte, Frau Schweigart würde gern mit mir sprechen, da gäbe es gar kein Problem. Der schmeißt mich bestimmt raus, wenn ich nichts mitbringe. Drum habe ich noch gewartet. Ich brauche diesen Praktikumsschein. Es tut mir leid, bitte glauben Sie mir das.«

Dem jungen Mann standen Tränen in den Augen. Riebelgeber, dachte Oliver, unglaublich. Jetzt schickte er schon die jungen Praktis los, damit er sich selbst die Finger nicht schmutzig machen musste. Ekelhaft. »Verschwinden Sie. Und seien Sie sich Ihrer Sache nicht zu sicher. Wir wissen jetzt, dass Sie zur ›Abendausgabe‹ gehören. Ich werde gegen Sie vorgehen, sollten Sie Frau Schweigart noch mal zu nahe kommen. Verstanden?«

Der Nachwuchsreporter nickte erleichtert. Oliver machte ein beschwichtigendes Handzeichen Richtung Angerer. Der trat zur Seite und sofort raste Riebelgebers Azubi davon.

Johnny würde jetzt zu seinem Frauchen laufen. Der Stümper namens Rodriguez hatte das Weite gesucht und Frauensteher und Langenfelsfreund Arends war auch abgezogen mit seinem neumodischen Fahrrad.

Horst Riebelgeber trat aus der Toreinfahrt gegenüber von Sanna Schweigarts Haus – ein perfekter Ausguck, er hatte hier schon ein paarmal gestanden. Heute täuschte er vor, etwas zu reparieren, hatte extra den Blaumann angezogen. In der Mauer gab es noch den ehemaligen Briefkastenschlitz der Bäckerei Kringlmaier. Super Brezn und Semmeln hatten die hier im Hinterhof gebacken und verkauft, gab's aber schon lang nicht mehr. Schwabing hatte sich zum Viertel der Reichen und Schönen gewandelt – mit entsprechenden Boutiquen und Immobilienpreisen. Der Hinterhof war zum Glück unbewohnt. Hinter die Mauer geduckt war Riebelgeber von der Straße nicht zu sehen. Umso besser konnte er beobachten, was sich bei der grauhaarigen Diva und ihrem Macho-Masseur tat – zumindest, wenn es sich wie gerade eben auf der Straße oder bei geöffneter Tür abspielte. Die Fenster zur Kaiserstraße hatten sie seit Kurzem mit Plissees verdeckt, blödes Promipack.

Der spanische Dünnbrettbohrer hatte natürlich versagt – keinerlei Biss, der junge Mann, keine Bereitschaft, geile Storys an Land zu ziehen. Und sich dann auch noch erwischen lassen, nicht zu fassen. Wenn man nicht alles selbst machte.

Aber genau das würde er jetzt tun. Einen Riebelgeber führte man nicht hinters Licht. Er würde herausfinden, was los war bei den beiden Bonzen da drüben. Warum hatte der Angerer einen alten Opel in die Garage gefahren? Irgendwas planten die. Wahrscheinlich wollte der Muskelmann seine Sanna aus dem Haus schleusen, ohne dass es jemand mitbekam. Würde nur nicht klappen. Riebelgeber biss zufrieden in seine Leberkässemmel.

FREITAGABEND, MÜNCHEN, WEISSENBURGER PLATZ

Punkt 19.29 Uhr schloss Oliver sein E-Bike an ein Anwohner-parkplatz-Schild vor Katharinas Haus an. Von der Ainmiller-straße in Schwabing, wo er in einem Gebäude Wohnung und Büro gemietet hatte, bis zum Weißenburger Platz in Haidhausen war er immerhin 25 Minuten geradelt. Schon zum zweiten Mal hatte er heute das Bike bewegt, konstatierte er stolz.

»Oh, der Herr Anwalt fährt nicht mehr aus eigener Kraft«, hatte Katharinas süffisanter Kommentar zu seiner Neuerwerbung gelautet.

Aber das war ihm egal. Er konnte beim Radeln abschalten und die Schönheit Münchens genießen. Ohne »E« wäre er an diesem heißen Tag sicher nicht zweimal aufs Fahrrad gestiegen. Die Fahrt durch die Innenstadt und an der Isar entlang zum Deutschen Museum hatte seine Gedanken weg vom Job und hin zur Vorfreude auf den Abend mit seinen engsten Freunden gelenkt.

Dass er Tobias inzwischen auch dazu zählte, fühlte sich immer noch ungewohnt an. Aber Katharina war offenbar glücklich mit ihm. Tobias' Affäre während Katharinas Schwangerschaft gehörte der Vergangenheit an. Svenja hatte verliebte Eltern, die endlich beide mit ihr unter einem Dach wohnten.

Oliver nahm den Fahrradhelm ab und strich sich durch die Haare. Auch wenn Katharina ihn regelmäßig darauf hinwies, dass der Helm seiner Frisur kein bisschen schadete, fühlte er sich dennoch unwohl. »Komische Haare«, hatte sie sie einst genannt und ihm eine geklebt, als er in der ersten Klasse bewundernd durch ihre Locken gestrichen hatte. Verglichen mit Katharinas Wuschelkopf fand er seine dünnen blonden Fransen eher langweilig als komisch. Schmunzelnd nahm er Rotwein, Blumen und einen Beutel Weingummi für sein Patenkind aus der Radtasche und klingelte.

»Die Weingummis sind hoffentlich für mich?«, tönte es aus der Sprechanlage.

Oliver grinste. »Wenn du nicht gleich aufmachst, Svenja, überleg ich mir das noch mal.«

Keine Antwort, stattdessen ging der Türöffner. Oliver nahm den Aufzug in den vierten Stock, obwohl Aufzüge generell und dieser speziell ihm nicht ganz geheuer waren. Mit einem Ruck hielt der Lift – die Tür blieb für einen Moment geschlossen. Er kannte das, trotzdem schoss es ihm kurz in den Magen. Dann das erlösende Quietschen der Schiebetür, er wurde in die Freiheit entlassen. Schon stand Svenja vor ihm und deutete auf den Beutel in seiner Hand. »Ich nehm dir die ab, ja?«

»Sehr rücksichtsvoll, danke. Hallo, Svenja.«

»Hey. Mama hat mir eben erst gesagt, dass du auch kommst. Aber es sind genug Burger da.«

Tatsächlich hatte Oliver nach dem Spontaneinsatz im Hausflur Schweigart/Angerer Katharina angerufen, um ihr von der neuesten Missetat Riebelgebers zu berichten. Seine Freundin hatte ihn spontan zum Essen eingeladen. Birgit würde auch da sein. Sie brachte offenbar Neuigkeiten zu Schweigarts digitalem Stalker mit.

Oliver legte den Arm um sein Patenkind. »Immer noch so aufs Essen fixiert wie als kleiner Pimpf, Svenjalein. Manche Dinge ändern sich nie.«

»Pffff«, machte Svenja und stupste ihren Patenonkel liebevoll in die Seite.

Mit ihren 13 Jahren war sie fast so groß wie Oliver. Obwohl sie gern und viel aß, war sie gertenschlank. Das hatte sie ebenso von ihrer Mutter geerbt wie die braunen Locken. Svenja trug sie derzeit schulterlang und offen. Die beeindruckende Mähne umgab ihr schmales Gesicht. Mit dem dunkelgrünen Kapuzenshirt im Schlabberlook und der engen High-Waist-Jeans sah Svenja schon ziemlich erwachsen aus.

»Cooles Outfit, das Shirt und die Hose.«

Svenja errötete leicht. »Komm, das Essen ist gleich fertig.«

»Schön, dass du da bist.« Tobias stand in der Wohnungstür und klatschte Oliver ab.

»Hier, ein Roter aus der Toskana. Passt zwar nicht zu Burgern, aber vielleicht für danach.«

Tobias las das Etikett und hob anerkennend die Augenbrauen.

»Echt jetzt? Vegan? Ohne mich«, hörten die beiden Männer Birgits klare Ansage aus der Küche.

»Guten Abend, die Damen.« Oliver umarmte die Archivarin und hauchte zwei Luftküsse über Katharinas Schulter. Die stand am Herd und wendete Patties in zwei Pfannen. Vier schienen der Farbe nach aus Fleisch zu sein, zwei hatten einen seltsamen Orangeton.

»Vegane Patties für den Burger? Ich habe eine Klientin, die behauptet, dass die richtig gut sind. Probier ich gern mal.« Oliver schnupperte in die Pfanne.

»Die sind megageil, aus Quinoa. Außerdem ist die Ökobilanz besser als bei der ewigen Fleischfresserei. Wisst ihr, wie viel Kohlendioxid ausgestoßen wird, bis …«

»Svenja, ja, wir sollten alle weniger Fleisch essen. Wir tun es deswegen auch sehr selten, aber heute ist so ein Tag«, unterbrach Katharina ihre Tochter.

Die gab nicht auf. »Trotzdem könntet ihr es wenigstens mal probieren, die schmecken wirklich.«

»Okay, versprochen. Dann bleibt dir allerdings weniger, es sind nur zwei da«, konstatierte Tobias.

»Oliver gibt dir bestimmt was von seinem ab«, konterte Svenja und stolzierte mitsamt ihren Weingummis aus der Küche. »Sagt mir Bescheid, wenn wir essen, ich muss mir noch ein paar Sprachnachrichten anhören.«

Katharina drehte sich um und wollte protestieren, als Tobias ihr beschwichtigend über die Wange streichelte.

»Lass sie, ich decke den Tisch.«

Er nahm fünf Teller und Besteck aus dem Küchenschrank und ging damit zu dem großen Holztisch, der seit Ewigkeiten zu dieser Wohnküche gehörte. Auf der Eckbank sitzend hatte Oliver schon Svenja gewickelt, Zwiebeln geschält oder Katharina getröstet – in den Jahren, als Funkstille geherrscht hatte zwischen ihr und Tobias.

»Wo ist das goldige Kuschelbaby geblieben, das ständig der Mama helfen wollte, alles spitze fand, was die gemacht hat, und um halb acht im Frotteestrampler leise geschnarcht hat?« Katharina riss in gespielter Verzweiflung die Augen auf.

»Ach komm, Svenja ist super.« Tobias küsste seine Frau in den Nacken. »Oliver, ein Bier? Die Damen sind schon beim Aperol Spritz.«

Birgit hob ihren Glaskelch, der nur noch halb voll war. Die knallige Farbe des Aperol stach vor dem komplett schwarzen Hintergrund noch mehr hervor. Die Archivarin trug eine taillierte schwarze Bluse mit diversen Bändeln und Schleifchen an den Ärmeln und am Ausschnitt. Dazu eine enganliegende Lederhose und – ungewohnt flach für Birgits Verhältnisse – grün-lila gestreifte Sneakers.

»Ja, am liebsten Weizen, wenn du hast. Gern auch ein leichtes, dann passt der Rotwein nachher noch rein.«

»Gute Idee«, stimmte Tobias zu. »Du weißt natürlich, dass ich nur Bayerns bestes Weizen dahabe.«

Oliver nickte. Sein gesamter Bekanntenkreis trank das Bier einer kleinen Brauerei in der Nähe von Mühldorf am Inn.

»Svenja, es geht looooos, bring bitte noch deinen Stuhl mit«, rief Katharina Richtung Kinderzimmer, während sich Oliver und Tobias zuprosteten.

»Also, ich nehm Weißwurstsenf zu dem veganen Burger. Das schmeckt abgefahren«, erläuterte Svenja, als sie kauend die Küche betrat, ihren Stuhl neben die Eckbank platzierte und energisch den Kühlschrank ansteuerte.

»Steht schon auf dem Tisch, Svenja«, Katharina deutete auf das Glas, »den du übrigens entgegen der Absprache nicht gedeckt hast. Du kannst dich bei deinem Vater bedanken.«

Svenja rollte die Augen und setzte sich.

»Erste Ladung Weingummis drin, kann's losgehen, mein Schatz?« Katharina zwinkerte ihrer Tochter zu.

»Klaro, das war die Vorspeise.«

Svenja begann konzentriert, einen eigenwilligen Burger zusammenzubauen. Auf den Quinoa-Fladen strich sie Weißwurstsenf, darauf packte sie ein mit Mayonnaise eingekleistertes Salatblatt, Tomatenscheiben, auf die sie Aceto balsamico träufelte, eine Käsescheibe mit Ketchup garniert, Zwiebelringe mit Barbecue-Sauce und obendrauf das mit Butter bestrichene Oberteil des Burger-Brötchens.

»Da kann ich noch was lernen«, feixte Oliver, beließ es bei seinem Burger aber bei etwas Barbecue-Sauce.

»Ich wusste es.« Eine Ketchup-Spur zog sich über Birgits Bluse. »Ich hätte ihn gleich mit den Fingern essen sollen. Beim Zerschneiden spritzt man sich doch grundsätzlich voll.« Beherzt tunkte sie eine Serviette in ihr Wasserglas und wischte sich über Busen und Bauch.

»Stimmt, Svenja, der vegane ist lecker.« Auch Oliver entfernte Saucenreste von seinem Kinn, schnitt ein Stück des Patties ab und hielt es Tobias hin.

Der kaute skeptisch.

»Geil, oder?«, fragte Svenja begeistert.

»Äh, also, geil würde ich jetzt nicht sagen, aber schön, wenn es dir schmeckt«, versuchte Tobias es diplomatisch.

Svenja rollte wieder die Augen. Katharina schmunzelte. Diesen Ausdruck von Entrüstung hatte ihre Tochter schon als kleines Mädchen perfekt beherrscht.

Als alle fertig waren und Svenja sogar einmal ihre Weingummitüte hatte kreisen lassen, bat Katharina: »Svenja, räumst du den Tisch ab und die Spülmaschine ein? Danach kannst du noch eine halbe Stunde am Handy daddeln.«

»Yes, Ma'am, gerne doch.«

»Und wir?« Katharina schaute in die Runde. »Noch Bier für die Herren, noch ein Spritzl, Birgit?«

»Also, ich wäre für Olivers Rotwein«, schlug Tobias vor.

»Für mich Spritzl«, orderte Birgit und schwenkte ihr fast leeres Glas.

»Kommt, wir setzen uns ins Wohnzimmer.« Tobias entkorkte den Wein.

»Jetzt hört sie sicher gleich wieder Unmengen von Sprachnachrichten. Ich wüsste gern, von wem. Sie ist doch erst 13.« Katharina seufzte und mischte für Birgit einen weiteren Aperol Spritz.

»Lass ihr den Spaß. Sie erzählt doch viel. Wir würden es merken, wenn etwas nicht stimmt.« Tobias streichelte seiner Frau über den Arm und zog sie auf den bunten Zweisitzer an der geöffneten Balkontür.

Aus der Küche hörten sie Svenja singend werkeln.

Vom Italiener ein paar Häuser weiter drangen die Stimmen der draußen tafelnden Gäste zu ihnen herüber. Der leckere Duft gebratener Scampi wehte herein.

Während sie an ihrem zweiten Aperol Spritz nippte, gab Birgit ihren nächsten Diätplan bekannt: ein Tag in der Woche nur Karotten – als Suppe, Saft, Gemüse und Salat.

»Du überbrückst doch nur die Zeit, bis ich mich verziehe. Ihr habt sicher noch wichtige Dinge zu besprechen.« Tobias grinste Birgit an. »Ich möchte lieber nicht Mitwisser deiner illegalen Internetaktionen werden.«

Birgit runzelte die Stirn und schüttelte mit gespielter Empörung den Kopf. »Niemals, alles auf dem Boden des Gesetzes … meistens zumindest.«

»Sag ich doch. Ich schau mal, ob Svenja sich an die Weisungen ihrer Mutter hält. Danach muss ich mir noch eine gute Onlinewerbung für den Podcast der Staatskanzlei zum Thema ›Demokratie‹ überlegen.«

»Ui, Staatskanzlei, klingt wichtig.«

Tobias schmunzelte. »Die bayerische Landesregierung als fester Kunde unserer Agentur, das sorgt für einen sicheren Arbeitsplatz.«

Katharina gab ihrem Mann einen Kuss und deutete auf Olivers fast leeres Glas. Der nickte zustimmend und bekam die Rotweinflasche gereicht. Als alle versorgt waren, ging Katharina zum eigentlichen Thema über: »Hat Angerer denn irgendeine Andeutung gemacht, wo die Schweigart hinwill?«

»Nein, nur dass sie München wohl heute schon verlässt. Er hat einen alten Opel besorgt, mit dem er sie unerkannt aus der Stadt bringen will. Das kann alles heißen, zum Flughafen, auf eine einsame Hallig in der Nordsee, keine Ahnung. Ich habe auch nicht nachgehakt, geht mich nichts an.«

»Der Herr Anwalt, korrekt wie immer. Die Chance hätte ich mir nicht entgehen lassen. Einen Versuch wäre es doch wert gewesen.« Birgit nahm einen großen Schluck ihres Aperol.

»Nein, das war vollkommen richtig so. Ich habe Sanna Schweigart versprochen, nicht zu recherchieren, wo sie ist. Stell dir mal vor, Oliver bohrt nach und die Verbindung zwischen uns kommt raus, geht gar nicht.«

Birgit lag in Relax-Position in Katharinas Fernsehsessel und wippte etwas ungehalten mit dem linken Bein. Die lila Bommel am Ende ihrer grünen Schnürsenkel flogen hin und her. »Punkt für euch. Wollt ihr wissen, was ich rausgefunden habe?«

Katharina und Oliver waren erleichtert, dass sich die kleine Missstimmung sofort gelegt hatte, und nickten.

»Meine Ohrringe geben einen ersten Hinweis.« Birgit stellte den Sessel in Sitzposition, wackelte mit dem Kopf und zeigte bedeutungsvoll auf die zwei kleinen schwarzen Kronen, die an hauchdünnen Drähten von ihren Ohren hingen. Es sah aus, als ob sie schwebten.

»Spuck's aus. Wird die Schweigart von einer dunklen Macht bedroht?« Oliver drehte amüsiert sein Weinglas in den Händen.

»Nicht ganz. Ich sage nur: The Kini is back.« Triumphierend zog die Hackerin ihr Smartphone aus der Hosentasche. »Hier, unglaublich, als wäre der Märchenkönig wiederauferstanden.«

Katharina und Oliver betrachteten ungläubig den geöffneten Instagram-Account. Tatsächlich nannte sich da jemand »the real Kini_2.0«. Das Profilbild zeigte einen Mann, der genauso aussah, wie man den bayerischen König Ludwig II. von Porträts aus seinen jungen Jahren kannte: dunkelbraunes, leicht gewelltes Haar mit Seitenscheitel, gutmütige braune Augen, zierliche Nase und ein insgesamt königlich-arroganter Gesichtsausdruck. Gekleidet war der Mann ebenfalls stilecht in eine mittelblaue Uniformjacke mit Schulterstücken aus Goldgeflecht und behängt mit diversen Orden. 1.500 Posts gab es auf seinem Account. Ein paar Tausend Menschen folgten ihm. Die Videos und Fotos zeigten den Kini in den unterschiedlichsten Situationen, immer einem König angemessen. Er saß in einem Ruderboot, das offenkundig nicht er selbst bewegte, und winkte huldvoll in die Kamera. Oder er stand Modell und wurde auf Leinwand verewigt mit dem Hinweis, »the real Kini« habe die gleiche Körpergröße wie der echte König, nämlich stattliche 1,93 Meter. In einem Videoclip saß er an einer Tafel vor mehreren Gedecken aus edelstem Geschirr und Besteck und speiste. Die Menüauswahl stand unter dem Post: Es handle sich nur um Leibspeisen des Königs, wie zum Beispiel »Hechtenkraut«, ein Auflauf aus Sauerkraut, Hechtfleisch und Kartoffeln, mit Béchamelsauce überbacken. Mit Speck gespickte Rehkeule sei als zweiter Gang serviert worden, gefolgt von diversen reichhaltigen Fleisch- und Fischgerichten. Vieles davon enthalte Anklänge an die französische Küche, die der König sehr geliebt habe. Zum Abschluss habe es zwei Nachspeisen gegeben, Früchteeis und Früchtegelee. Zehn bis zwölf

Gänge wurden Ludwig in der Regel angeboten, auch das erfuhr man hier.

Das auf Instagram verewigte Event war offenbar eine Benefizveranstaltung zugunsten krebskranker Kinder gewesen. Viele Prominente hatten teilgenommen, ebenfalls im Stil der Zeit Ludwigs gekleidet.

»Was ist das denn?« Oliver setzte sich wieder und nahm einen Schluck Wein.

»Der Mann heißt Ludwig Lüftl, Bootsbau und Bootsverleih in Gstadt am Chiemsee. Er gibt gern den Kini, trägt offenbar auch im normalen Leben immer irgendwas Königliches an seiner Kleidung.« Birgit wischte über das Display ihres Smartphones und zeigte Bilder, auf denen der Mann zur Jeans mal eine royale Uniformjacke, mal schwarze Reitstiefel kombiniert hatte. Das Haar trug er wie Ludwig etwas länger und nach hinten gekämmt.

»Scheint ein leicht verrückter Gutmensch zu sein«, resümierte Katharina.

»Irgendwie schon. Er lässt sich zum Beispiel nicht buchen für Hochzeiten oder Geburtstagsfeiern, sondern tritt nur für den guten Zweck auf. Er ist ›Kini aus Leidenschaft‹, weiß wohl auch alles über den realen König Ludwig II.«

»Seiner Bootsvermietung schaden die Follower aber nicht«, stellte Oliver nüchtern fest.

»Klar. Kohle zu scheffeln, scheint aber nicht sein Hauptmotiv zu sein.« Birgit wischte versonnen über die zahllosen Bilder Lüftls. Die kleinen Kronen an ihren Ohren verharrten in ehrfurchtsvoller Stille.

»Was hat der mit der Sanna-Schweigart-Sache zu tun?«, hakte Katharina nach.

»Er steckt hinter den Nachrichten. Ich habe sie zurückverfolgt und bin auf einen Account von Lüftl gestoßen.«

Birgit stellte den Fernsehsessel resolut in Sitzposition. »Ich habe vor, dem Mann einen Besuch abzustatten, inkognito, versteht sich.«

Katharina runzelte die Stirn. Ihre Freundin liebte Undercover-Einsätze. Allerdings hatte sie sich dabei auch schon in Gefahr gebracht. Katharina hatte nicht vergessen, wie Birgit bei den Nachforschungen über Robert Adelhofer von dessen Mittäterin entführt worden war. Oliver hatte Birgit damals befreit.

Katharina räusperte sich. »Wie schnell du das rausgefunden hast, effektiv wie immer.«

Birgit strahlte über das ganze Gesicht und leerte in einem Zug den Rest des Aperol Spritz. Dann lehnte sie sich vor und streichelte Katharina über das Bein. »Keine Sorge, ich passe auf mich auf. Übrigens brauchst du mir auch nicht freizugeben, ich fahre morgen, Wochenende, du verstehst. Der Chef ist meinen Recherchen zufolge samstags offenbar gern selbst im Fahrkartenverkauf. Vielleicht kann ich ihm da ein wenig auf den Zahn fühlen.«

Katharina nickte. Sie könnte es ohnehin nicht verhindern. Wenn sie es versuchte, würde Birgit heimlich weitermachen. An einem Samstag im Hochsommer wäre in Gstadt so viel los, da würde schon nichts passieren. Adelhofers Komplizin hatte Birgit damals nachts im Englischen Garten hopsgenommen.

»Ich könnte mir so ein weißes Tuch um den Kopf binden, wie es dem Ludwig seine verschmähte Braut bei der Verlobung getragen hat. Schaut, das ist die schöne und unglückliche Sophie in Bayern.« Birgit zeigte auf dem Handy das Verlobungsfoto von Ludwig II. mit Sisis kleiner Schwester. Das schmale Gesicht der unsicher in die Kamera blickenden jungen Frau wurde tatsächlich eingerahmt von einem weißen Tuch, das bis über die Brust drapiert war. Ihr Verlobter im Gehrock, Zylinder in der linken Hand, schaute sinnierend am Fotografen vorbei.

»Wäre doch ein guter Test, wie sattelfest der Lüftl wirklich ist in Sachen Kini.« Birgit vergrößerte das Foto und beäugte das Outfit der jungen Herzogin.

»Das siehst du schon an dem einen Bild, dass das nichts werden konnte mit dieser Ehe«, stellte Oliver nüchtern fest.

»Natürlich nicht. Ludwig war wohl eher dem männlichen Geschlecht zugeneigt. Vor ein paar Jahren sind Briefe aufgetaucht, aus denen das ziemlich klar hervorgeht.«

»Woher weißt du denn das alles, Birgit? Deine royale Ader ist mir bisher verborgen geblieben.« Katharina schmunzelte.

»Mein erstes Referat in der Schule habe ich über den Kini gehalten. Schon damals hätte ich so gern herausgefunden, was wirklich passiert ist am Starnberger See. Um seinen Tod ranken sich bis heute diverse Geschichten.« Birgits royale Ohrringe schwangen wieder aufgeregt hin und her.

»Vielleicht ist es trotzdem besser, du fährst als ganz normale Touristin nach Gstadt. Du musst dem Lüftl ja nicht sofort in Erinnerung bleiben.« Oliver nahm sein leeres Weinglas und stand auf. »Ich geh jetzt, ihr Lieben.«

Birgit fingerte in ihren Haaren herum, weil sich eines der Krönchen in der roten Mähne verfangen hatte. »Hast recht, wäre nur so romantisch gewesen …«, murmelte sie undeutlich mit einer Strähne im Mund.

Katharina stand auf und streichelte ihrer Freundin über den Rücken. »Es wird sicher vor allem spannend. Als Birgit gefällst du mir jedenfalls besser.«

SPÄTER FREITAGABEND, MÜNCHEN, KAISERSTRASSE

Langsam öffnete sich das Tor der Tiefgarage. Endlich. Riebelgeber war schon kurz davor gewesen, aufzugeben. Er wartete in seinem Auto ein kleines Stück die Straße runter. Die Uhr der Ursulakirche zeigte nach Mitternacht. Bei dem Promi-Pack waren seit geraumer Zeit alle Lichter aus. Gerade als er beschlossen hatte, die vierte Leberkässemmel zu verspeisen und dann nach Hause zu fahren, tat sich etwas.

Bingo. Der schrottige Opel kam langsam die Auffahrt hoch. Die Scheinwerfer blendeten den Klatschreporter, er konnte nicht ins Innere des Wagens sehen. Ohne Licht fuhr Riebelgeber aus der Parklücke. Der Opel war jetzt oben. Kurz wurde das Wageninnere von einer Straßenlampe angeleuchtet.

Riebelgeber lachte laut auf. Baseballkappe, Wolfgang-Petry-Frisur, knallgrünes Muscle-Shirt, darüber eine fleckige braune Trainingsjacke. Da gab jemand den Parade-Proll. Aber einem Horst Riebelgeber machte man nichts vor. Die Fresse erkannte er trotz Brille und in die Stirn hängenden Haaren. Das war der Angerer – allerdings allein. Seine Gemahlin lag wahrscheinlich hinten. In den Kofferraum würde er sie wohl nicht gepackt haben. Riebelgeber nahm genüsslich einen Schluck von seinem Energydrink. Ein paar Tropfen liefen ihm übers Kinn, fielen auf den voluminösen Bauch und gesellten sich zu den Senfflecken, die die Leberkässemmeln hinterlassen hatten. Er wischte kurz mit der Hand darüber, was nur bewirkte, dass die jetzt auch klebte. Egal. Wer arbeitete, musste sich anständig ernähren. Ein Vollblutreporter konnte auf äußerliche Kleinigkeiten keine Rücksicht nehmen.

Angerer tat ihm den Gefallen und bog nach links ab. Riebelgeber folgte von rechts kommend in sicherem Abstand. Zufrieden drehte er seinen Lieblingssong lauter und grölte mit: »Atemlos durch die Nacht …«

»Kann ich mich hinsetzen?« Sanna lag unter einer Decke auf der Rückbank und hatte keine Ahnung, wo sie sich befanden. Johnny wollte kein Risiko eingehen, weshalb er sie gebeten hatte, während der Fahrt möglichst unsichtbar zu bleiben. Sanna war sich zwar nicht sicher, ob er übertrieb, auch was die Aktion mit Yanis' altem Opel betraf. Aber immerhin hatte sich ihr Mann gekümmert. Jetzt waren sie schon eine ganze Weile unterwegs, da durfte sie wohl nachfragen.

»Lieber nicht«, murmelte Johnny. »Ich hab des Gefühl, dass uns jemand folgt. Ich versuch, den abzuhängen, fahr erstamal Richtung Flughafen. Des führt den Idioten in eine falsche Richtung.«

»Alles klar.« Sanna schwitzte unter der Decke und schob sie zur Seite. Wenn sie lag, war sie von draußen nicht zu sehen. Außerdem trug sie eine Tarnkluft bestehend aus einem ausgeleierten grauen Shirt, einer altmodischen blauen Wanderjacke, braunen Cord-Bundhosen und den Wanderschuhen ihrer Mutter, die aus den 1960er-Jahren stammen mussten. Auf dem Kopf saßen Perücke und Kopftuch. Aus Sanna Schweigart war eine spießige ältere Dame auf dem Weg in die Berge geworden.

Wenn Johnny noch zum Flughafen fuhr, würde es mindestens zwei Uhr morgens werden, bis sie in Sachrang ankamen. Um diese Uhrzeit allein zum Hütterl hoch, so richtig wohl war ihr bei dem Gedanken nicht. Aber sie hatte wohl keine andere Chance. Vor ihr im Fußraum zuckte gerade Knurrhahn und stieß ein paar Sekunden lang aufgeregte Kläffer aus. Er träumte. Vermutlich besiegte er gerade eine Bulldogge beim Wettrennen. Trotz ihrer Anspannung brachte der Hund Sanna zum Lächeln. Gott sei Dank begleitete wenigstens er sie auf diesem Abenteuer. Johnny konnte nicht mitkommen. Zusammen wären sie erkannt worden. Sanna hatte ihn deshalb gar nicht darum gebeten.

Er hatte ungefragt seine Arbeit als Argument ins Feld geführt. Das hatte Sanna verletzt. Beide Praxen liefen bestens. Da konnte der Chef locker ein paar Tage fehlen. Aber der Job stand bei Johnny schon immer ganz weit oben. Manchmal hatte sie das Gefühl, er war ihm wichtiger als sie. Stopp, ermahnte sie sich, das bringt jetzt nichts. Sie kraulte den schlafenden Hund hinter dem rechten Ohr – seine Lieblingsstelle. Knurrhahn öffnete kurz die Augen, schleckte seinem Frauchen über den Arm und schlief weiter. Sie liebte den typischen Geruch seines Fells, der ihr leicht um die Nase wehte. Allein der beruhigte sie schon. Ihr Hund würde sie nie im Stich lassen.

»Servus, Yanis, du, ja, wir müssens tatsächlich so machen. Wir täten jetzt zu dir kommen. Da ist so ein Armleuchter hinten dran, den müssma irgendwie loswerden. Also wie abgmacht: Du fährst mit dem Opel Richtung Norden und wir mit deinem zum Flughafen. Dank' schön, bis gleich.«

»Plan B«, rief Johnny nach hinten zu seiner Frau. »Ich krieg den Trottel nicht abghängt. Jetzt fahrma halt zum Yanis und nehmen dem sein anderes Auto. Wenn der mit dem Opel wegfährt, hängt sich der Idiot hoffentlich wieder dran. Wir wechseln wie immer im Yanis seiner Garag'.«

»Wenn wir den nicht hätten«, sinnierte Sanna. Es war nicht das erste Mal, dass der nette Grieche aus Eching für Ablenkungsmanöver zur Verfügung stand. Aus seiner Begeisterung für Sanna hatte er noch nie einen Hehl gemacht. Er würde wahrscheinlich alles für sie tun. Von Johnny war er anfangs nicht ganz so begeistert gewesen, aber nachdem Sanna ihn als Ehemann ausgewählt hatte, akzeptierte der Grieche den Physio notgedrungen. Früher hatte Yanis ein Lokal in Schwabing geführt. Johnny und sie waren Stammgäste gewesen. Das Essen schmeckte großartig und Yanis hatte immer dafür gesorgt, dass sie unbehelligt geblieben waren. Irgendwann hatte er seine Liebe gefunden, Kalomira.

»Name kann nur sein Kalomira, ist scheenste Frau aus Schwabing, aus Griechenland, ach, ganze Welt«, hatte Yanis Sanna damals strahlend erzählt. Und dass Kalomira »die Scheene« bedeute. Tatsächlich war die Griechin mit den dunklen Augen, der prachtvollen schwarzen Mähne und dem sinnlichen Sophia-Loren-Mund hinreißend und zudem mit einem großen Herzen ausgestattet. Sanna hatte sie sofort gemocht. Yanis und Kalomira hatten schnell geheiratet und drei Kinder bekommen: Olympia, Nephele und Manolis. Um mehr Zeit für die Familie zu haben, hatte Yanis das Lokal aufgegeben. »Waage schwer auf Seite Kalomira«, umschrieb der verliebte Ehemann seine Form der Work-Life-Balance. Er betrieb jetzt in Eching einen Dauerparkplatz und Shuttleservice für Flugreisende, die zum Franz-Joseph-Strauß-Airport wollten.

»Was hast du ihm gesagt, wohin ich will?«

»Vertraulich. Er wollts auch gar ned wissn, Yanis halt. Der denkt bestimmt, dass du irgendwohin fliegst.«

»Und wenn er auf seinem Tacho sieht, wie weit du mit seinem Wagen noch gefahren bist?« Sanna bemerkte selbst, wie paranoid sie geworden war. Yanis konnte sie doch vertrauen.

»Dann sag ich ihm, dass wir noch x Kurven ham schlagn müssen, um den Saubazi abzuhängen.«

»Ist er immer noch da?«

»Jedenfalls fährt immer noch a Auto hinter uns her – nachts um fast ein Uhr auf der Landstraß' nach Eching eher ungewöhnlich.«

»Ich könnte wetten, dass es der Riebelgeber ist. Der lungert oft ums Haus rum und hält sich für superschlau, wenn er drüben in der Toreinfahrt steht. Nachdem sein Azubi versagt hat, nimmt der Chef die Sache jetzt selbst in die Hand.« Sanna streichelte traurig über Knurrhahns Kopf. Was war das für ein Leben? Sie wollte doch nur ihrer Leidenschaft nachgehen, der Schauspielerei.

»Kann sein, kann auch nicht sein. Jedenfalls zieht der den Kürzeren, verstehst, Sannerl?« Johnny trat aufs Gas und bog ein paar Hundert Meter weiter rechts ab. Sanna vermutete, dass sie auf der kleinen Seitenstraße waren, die zu Yanis' und Kalomiras Haus führte.

»So später der Abend, so scheen die Gäste«, hörte sie schon kurz darauf Yanis' charmanten Slang. Das Garagentor hatte sich hinter dem Opel geschlossen. Das Haus befand sich auf einem eingezäunten privaten Grundstück. Niemand würde sie hören oder sehen können. Sanna erhob sich und bewegte vorsichtig ihre vom unbequemen Liegen verspannten Arme und Beine.

»Mein Stern von Auge, wie schaust denn du aus?« Yanis deutete erstaunt auf die Maskerade seines Lieblingsstars. »Gehst wandern auf Peloponnes, eh? Da dich keiner erkennt so.« Er wedelte mit der Hand vor ihrem Körper herum.

Sanna liebte Yanis' rauchige Stimme, mit der er immer aussprach, was er dachte, oft begleitet von einem keckernden Lachen.

»Da ist auch lieber Hund mit komisch Name. Servus, mein Bester.« Yanis beugte sich zu Knurrhahn, der sich sofort an die Beine des Griechen drückte und Streicheleinheiten einforderte.

»Ich hoffe, wir haben niemanden geweckt, Yanis?« Sanna umarmte den Griechen und begrüßte ihn mit zwei Luftküssen.

»Nee, nee, schlafen alle wie Murmeltiere, habe ich in Salon gewartet, ob anruft Johnny. Servus, Kumpel.«

Yanis hatte sich jetzt erst zu Angerer gedreht und fing sofort laut an zu lachen. Es klang wie die an ein Hochzeitsauto gebundenen Blechdosen, die auf die Straße aufschlugen. »Bis' du Penner, oder was? Vokuhila, der Johnny, glaub ich's nicht. Und dreckig' Jacke, Wahnsinn!« Der Grieche drosch Angerer auf die Schulter und schaute ungläubig an ihm herunter.

Johnny lächelte etwas gequält und klatschte den Griechen ab. »Ich schlag vor, wir warten a halbe Stund', dann fährst du mit dem Polo raus, wir 20 Minuten später mit dem Opel. Bis dahin ist der Schwachmat hoffentlich schon hinter dir auf der Autobahn Richtung Norden.«

»Okay, Chef. Gibt griechische Vorspeise für Zeit, wo warte. Tzatziki, Taramas, Weinblätter gefüllte, dicke Bohnen mit Tomatensauce und für dich ein Knochen.« Yanis streichelte Knurrhahn und führte seine Gäste ins Wohnzimmer.

1.15 Uhr. Langsam nervte Riebelgeber die Aktion. Was wollte der Schwabinger Geldsack bei »Flughafenshuttle«

Yanis Karagiannidis? Gab er seine Trulla dort ab und der Grieche fuhr sie zum Terminal? Die große Liebe stellte Riebelgeber sich anders vor. Sein Magen knurrte. Der Energydrink war leer. Er fingerte nach hinten auf die Rückbank und entdeckte noch eine Büchse und einen kleinen Beutel Erdnüsse. Während er sie verschlang, beobachtete er weiter das Haus. An der Vorderfront war alles dunkel, mehr konnte er nicht erkennen. Vermutlich hatte Angerer in der Garage geparkt. Riebelgeber hatte das verpasst. Er war dem Wagen mit reichlich Abstand gefolgt, um nicht aufzufallen. Er wusste eben, wie es ging. Die Herrschaften hatten keine Ahnung, dass er nicht lockerlassen würde. Allerdings war er trotz Energydrink kurz davor einzuschlafen. Wieder fiel ihm der Kopf nach vorne. Der Geruch der Senfflecken auf seinem Hemd stieg ihm in die Nase und erinnerte ihn an seine Mission. Sofort war er wieder hellwach.

Um 1.40 Uhr öffnete sich endlich das Garagentor. Ein Wagen fuhr langsam heraus. War es der Opel? Nein, ein Polo. Während sich das Tor wieder schloss, drang kurz Licht ins Wageninnere. Am Steuer saß der Wolfgang-Petry-Verschnitt und auf dem Beifahrersitz – sieh einer an – eine grauhaarige Dame mit großer Sonnenbrille. Sie wirkte etwas starr. Hatte sie Angst? Oder war das eine Falle? Eine Puppe? Würde gleich der Opel auftauchen und mit der wahren Schweigart wohin auch immer fahren? Riebelgeber nahm einen großen Schluck aus der klebrigen Büchse. Er musste sich jetzt entscheiden: Wenn er dem falschen Wagen folgte, war die Spur dahin.

SAMSTAGVORMITTAG, GSTADT AM CHIEMSEE

Bald wären alle Boote weg. Zufrieden saß Birgit auf einer Bank am See und schleckte die letzten Reste »je eine Kugel Vanille, Haselnuss und Stracciatella«. Der Eisdiele in Gstadt hatte sie noch nie widerstehen können. Kalorien sollten heute mal keine Rolle spielen. Sie war als Touristin hier. Den Ticketverkauf vom »Bootsverleih Lüftl« hatte sie im Blick. Es war tatsächlich der Chef selbst, der an der Kasse saß.

»Leider alles draußen auf dem See. In einer Stund' müsst' des erste Tretboot wieder reinkommen, vielleicht hams dann Glück. Oder Sie schaun bei den Kollegen.«

Die Touristin in sehr kurzem Billig-Dirndl und neongelben Plateauschuhen schien nicht zufrieden. Sie fuchtelte mit ihrem Smartphone vor Lüftl herum.

»Ja, logisch, Momenterl.« Der attraktive Bootsvermieter trat aus seinem Kabuff und stellte sich huldvoll lächelnd neben die Dame. Die hakte sich strahlend bei ihm ein und verewigte das denkwürdige Motiv in einem Selfie.

»Gern, pfiadi«, verabschiedete sich Lüftl routiniert.

Die Gesichtszüge des Mannes und seine Statur glichen auch in natura dem jungen Ludwig II. Gekleidet war er modern mit blau-weiß kariertem Trachtenhemd, knielanger Krachlederner und – dem Trend entsprechend – weißen Sneakers mit Tennissocken. Die Ehrerbietung für den Kini bestand in einem grauen Filzhut mit weißem Federbusch.

Genau diese Kopfbedeckung hatte Birgit auf einem Foto des sehr jungen bayerischen Königs gesehen, ein Erkennungsmerkmal für Insider.

Schon wieder wurde Lüftl zum Selfie gebeten, diesmal von einem älteren Ehepaar in Tracht. Er stimmte zu und stellte sich strahlend zwischen die beiden. Sie bedankten sich ehrfürchtig, deuteten beim Weglaufen begeistert auf das Handy, winkten und tuschelten aufgeregt miteinander. Seinem Geschäft war die Kini-Ähnlichkeit offensichtlich sehr zuträglich.

Er war aber auch ein Sahneschnittchen. Dieses sexy Lächeln, die durchtrainierte Figur, die Strähnen, die lässig unter dem Hut hervorlugten ... Du bist in anderer Mission da, ermahnte Birgit sich, atmete tief durch, schaute prüfend an sich herunter und stand auf. Für ihre Tarnung hatte die Archivarin den Schwarz-Look aufgegeben und in ihrem alten Kleiderfundus gestöbert. Die roten Haare steckten unter einem naturfarbenen Strohhut, an dem beiger Stoff zum Sonnenschutz bis zu den Schultern hing. Dazu trug sie eine große cremefarbene Sonnenbrille mit abgedunkelten Gläsern. Eine blaue Latzhose aus dünner Baumwolle, darunter ein leicht verfärbtes, ehemals weißes T-Shirt, dunkelblaue Flip-Flops und ein Brustbeutel für Geld und Handy ließen sie wie eine unbedarfte Tagesausflüglerin aussehen. Birgit kaute den letzten Rest der knusprigen Eiswaffel, warf das dazugehörige Papier in den ziemlich überfüllten Mülleimer und ging zum Tickethäuschen, wo gerade keine Kundschaft wartete. Als sie ankam, öffnete sich die Tür des Holzschuppens und Lüftl trat heraus.

»Es san alle Boote weg, kommens in einer Stund' wieder«, rief er ihr freundlich zu.

»Äh, ja, also ... Ich wollte eigentlich für nächste Woche

reservieren«, improvisierte Birgit mit schüchternem Augenaufschlag, »für unsere Yogagruppe.«

»Ah so, alles klar, dann wartens kurz, i bin glei' wieda da.« Er lief vom See Richtung Straße. Der weiße Federbusch schwang erhaben im leichten Chiemgauer Sommerwind.

Birgit trat näher an den Ticketstand. Außen hing ein abgegriffener Zettel mit den Mietpreisen. In der kleinen Kammer waren die Holzwände gepflastert mit Autogrammkarten. Alle dankten Lüftl, mal für den wunderbaren Service, mal für einen tollen Abend, mal für die spannende Führung. Von Basti Schweinsteiger bis Daniela Katzenberger – viele A-, B- und C-Promis hatten Lüftls Angebote schon genutzt.

»Du bist der wahre Kini vom Chiemsee«, stand auf einer Karte.

Ein weiblicher Fan mit aufgespritzten Lippen, dessen Name Birgit nichts sagte, hatte ein großes Herz gemalt und »thank you for the lovely trip« hinzugefügt.

Einige Danksagungen bezogen sich offenbar auf das Benefiz-Souper, von dem Birgit im Internet gelesen hatte. »So viel könnt i ned jedn Tag essn, aber guad wars. Genau wie beim Kini. Sauber, sog i«, hatte der als »Alpenarzt« bekanntgewordene Schauspieler Wolfi Wirtsgruber über sein Foto geschrieben.

Darunter, halb verdeckt, hing eine ältere Autogrammkarte von Sanna Schweigart. Sie zeigte die Schauspielerin noch mit hellbraunen Haaren. Zu lesen waren nur Bruchstücke. »Dank«, »Abend«, »gern wieder« »Ihre«. Birgits Puls beschleunigte sich. Hatte Lüftl den Wirtsgruber-Dank absichtlich darüber gepinnt? Warum? Schweigarts Prominenz überragte die von Wirtsgruber bei Weitem.

»So, da bin i. Wie viel' seids denn und wann wollts los?« Lüftl öffnete die Tür zum Ticketverkauf und nahm hinter einem als Tisch dienenden Holzbrett Platz, auf dem ein Laptop stand.

»Nächsten Donnerstag am Nachmittag mit fünf Leuten. Wir würden gern eine Insel-Rundfahrt buchen, Herreninsel, Fraueninsel und zurück. Vielleicht könnten Sie uns begleiten? Wenn wir uns das leisten können, also äh, als …«, stotterte Birgit und hoffte, dass ihr ängstlicher Blick in etwa dem der legendären Lady Di glich.

»… als Kini, scho' klar. Des könn' ma machen. Des Geld is' für a guade Sach'. Drum werd des a bissl teurer. 150 Euro die Stund' müsstets rechnen, und des is' a Freundschaftspreis, weils vom Yoga kimmts, des find i guad. 50 gehn an mich, weil i brauch a Vertretung hier«, er zeigte auf das Kassenhäuschen. »Und 100 san für krebskranke Kinder. Da könnts auch a Quittung ham, dass sehts, dass i ned bscheiß.« Er hackte in seinen Computer, das halblange Haar fiel ihm in die Stirn. Mit routinierter Geste strich er es nach hinten unter den Hut. »Donnerstag dad noch gehn, ab 14 Uhr. Drei Stund'?«

»Äh, also, ähm, lieber zwei. Ich hoffe, es sind alle einverstanden.«

»Guad. Dann könnts die Herreninsel halt bloß kurz sehn, aber dafür von a super Perspektivn.« Lüftl gab ihr zum Vertragsabschluss die Hand. »Und wenns doch ned kommts, dann sagst bitt' schön bis zum Montag Bscheid.«

»Vielleicht kriegen wir das Boot, in dem Sanna Schweigart schon gesessen hat?« Birgit deutete verlegen auf das halb verdeckte Bild.

Lüftl schaute überrascht auf, fixierte kurz seine Kundin und folgte dann ihrem Finger. »Ah so, keine Ahnung, des muaß scho' lang her sei, dass die da war.« Der Mann drehte sich zurück zu seinem Bildschirm, wieder fiel ihm eine Haarsträhne ins Gesicht. Sein Handy klingelte. Er fingerte es aus der Lederhose und drehte sich mit einem »dann bis Montag, pfiadi« von Birgit weg.

Sie trat zur Seite und lauschte.

»Was? Des ganze Netz is' gstört? Scho' wieder? Gestern war doch alles subba … Ah so … Des is' aber saubläd, für Insta brauch ich's halt, so ein Mist, wie lang werd des dauern …? O mei, o mei, ja, kannst nix machen, alles klar.« Nervös wischte Lüftl über sein Smartphone. »Meldst dich, sobald's wieder gehd, ge?«

Birgit lugte vorsichtig um die Ecke. Schweißperlen standen auf der Stirn des Kini 2.0. Er starrte fassungslos auf das Gerät.

Dass Birgit das Gespräch gehört und ihn beobachtet hatte, fiel ihm nicht auf. Die Archivarin ging zurück zu ihrem Auto, das oberhalb des Sees auf einer Wiese stand. Im Sommer war die zum Parkplatz umfunktioniert. Birgit stieg ein und öffnete Schweigarts Instagram-Account.

»Du wirst mich lieben, das weiß ich. Es dauert nicht mehr lang 😍 😍 😍.«

Die private Nachricht hatte Sannalover23 am Abend vorher abgeschickt – da hatte Ludwig Lüftls Internetanschluss funktioniert.

SAMSTAGABEND,
HÜTTERL AM GEIGELSTEIN

»Komm, Knurrhahn, jetzt geht's raus.« Bis auf zwei kurze Pinkelgänge mit dem Hund hatte es Sanna an ihrem ersten Tag in den Bergen vorgezogen, im Hütterl zu bleiben. Wanderern war sie nicht begegnet. Sie schien hier wirklich sicher zu sein. Ihr schlauer Border Collie hatte verstanden, dass er sich ruhig verhalten musste, und den Tag brav unter der Eckbank verbracht. Es zahlte sich mal wieder aus, dass sie so viel mit ihm trainierte. Er gehorchte aufs Wort, beherrschte sogar kleine Kunststücke. Wenn Sanna »peng« rief, ließ er sich theatralisch fallen. Bei »roll dich« drehte er sich um seine Längsachse. Besonders liebte Knurrhahn »schimpf«: Da durfte er ohrenbetäubend losbellen. Kaum hatte er jetzt »komm« gehört, war der Hund aufgesprungen und zu der niedrigen, windschiefen Holztür gerannt. Er stand schwanzwedelnd davor und fiepte herzzerreißend.

»Bin schon da.« Sanna hatte sicherheitshalber die Leine geschnappt, falls ihnen Hasen oder Rehe begegneten. Auf eine nächtliche Suchaktion, sollte der Hund ausreißen, hatte sie keine Lust. Und herumbrüllen durfte sie sowieso nicht.

Die beiden traten vor die Hütte, die idyllisch in einem kleinen Wäldchen abseits des Forstwegs auf den Geigelstein lag.

Sanna lief einen kleinen Pfad nach oben zu ihrem Lieblingsaussichtspunkt. Nach ein paar Minuten konnte sie durch die Baumspitzen den Gipfel des Geigelstein in der

Dämmerung sehen. Letzte Sonnenstrahlen tauchten den Berg in ein zauberhaftes Orange. Sanna streckte sich und atmete tief die klare Bergluft ein. Hier oben kühlte es im Sommer abends ab, herrlich. Sie würde sich später in dem alten Bauernbett zudecken können, ohne zu schwitzen. In München war in den letzten Wochen Tag und Nacht die Klimaanlage gelaufen.

Nachdem er sein Geschäft verrichtet hatte, kam Knurrhahn hinter den Bäumen hervor und schaute sein Frauchen erwartungsvoll an.

Sanna streichelte ihm über den Kopf und ging den Trampelpfad zum Forstweg hinunter, den sie am frühen Morgen mit Knurrhahn hochgestiegen war. Johnny hatte sie in der Nacht noch ein gutes Stück von Sachrang Richtung Hütterl gebracht. Das Fahrverbot war ihm vollkommen egal gewesen. Offenbar wollte er so schnell wie möglich wieder weg. Dieses beklemmende Gefühl, das Sanna in den letzten Tagen immer wieder beschlichen hatte, war stärker geworden.

Johnny hatte behauptet, sie hätten den Verfolger abgehängt, sie könne ganz beruhigt sein. Sanna war trotzdem die ganze Zeit auf der Rückbank liegen geblieben. Der Riebelgeber war mit allen Wassern gewaschen. Im Zweifelsfall war er in Eching ohne Licht hinter ihnen hergefahren und Johnny hatte ihn nicht bemerkt. Als ihr Mann sie gegen drei Uhr morgens absetzte, hatte Sanna unsicher den Wagen verlassen und in die Dunkelheit gelauscht. Außer Johnnys Fingern, die ungeduldig auf die Motorhaube trommelten, war nichts zu hören gewesen.

Beim Abschied hatten seine Lippen ihren Mund knapp verpasst. »I fahr glei' wieder, ned dass uns noch jemand sieht, pfiadi, Bussi.«

Nicht mal in dieser Situation war ihr Mann zu einem Funken Herzlichkeit fähig gewesen. Die traurige Stimmung, die sie so gut kannte, hatte Sanna auf den Berg begleitet. Nur die Nähe des Hundes, der sich unbekümmert in der Dunkelheit seinen Weg suchte, nahm ihr ein wenig die Beklommenheit. Klar, sie hatte auf die Hütte gewollt, niemand hatte sie gezwungen. Trotzdem hatte sie sich bei jedem Knacken in den Bäumen gefragt, ob es eine gute Idee war, hier am frühen Morgen unterwegs zu sein. Auf halber Höhe zum Gipfel hatte sie den richtigen Trampelpfad nach links abgepasst. Nach dem Abzweig war es noch eine halbe Stunde durch unwegsames Gelände gegangen, dann war ihr Hütterl auf einer kleinen Lichtung aufgetaucht. Sie waren vermutlich gerade rechtzeitig angekommen, bevor sich die ersten Wanderer unten in Sachrang auf den Weg machten. Sanna hatte sich gefühlt, als sei sie einem schweren Unglück entronnen, als sie mit dem großen alten Schlüssel die quietschende Eingangstür zu dem kleinen Wohnraum aufsperrte.

Während ihres ersten Tages hatte sie sich immer mehr entspannt. Sie liebte die Berge und den Geigelstein ganz besonders. Blumenberg wurde er auch genannt und im Sommer machte er seinem Namen alle Ehre. Storchschnabel, Vergissmeinnicht und Butterblumen hatte Sanna auf ihrer kleinen Lichtung heute schon entdeckt. Knurrhahn schnupperte gerade an einer langstieligen Schönheit, deren lila Kelch sich bereits für die Nacht geschlossen hatte. Außer Sannas Schritten und dem Tapsen des Hundes waren nur Kuhglocken in der Ferne zu hören. Es war eine fast unwirklich malerische Abendstimmung. Das kann dir niemand mehr nehmen, dachte sie. Unfassbar, dass es ihr erst richtig schlecht gehen musste, bis sie mal hierherkam.

Nach einer knappen halben Stunde drehte sie um. Der Border Collie raste begeistert den Berg wieder hoch. Er wusste, dass es jetzt was zu futtern geben würde. Herbert hatte wie vereinbart reichlich Vorräte ins Hütterl gebracht. Auch Knurrhahns Lieblingstrockenfutter stand bereit. Sanna stellte fest, wie gut es ihr tat, außer Atem zu sein. In München bewegte sie sich viel zu wenig an der frischen Luft. Die Maskerade war ihr oft zu aufwendig. Sie ging dann lieber in den Fitnessraum in ihrer Wohnung und machte eine Stunde Workout. Danach war sie ausgepowert und froh, etwas für sich getan zu haben. Hier am Geigelstein war sie glücklich.

Sie ließ die Tür offen stehen und trug köstlich duftendes Brot mitsamt Butter, Käse, Tomaten und Gurken zu dem kleinen Tisch vor der Hütte. Zur Feier des Tages holte sie sich noch ein Weißbier aus dem gut bestückten Kühlschrank.

Während sie sich eine Scheibe Brot dick mit Butter bestrich, hörte sie Knurrhahn drinnen sein Trockenfutter verspeisen. Er pflegte mit der Schnauze im Napf herumzurühren und zuerst das aus der Mischung herauszusuchen, was ihm am besten schmeckte. Wenn er wenig Hunger hatte, ließ er den Rest stehen. Sanna vermutete, dass er heute aufessen würde. Die Bergluft und die Tour eben hatten sicher auch bei dem Hund für Appetit gesorgt.

Zufrieden biss sie in ihr Brot und steckte sich ein Stück Tomate in den Mund. Das war schon immer eine ihrer Lieblingskombinationen gewesen. Um die Idylle perfekt zu machen, tauchte ein Eichhörnchen auf dem kleinen Kiesplatz vor der Hütte auf und fixierte Sanna. Wurde es hier gefüttert? Von wem? Und womit? Gerade als Sanna es mit einem Stückchen Brot probieren wollte, hatte Knurrhahn den Widersacher entdeckt und kam aus der Hütte geschossen. Das Eichhörnchen kletterte sofort in rasender Geschwindigkeit auf den nächsten Baum. Der Hund schaute hinterher und stieß leise ein empörtes »Wuff« aus. Er machte dem kleinen Geigelsteinbewohner deutlich, wer hier in nächster Zeit das Sagen hatte. Das Eichhörnchen hüpfte unbeeindruckt von Baum zu Baum und verschwand. Knurrhahn war offenbar der Meinung, er habe Eindruck auf die hiesige Tierwelt gemacht, legte sich zufrieden auf Sannas Füße und begann nach ein paar Minuten leicht zu schnarchen.

Sanna war inzwischen beim dritten Brot angelangt. Auch der würzige Bergkäse mit Kräutern, den Herbert in den Kühlschrank gepackt hatte, schmeckte einfach zu köstlich. Sie kaute versonnen.

Während ihres Abendessens war es dunkel geworden. Ohne das Licht aus der Hütte hätte Sanna die Hand nicht mehr vor Augen gesehen. Sie fand es bezaubernd.

Nachdem sie auch das Weißbier genüsslich geleert hatte, packte sie die Lebensmittel zusammen. Dann stupste sie Knurrhahn kurz an, damit er nicht zu sehr erschrak, wenn sich ihre Füße unter ihm bewegten. Der Hund erhob sich, knurrte zufrieden und leckte seinem Frauchen mit der Zunge über den Fuß, als wollte er sich für den Schlafplatz bedanken.

Eine Stunde später lag Sanna im Bett und Knurrhahn neben ihr auf einem Fleckerlteppich, der als Bettvorleger diente. Sie hatte die rot-weiß karierten Vorhänge vor die vier kleinen Fenster gezogen. Das Hütterl bestand nur aus diesem Raum und einem kleinen Bad. Mondlicht fiel durch die Vorhänge auf das Holz der Wände.

Obwohl Sanna sehr müde war, lag sie eine Weile wach unter der dicken Daunendecke. Sie genoss den Gedanken, dass es keine Rolle spielte, wann sie schlief, wie lang sie schlief, wann sie aufstand. Irgendwann drehte sie sich in ihre Lieblingsschlafposition auf die Seite, stopfte die Decke um sich herum und schloss die Augen.

Da knackte es. War das draußen gewesen? Oder arbeitete nur das alte Holz der Hüttenwände? Sannas Herz schlug schneller, sie lag ganz still und lauschte. Knurrhahn schlief weiter. Sein Frauchen horchte noch eine Weile in die Dunkelheit, aber es blieb still. Sie war in der Natur, quasi mitten im Wald. Da durfte es auch mal knacken. Mit diesem beruhigenden Gedanken schlief sie ein.

MONTAGVORMITTAG, MÜNCHEN, THEATINERSTRASSE, »ANGERERS HOME OF THE FITNESS«

»Oh, Entschuldigung, äh, Mareike hatte mir gesagt, in die Vier, ich, äh, egal, ich warte draußen …« Oliver schloss peinlich berührt die Tür und stand verlegen im Gang der Praxis. Da trat auch schon Yazemin strahlend aus dem Behandlungsraum. Nestelte sie noch an ihrem hautengen Shirt? Oliver wollte es gar nicht wissen.

»Sie können rein, Herr Arends. Ran an die Faszien, auf geht's.« Die dunkelhaarige Schönheit zwinkerte Oliver verschwörerisch zu und verschwand Richtung Rezeption. Oliver schaute ihr verwirrt hinterher und sah, dass Mareike mit eisigem Blick den Gang entlangkam. Sie schien etwas gehört zu haben. »Dein Patient in der Eins wird ungeduldig«, giftete sie Yazemin an und lief hinter ihrer Kollegin zurück zum Empfang.

Oliver linste vorsichtig in den Behandlungsraum Nummer vier. Johnny Angerer stand am Fenster und schien interessiert das Geschehen auf der Theatinerstraße zu beobachten. Unter den Patienten wurde immer mal gemunkelt, dass Angerer seinen weiblichen Angestellten zum Teil sehr zugetan war. Oliver hatte das bisher nicht interessiert. Hauptsache, Johnny behandelte ihn anständig.

»Servus, Herr Arends. Die Yazemin hat da ein Problem mit der Brustwirbelsäule, des hab ich grad noch mobilisiert. Sorry, wir wollten Sie nicht vertreiben.« Der Physio lachte jovial und fuhr sich mit der Hand über den ausrasierten Nacken.

Verlegenheitsgeste, registrierte Oliver.

»Aber jetzt bin ich ganz für Sie da. Wie geht's denn?«

»Nicht so gut. Ich habe viel am Schreibtisch gesessen am Wochenende. Jetzt tut's mir hier wieder ordentlich weh.« Oliver zeigte auf seinen unteren Rücken und die linke Pobacke.

»Ja, hams denn immer noch keinen höhenverstellbaren Schreibtisch? Zu lang sitzen is' halt Gift, ge. Des kann dem Piriformis scho' zusetzn. Schaumamal, legns sich auf den Bauch bitt' schön.«

Mit dem festen Vorsatz, sich endlich besagten Schreibtisch zuzulegen, streckte Oliver sich aus. Er merkte, wie die altvertraute Angst in ihm hochstieg. Er hatte sich nicht ausreichend um seinen Körper gekümmert, war zu viel mit diesem Scheidungsverfahren seiner neuen Klientin beschäftigt gewesen. Das hatte er jetzt davon. Irgendwann würde ihm doch eine Bandscheibe rausfliegen und dann Rücken-OP, Schmerzen, vielleicht Rollstuhl … Stopp, rief Oliver sich in die Realität zurück – eine der Übungen, die er in der Verhaltenstherapie gelernt hatte. Überleg lieber, was dein Lieblingsphysio gerade für eine dreiste Lüge abgeliefert hat. Yazemin hatte ein Problem mit der Brustwirbelsäule? Musste der Therapeut dafür mit der Hand in den BH?

»Wahnsinn, steinhart, der Piriformis. Jetzt hab ich den letzte Woch' so super gelockert ghabt, ts ts ts. Aber des kriegn ma schon wieder hin, no problem.«

Der Physio bohrte mit einem Finger derart kraftvoll in Olivers linke Pobacke, dass dem ein leises Stöhnen entfuhr. »Das tut ordentlich weh«, ächzte er.

»Logisch, des soll's ja auch, Physiotherapie is' halt kein Spaziergang, sag ich immer. Nachher is' besser, des werdens sehen.«

Tatsächlich ließ der Schmerz nach einigen Momenten nach. Angerer hatte allerdings sofort den nächsten Punkt gefunden, in den er einen seiner Finger schraubte und dort verharrte.

Oliver entfuhr ein »Aua«.

Angerer machte ungerührt weiter. »Dank' schön nochamal wegen der Aktion letzte Woch'. Dem Nachwuchspaparazzo hams ordentlich gezeigt, wo der Hammer hängt.«

»Kein Problem, der junge Journalist ließ sich ja leicht vertreiben. Er hat mir fast leidgetan.«

»Also leid tut mir eher meine Frau. Drehns sich amal um.« Angerer traktierte jetzt den vorderen Teil von Olivers Oberschenkelmuskel. Es fühlte sich an, als würden mit den Fingernägeln kleine Stückchen herausgezupft.

»Des is' wahnsinnig effektiv, a bissl unangenehm, aber danach sans wie neu.«

»Alles klar.« Oliver hoffte, dass die Tortur bald ein Ende hatte. Tatsächlich drehte Johnny seinen Patienten nach ein paar Minuten auf die Seite und begann, das Becken zu lockern. Das Strecken der Muskeln tat gut.

»Hat mit der Abreise Ihrer Frau ansonsten alles geklappt?«

»Jaja, alles subba. Schad, dass sie weg is', mein Sannerl. Aber is' sicher besser so für a Zeit, war ja schlimm für des arme Mauserl.«

Oliver schwieg. Wenn das so weiterging, würde er sich einen anderen Physio suchen müssen. Er hasste Heuchler. Oder wusste Schweigart, wie ihr Mann tickte, und die beiden hatten einen Deal?

»Wann kommens denn des nächste Mal? Da sollt ich bald nochamal ran. Dann hams Ruh.« Angerer ließ die Massagebank herunter.

»Aktuell habe ich keine Termine mehr.«

»Ah, versteh. Dann kommens am Donnerstag um sieben. Ich fang einfach a halbe Stund' früher an. Deal?« Johnny lächelte freundlich.

Die Grübchen in seinen Wangen machten sicher nicht nur Yazemin verrückt, schoss es Oliver durch den Kopf. Er selbst war mehr an dem Termin interessiert. Sein Po würde es ihm danken.

»Das ist sehr nett von Ihnen.«

»Für Stammkunden tu' ich doch alles. Um sieben is' am Empfang noch niemand. Ich stell die Tür so ein, dass Sie's einfach aufdrücken können.«

Der Physio desinfizierte sich die Hände, winkte seinem Patienten kurz zu und verließ den Raum.

Als Oliver sich angezogen hatte, traf er am Empfang wieder auf Mareike, die sehr konzentriert etwas zu tippen schien.

»Entschuldigung, ich wollte nur kurz Bescheid geben, dass ich am Mittwoch um sieben Uhr zum Chef soll.«

»Ich weiß, Herr Arends, geht klar.« Mareike sah auf. Hatte sie geweint?

»Tropfen gegen zu trockene Augen«, erläuterte die junge Frau sofort und deutete mit einem bemühten Lächeln auf ihr Gesicht.

»Verstehe. Dann noch einen schönen Tag.« Irritiert verließ Oliver die Praxis.

MONTAGABEND,
HÜTTERL AM GEIGELSTEIN

Sie hatte sich tatsächlich einen Sonnenbrand geholt. Sanna betrachtete zufrieden ihr gerötetes Gesicht im Spiegel. Niemand würde ausflippen, sie konnte sich nach Lust und Laune verbrennen.

Vor dem ganzen Team angebrüllt und beschimpft hatte der für seinen Jähzorn bekannte Regisseur Peter Wagel sie damals. »Den Dreh heute können wir vergessen. Da passt der Anschluss nicht zu dem von gestern, wenn du leuchtest wie eine Tomate, du blödes Stück Scheiße.«

Es war ihre erste Hauptrolle gewesen, eine alleinerziehende Mutter, die sich so aufopferungsvoll um ihr behindertes Kind kümmerte, dass sie selbst darüber krank wurde. Wie authentisch sie gespielt habe, hatten damals diverse Kritiker gelobt. Es hatte Preise geregnet. Klar, sie war am Set vollkommen eingeschüchtert und verstört gewesen. Das hatte perfekt zu der Rolle gepasst.

Was sie an Demütigungen hingenommen hatte für diesen Beruf, unglaublich. Zumindest sexuelle Übergriffe waren ihr erspart geblieben. Sie hatte offenbar einen siebten Sinn dafür gehabt und darauf geachtet, niemals allein zu sein mit Wagel oder anderen Regisseuren von zweifelhaftem Ruf. Entsprechende Anordnungen – »komm heute Abend um 21 Uhr in mein Hotelzimmer. Wir müssen über den Dreh morgen reden, sonst stehst du wieder nur da wie eine dumme Gans« – hatte sie irgendwie immer abbiegen können.

Als vor ein paar Jahren viele Kolleginnen im Rahmen der MeToo-Bewegung sexuelle Verbrechen öffentlich gemacht hatten, die ihnen von Regisseuren angetan worden waren, hatte auch Sanna die bittere Wahrheit über Wagel und andere erfahren. Geahnt hatte sie es die ganze Zeit, darüber gesprochen mit niemandem.

Wenn ich das schaffe, müssen die sich halt genauso entziehen, hatte sie sich immer eingeredet. Inzwischen war ihr klar, dass sie auch viel Glück gehabt hatte.

Sie rieb die After-Sun-Lotion über die geröteten Stellen auf Nase und Wangen. Der Tag war so traumhaft gewesen, keine Wolke am Himmel, angenehme 25 Grad hier oben am Berg. Sie hatte den alten Liegestuhl auf den Vorplatz des Hütterls gestellt und dort gemütlich gelesen. Auch heute war kein Wanderer vorbeigekommen. Daher hatte sie Knurrhahn erlaubt, kurze Erkundungstouren in der Nähe zu unternehmen. Ansonsten hatte er faul im Schatten gelegen. Jetzt würden sie zu ihrem abendlichen Spaziergang aufbrechen und so den Tag beenden. Die Nächte waren bisher der einzige Minuspunkt an dieser Auszeit. Auch gestern hatte Sanna nachts wieder etwas gehört, war hochgefahren, aufgestanden und hatte in die Dunkelheit gespäht. Falscher Alarm. Knurrhahn hatte bisher kein einziges Mal angeschlagen. Sanna vermutete weiterhin, dass es die natürlichen Geräusche des Waldes waren, die sie nicht gewohnt war.

»Komm, Süßer.« Sie hatte kaum die Hand Richtung Leine gestreckt, da war der Hund schon aus dem Tiefschlaf in den Aktivmodus gewechselt und zur Tür gerast.

Jetzt pflügte Knurrhahn unternehmungslustig durchs Unterholz. Den Weg kannte er inzwischen auswendig. Sie drehten immer die gleiche Runde am langsam in die Dämmerung sinkenden Berg. Zuerst genoss Sanna wie jeden Abend von ihrem Lieblingsplatz den Blick zum Geigelstein-gipfel. Dann liefen sie den Forstweg hinunter und wieder hinauf. Sanna ließ Knurrhahn inzwischen auch mal einem Hasen hinterherrennen. Bei Eichhörnchen hatte er ohnehin keine Chance. Der Hund trug es mit Fassung, wenn wieder eins direkt vor seiner Nase einen Baum hochkletterte. Er gab sich dann betont gelangweilt und legte sich leise knurrend ab. Gebellt hatte der Border Collie noch kein einziges Mal. Dafür war Sanna unendlich dankbar. Sie musste damit rechnen, dass sich vielleicht doch jemand hierher verirrte. Deswegen trug sie auf ihren Spaziergängen auch immer Tarnkleidung.

Besonders liebte Sanna die letzten Meter des abendlichen Gassigangs, wenn das Hütterl wieder vor ihr auftauchte. Mit jedem Schritt erkannte sie ein Stückchen mehr, zuerst das Dach mit den vermoosten Ziegeln, dann die verwitterten Holzwände.

Sanna kramte gerade den alten Schlüssel aus der Hosentasche, als es in ihrer Nähe raschelte. Der Hund stoppte und knurrte leise, aber beharrlich. Stand da jemand zwischen den Bäumen, links vom Hütterl? Sannas Brustkorb wurde eng, sie bekam kaum noch Luft, ihr Herz raste. Langsam ging sie in die Knie und legte dem Border Collie die Hand auf den Rücken. Der Hund schaute konzentriert in Richtung der Bäume. Beide verharrten regungslos. Sanna hörte nichts mehr. Knurrhahn wurde wieder ruhiger und legte sich ab. Nach ein paar Minuten leckte er seinem Frauchen über das Knie, als wollte er sagen: »Gefahr gebannt«, stand auf und lief weiter. Sanna folgte angespannt. So schnell sie konnte, sperrte sie die Tür zum Hütterl auf, ließ Knurrhahn hinein und schloss sofort wieder ab. Zum ersten Mal seit ihrer

Ankunft klappte sie sämtliche Fensterläden zu. Die Riegel rasteten gut ein. Das würde von außen niemand aufbekommen. Sie ließ sich auf die Eckbank fallen und atmete ein paarmal tief durch. Knurrhahn lag unter ihr und leckte beruhigend ihre Füße. Sanna brauchte jetzt trotzdem menschlichen Zuspruch. Um diese Zeit müsste ihr Mann zu erreichen sein. In München gingen sie beide meist spät ins Bett.

»Servus Sannerl, schee, dass du anrufst. I meld' mi' glei', bin grad busy. Bussi!«

Enttäuscht hörte Sanna die Ansage ab, die Johnny extra für ihre Anrufe aufgesprochen hatte. Heute Vormittag hatte sie auch nur die Mailbox erreicht. Sie kannte den dicht gedrängten Behandlungsplan ihres Mannes und war davon ausgegangen, dass er nicht hatte zurückrufen können. Aber abends?

»Meld' di', wenn was is', Sannerl, i bin für di' da«, hatte er in der Nacht generös angeboten, als er sie hierhergefahren hatte.

Und jetzt? War er froh, sie los zu sein? Hatte er mal wieder … Stopp, rief sie sich zur Ordnung. Das bringt jetzt nichts. Morgen probierst du es wieder.

Sollte sie Herbert anrufen? Nein, zu riskant. Sie hatten vereinbart, dass er sie kontaktierte, wenn er allein war. Unglücklich fuhr Sanna mit der Hand über die blau-weiß rautierte Tischdecke. Es half alles nichts, diese Nacht musste sie ohne Hilfe überstehen. Nervös machte sie sich fertig, ging zu Bett und lauschte in die Dunkelheit. Nichts. Knurrhahn neben ihr auf dem Boden schlief nicht, wirkte aber entspannt.

Sanna erinnerte sich an ihre Atemübungen. Vor allem das mehrmalige lange Ausatmen beruhigte. Auch heute schlief sie nach einigen Atemzügen ein.

Der ungebetene Gast, der sich an der Hütte herumgetrieben hatte, war längst verschwunden.

DIENSTAGMORGEN, MÜNCHEN, SENDLINGER TOR, REDAKTION »FAKTEN«

»Guten Morgen, Herr Lüftl. Hier ist Melanie Margerer von ›Fakten‹, dem Nachrichtenmagazin aus München. Ich bin die Assistentin der Redaktionsleiterin Katharina Langenfels. Hätten Sie kurz Zeit? Frau Langenfels würde Sie gern sprechen.«

Melanie freute sich, wenn die Chefin sie in ihre Arbeit einbezog. Es passierte viel zu selten. Aus der langen Zeit als Reporterin war Langenfels es gewohnt, die Dinge selbst zu erledigen – das komplette Gegenteil zu ihrem Vorgänger Riesche-Geppenhorst. Er hatte Melanie wegen jedem Mist behelligt. Sogar Geburtstagsgeschenke für seine Frau hatte sie kaufen müssen. Gott sei Dank war der weg.

»Super, dann stelle ich Sie durch, einen kleinen Moment.«

»Langenfels, hallo, Herr Lüftl. Wunderbar, dass wir Sie gleich erreichen.«

»Die Frau Langenfels persönlich, da bin ich aber a bissl sprachlos, was für eine Ehre.«

Katharina kannte diese Reaktion und war doch jedes Mal wieder ein bisschen überrascht, mit welchem Respekt ihr viele Menschen begegneten. Die Adelhofer-Geschichte hatte damals bundesweit Schlagzeilen gemacht. Im Chiemgau hatte sowieso jedes Käseblatt über den Betrug des berühmten Fernsehmoderators aus Breitbrunn berichtet, den Katharina aufgedeckt hatte.

»Danke. Ich freue mich auch sehr, Sie kennenzulernen. Ich bin durch einen Zufall beziehungsweise durch meine Tochter auf Sie gestoßen. Sie folgt Ihnen auf Instagram und ist vollkommen begeistert von der ›Kini 2.0‹-Idee. Sie interessiert sich seitdem sehr für Ludwig II. und die bayerische Geschichte.«

»Ja der Wahnsinn, des is' ja super. Genau wegen dem mach ich des, passt!«

Katharina konnte das wohlwollende Schmunzeln in der Stimme hören.

»Er is' halt scho' a Phänomen gwesn, der Kini, ge.«

»Sie sind aber auch eines, Herr Lüftl. Die Ähnlichkeit ist mehr als erstaunlich.«

»I hab scho' meine Ahnenreihe überprüft. Aber war nix zu finden. Wo doch eigentlich fast jeder Bayer behauptet, er wär mit dem Kini verwandt. Ich bin's definitiv nicht.«

»Was Sie daraus machen, finde ich beeindruckend und deswegen rufe ich auch an. Ich habe gesehen, dass Sie morgen wieder ein Benefiz-Souper auf Herrenchiemsee veranstalten, und würde gern teilnehmen. Ich denke über eine Reportage nach. Deshalb möchte ich mir einen Eindruck von dem Event verschaffen.«

»Ich glaub's ja nicht, a Gschicht in ›Fakten‹ von der Frau, die den Adelhofer zu Fall bracht hat. Ihre Serie damals, des war der Hammer. Frau Langenfels, logisch, des machma.«

Der Mann war bestens informiert, stellte Katharina fest. Und er las »Fakten«. Das entsprach den Umfrageergebnissen, die Katharina regelmäßig von einer Agentur für Medienforschung über die Leserinnen und Leser des Magazins bekam. »Fakten« stieß in allen gesellschaftlichen

Schichten und Berufsgruppen auf Interesse – offenbar auch bei Bootsbauern an Chiemsee.

Dass Lüftl ihre Zeitschrift kannte und am Telefon einen ausgesprochen sympathischen Eindruck machte, hieß allerdings nicht, dass er harmlos war.

»Jetzt isses halt so, dass die Gäste im Stil der Zeit vom Ludwig gekleidet san. Also, ich tät bei Ihnen natürlich eine Ausnahme machen …«

»Auf keinen Fall, ich bin eine Teilnehmerin wie jede andere. Ich weiß zwar noch nicht, wie, aber das mit der Kleidung kriege ich schon hin.«

»Super.« Er wirkte erleichtert. »Dann solltens morgen um 17 Uhr in Prien am Hafen sein. Da fahrt der Raddampfer exklusiv bloß mit meine Gäst' auf die Herreninsel. Von da geht's mit der Kutschn weiter. Gegessn wird im unvollendeten Nordflügel vom Schloss. Die Einnahmen gehn bis auf meine Unkosten an einen Verein hier am Chiemsee, der sich für krebskranke Kinder einsetzt. Den Flyer kann ich Ihnen glei' schickn.«

»Sehr gut. Ansonsten gehe ich davon aus, dass wir alles, was auf Ihrem Instagram-Account zu finden ist, für den Artikel verwenden könnten?«

»Logisch. Ich hab auch eine Website, da findens meine Biografie und viel zum Kini. Wenns sonst noch Fragen ham, meldens sich einfach.«

»Mache ich, danke. Ist das Essen denn ausgebucht?«

»Äh, ja, schon, also … Aber Sie können gern eine Begleitung mitbringen, wenns wolln.«

»Das Angebot nehme ich vielleicht tatsächlich an. Aber deswegen habe ich nicht gefragt, sondern weil Sie den Termin erst gestern Abend gepostet haben. Ist das Interesse so groß, dass Sie sonst überrannt werden?«

»Ah so, versteh«, Lüftl lachte unsicher. »Äh, na. Ehrlich gsagt hab i a Server-Problem ghabt von Samstagvormittag bis gestern Abend.«

Katharinas Puls beschleunigte sich. Birgits Stippvisite nach Gstadt trug Früchte. Sie hatte mal wieder einen wichtigen Hinweis geliefert. Auch das morgige Souper hatte ihre Freundin online entdeckt.

»Aber meine Kunden san halt treu, i hab a lange Wartelistn.«

»Verstehe, dann sehen wir uns morgen Abend im Schloss. Ich bin sehr gespannt.«

»Des derfns auch sein. I gfrai mi' sakrisch, Sie persönlich kennenzulernen.«

Katharina legte auf, als ihr Laptop den Eingang einer neuen Mail anzeigte. Birgit hatte die Nachrichten zusammengefasst, die Sannalover23 an Schweigarts Account gesendet hatte. Eine davon stammte aus der Nacht, nachdem Lüftls Internetprobleme behoben waren: »Ich lasse dich nie mehr aus den Augen.«

MITTWOCHMORGEN,
HÜTTERL AM GEIGELSTEIN

Hatte sie über Nacht Schnupfen bekommen? Sannas Nase fühlte sich feucht an. Egal, sie kuschelte sich tiefer unter die Decke und hielt die Augen weiter geschlossen. Sie hatte schließlich keine Termine. Mit einer Erkältung konnte sie erst recht noch liegen bleiben.

Da umwehte sie ein bekannter Geruch. Eine leise Vorahnung ließ sie die Augen aufschlagen – sie sah direkt in die von Knurrhahn. Der stand neben ihrem Bett und hatte Sannas seitliche Schlafposition ausgenutzt, um sie dezent zu wecken. Er drückte in diesen Fällen seine Nase an ihre und hypnotisierte sie mit flehendem Blick. War es schon so spät? Musste Knurrhahn raus? Er hielt locker acht Stunden ohne Gassigang durch. Sanna tastete auf dem Boden nach ihrer Armbanduhr. 8.30 Uhr – sie hatte satte 10 Stunden geschlafen. Zufrieden rekelte sie sich. »Da hast du aber brav gewartet, mein Lieber.«

Sie stand auf und tapste barfuß zur Tür, damit der Border Collie draußen sein Geschäft erledigen konnte. Es würde wieder ein perfekter Tag werden, stellte sie fest, als sie in das noch feuchte Gras neben dem Hütterl trat. Ein paar kleine Schönwetterwolken bildeten schlierig fantasievolle Formen. Ansonsten war der Himmel über dem Berg strahlend blau.

Der Hund tauchte hinter den Bäumen auf, warf sich ins Gras und wälzte sich leise knurrend hin und her, pure Lebensfreude.

Den Vorfall vom Vorabend hatte Sanna schon fast vergessen. Sollte sie Johnny überhaupt davon erzählen? Im Moment stand ihr der Sinn mehr nach einem gemütlichen Frühstück. Dann würde sie zum ersten Mal seit der Ankunft im Chiemgau ihre Accounts checken.

Kurz darauf zog köstlicher Espressoduft durchs Hütterl. Herbert hatte ihr eine kleine Maschine und italienische Espressobohnen hingestellt. Auf diesen Energieschub freute Sanna sich jeden Morgen. Sie bestrich zwei Scheiben Bauernbrot dick mit Butter und der selbst gemachten Marillenmarmelade von Herberts Mutter. Schon als Kind hatte sie diese Marmelade geliebt. Frau Schafgott schüttete offenbar weiterhin ordentlich Schnaps hinein.

»Der verdunstet beim Kochen, des dürfn Kinder essn«, war schon damals ihr Leitspruch gewesen.

Gut gelaunt setzte Sanna sich auf ihren Lieblingsplatz vor der Hütte und biss in das Brot. Sie genoss die Mischung aus Butter, dem kräftigen Aroma des Brotes und der leicht schnapsigen Süße der Marillen.

Aus dem Hütterl kam das vertraute Geräusch von Knurrhahns Schnauze, die durch den Napf schubberte. Sanna ging nach dem Espresso zum Tee über. »Boarischer Guaddrauf-Tee«, stand auf der weiß-blau rautierten Packung. Er schmeckte, wie die Almwiesen hier oben aussahen – nach Natur und frischen Kräutern. Schon der Anblick der fröhlichen grüngelben Farbe half, positiv in den Tag zu starten.

Der Border Collie hatte sein Frühstück beendet und legte sich unter den Tisch auf Sannas Füße.

»Zu früh, mein Lieber«, flüsterte sein Frauchen. »Ich muss noch abräumen und mein Handy holen.«

Sie bewegte sich vorsichtig. Der Hund quittierte dies leise knurrend mit einem tadelnden Blick. Dann erhob er sich ungehalten, scannte kurz die Umgebung nach zu vertreibenden Lebewesen und legte sich unter die Tannen.

Als Sanna kurz darauf wieder Platz nahm, bewegte er sich trotz ihrer liebevollen Aufforderung keinen Millimeter. Er hatte auch seinen Stolz.

Schmunzelnd scrollte sie durch die Accounts. In ihren Mails gab es ein paar Presseanfragen, aber sie wurden weniger. Morgen würde in »Fakten« das Interview erscheinen mit dem Hinweis, dass Sanna exklusiv nur mit dem Nachrichtenmagazin gesprochen habe und dies auch künftig so halten werde. Die Klatschpresse würde sich sicher überschlagen mit erfundenen Behauptungen zu Sannas Aufenthaltsort. Da fiel ihr Riebelgeber ein. War er ihnen in der Nacht tatsächlich gefolgt? Und wie weit? Er war es doch hoffentlich nicht gewesen, der gestern Abend ... Die Beschäftigung mit dem Smartphone tat ihr nicht gut, sofort war die Unruhe wieder da. Andererseits: Riebelgeber hier oben? So ein Quatsch. Wo sollte er denn da seine Energydrinks und seine fettigen Semmeln herkriegen? Ihre Laune hob sich wieder. Sie würde nur noch kurz ihren Insta-Kanal checken und die digitale Welt dann erneut für ein paar Tage aus ihrem Gedächtnis verbannen. Drei private Nachrichten kannte sie noch nicht, alle von Sannalover23:

»Ich lasse dich nie mehr aus den Augen.«

»Du wirst immer bei mir sein 😎.«

»Ich verzehre mich nach dir 🖤 🖤 🖤.«

Die letzte war von heute Morgen. Sannas Herz schlug ihr bis zum Hals, ihre Hände wurden feucht. Sie sprang so schnell auf, dass Knurrhahn hektisch auf sie zuraste. Er schleckte ihr beruhigend über den Oberschenkel.

Sanna streichelte ihm kurz über den Kopf, griff dann wieder zu ihrem Handy und wählte Johnnys Nummer.

»Ja, Servus, Sannerl. Wie geht's dir denn? Alles guad?«

Johnny gab keinen Hinweis auf ihren Aufenthaltsort preis, wenigstens das. Wahrscheinlich behandelte er einen Patienten oder war umgeben von Mitarbeiterinnen.

»Können wir kurz sprechen?« Sie merkte selbst, wie ängstlich ihre Stimme klang.

»Logisch, Sannerl, a Momenterl.«

Sie hörte Stimmen und Schritte, dann schloss sich eine Tür.

»Jetzt bin i in der Sieben, da hört mich niemand, bin ganz allein. Was is' los?«

Sie berichtete ihrem Mann zuerst von den Geräuschen rund um die Hütte. »Da habe ich mir noch nicht viel gedacht. Es knackt und raschelt halt mal in den Bäumen. Aber diese Nachrichten, die machen mich richtig fertig. Gestern und heute Morgen hat dieser Sannalover23 geschrieben. Vielleicht weiß der, wo ich bin. Hol mich bitte wieder ab, Johnny. Ich geh in die Villa nach Prien. Wenn wir nachts hinfahren, kriegt das niemand mit. Dann bleiben Knurrhahn und ich eben im Haus, wird schon irgendwie gehen. Ich muss hier weg.« Sannas Kloß im Hals fühlte sich so riesig an, als würde er sie gleich ersticken.

»Sannerl, versuch erstamal, dich zu beruhigen.«

Johnnys entspannter Tonfall tat ihr gut.

»Lies den Schmarrn nochamal laut vor. Dann merkst, dass da einfach einer ins Blaue reingschriebn hat. Der weiß garantiert ned, wo du bist.«

Mit leiser Stimme las Sanna die zudringlichen Sätze.

»Er wird immer bei dir sein, er verzehrt sich, des is' doch a ganz allgemeines Geschwurbel, Sannerl. Ein geiler Bock is' der, traut sich übers Internet Sachen zum Sagen, die er normal nie aussprechen tät, so a Arschloch, so a depperts.« Johnny schnaufte verächtlich.

Sanna spürte, wie ihre Aufregung etwas nachließ. Sie hatte sich wieder auf die Bank vor der Hütte gesetzt. Knurrhahn stand eng neben ihr, hatte seinen Kopf auf ihren Oberschenkel gelegt und die Ohren aufgestellt. Er war im Bodyguard-Modus.

»Ich weiß trotzdem nicht, ob ich das hier weiter aushalte.«

»Des versteh ich gut, Sannerl. Ich kann dich sofort abholen, wenn du des willst. Sofort. Aber jetzt überleg amal: Die Villa in Prien is' bekannt. Morgen erscheint des Interview. Weißt ja selber, was dann los is'. Alle werdns dich danach auf dem Titel haben, alle werdn rätseln, wo du bist.«

Wie sich das Exklusivinterview auf seine Praxis auswirken würde, ersparte Johnny ihr diesmal. Immer wenn etwas Größeres über Sanna oder auch über sie beide erschien, stellte ihr Mann eine Mitarbeiterin ab, die vermeintliche »neue Patienten« abwimmelte. Ständig hing irgendein Klatschreporter in der Leitung. Trotzdem schadete ihm die Berühmtheit seiner Frau sicher nicht.

»Wir ham Alarmanlagen, Elektrozaun, blickdichte Hecken und alles«, holte Johnny sie aus ihren Gedanken. »Aber trotzdem: Jederzeit kann einer von dene Schmierfinkn bei dir klingeln. Logisch können wir nachts hinfahrn. Aber irgendwie kommt des raus, dass in der Villa jemand is'. Und dann geht's los. Ich glaub, du bist im Hütterl besser aufghoben, ehrlich. Auch wenn des jetzt eine saublöde Situation für dich is'. Wenn ich komm, leg ma vielleicht erst recht eine Spur. Aber wenn du des willst, mach ich's, logisch.«

Sanna überlegte. Ihr Mann hatte recht. Ein Umzug würde das Ganze noch schlimmer machen. Sie fühlte sich wie ein verfolgtes Tier, das jederzeit abgeschossen werden konnte. Tränen liefen ihr über die Wangen.

»Weinst du, Sannerl? Mei, des tut mir so leid, was kömma denn bloß machn ... Soll i den Herbert anrufn, dass der vorbeischaut?«

Sanna zog die Nase hoch, ein Geräusch, das Knurrhahn irritierte. Er machte einen Satz und saß auf ihrem Schoß. Tröstend leckte er seinem Frauchen über das Gesicht. Die Hundezunge fühlte sich weich und warm an. Trotzdem mochte Sanna diese Form der Zuneigungsbekundung nicht besonders. Sie streichelte den Hund und komplimentierte ihn freundlich zurück auf den Boden. »Herbert wollte heute oder morgen sowieso kommen. Wir müssen vermeiden, dass irgendjemand bei ihm auf der Schafgott-Alm Verdacht schöpft. Drum habe ich ihn bisher nicht angerufen.«

»Ja, ich weiß. Aber schaffst du des, auf ihn zu wartn? Ich könnt mich bei ihm von einer andern Nummer meldn, dann kriegt niemand was mit. Und ich sag ihm, er soll auf jeden Fall heut Abend zu dir kommen. Was meinst?«

»Ja, das wäre toll. Danke.«

»Gern, Sannerl, des is' doch selbstverständlich. Übrigens wegen gestern Abend: Als du angrufn hast, hab i schon gschlafn. I war so bummsfertig und hab vergessen ghbat, deine Anrufe zuzulassn, des Handy war auf lautlos. Tut mir leid, passiert nicht mehr, versprochn!«

Hätte Johnny den Vorfall einfach übergangen, wäre Sanna nicht misstrauisch geworden. »Alles klar, mach's gut.« Traurig legte sie auf. Zumindest wäre heute Abend Herbert bei ihr und bis dahin Knurrhahn. Ihre Tränen tropften auf das Fell des Hundes.

MITTWOCHMITTAG, MÜNCHEN, SENDLINGER TOR, REDAKTION »FAKTEN«

»Eine runde Geschichte, Inga, top.« Katharinas beste Mitarbeiterin Inga Harmhof hatte sich einen hervorragenden Ruf als politische Berichterstatterin erarbeitet. Ihre aktuelle Reportage trug den Titel »›Wir wuppen das‹ – verändern die Jungen die Politik?« Katharina hatte den Text gerade abgenommen. Harmhof hatte junge Politikerinnen und Politiker aller Parteien begleitet und einen mutmachenden Artikel verfasst. Die Botschaft: Die nächste Generation war zu parteiübergreifender Zusammenarbeit entschlossen, um Herausforderungen wie die Klimakrise in den Griff zu bekommen. Nur für das ganz rechte, zum Teil rechtsextreme Lager galt das nicht. Harmhof hatte alle Positionen sachlich wiedergegeben. Die Leserschaft konnte sich eine eigene Meinung bilden.

»So macht der Job Spaß«, lobte Katharina.

Inga errötete geschmeichelt und verließ das Büro der Chefin.

Die freute sich schon auf den nächsten Termin. Katharina war noch nie im Kostümfundus der Staatsoper gewesen. Birgit hatte ihre Kontakte spielen lassen. Katharina wollte gerade los, als Melanie aus dem Vorzimmer rief: »Zuwinkel am Telefon.«

Katharina seufzte.

»Wie gesagt, einen Moment, Herr Zuwinkel«, hörte sie die sonst so freundliche Melanie bellen. Markus Zuwinkel nervte alle in der Redaktion. Wie letzte Woche bei dem Artikel über das neue Abfallvermeidungskonzept des Umweltministers sah Katharina sich oft gezwungen, nachzubessern, wenn Zuwinkel grundlegende journalistische Standards ignorierte. Seine unseriösen Methoden waren ihr schon aufgestoßen, als sie noch als Kollegen zusammengearbeitet hatten. Jetzt war sie seine Vorgesetzte und führte regelmäßig Feedbackgespräche mit ihm. Ihr Verhältnis hatte sich weiter verschlechtert. Als Chefin mussten sie nicht alle lieben, predigte sie sich regelmäßig, Zuwinkel schon gar nicht. Katharina gab Melanie ein Zeichen, ihn durchzustellen. Was auch immer der Mann diesmal wollte, sie klärte es lieber gleich.

»Tag, Herr Zuwinkel, was kann ich für Sie tun?« Ihr Ton war eisig.

»Was haben Sie aus meinem Artikel gemacht? Ich akzeptiere diese mindere journalistische Qualität nicht. Das ist mit meinem Berufsethos unvereinbar«, nölte der Reporter.

»Zwei Dinge: Ihr Artikel war viel zu lang. Sie hatten klare Vorgaben. Und: Sie sollten keinen Kommentar schreiben, sondern einen Bericht. Das bedeutet: Es müssen beide Seiten dargestellt werden. Die Position der Opposition zum Plan des Umweltministeriums haben Sie gar nicht erwähnt. Das ist ein grober Fehler – sollten Sie als erfahrener Kollege eigentlich wissen.«

»Unerhört, das lasse ich mir von Ihnen nicht sagen! Ich werde den Betriebsrat …«

»Tun Sie das. Ich wiederum muss den Verleger informieren, sollten Sie weiterhin nicht bereit sein, sich an die bei ›Fakten‹ geltenden Standards zu halten. Schönen Tag noch.«

Zufrieden und vollkommen entspannt legte Katharina auf. Kein Herzrasen, kein trockener Mund, wie sie es von früheren Auseinandersetzungen kannte. Gut gelaunt rief sie bei Birgit an: »Let's go.« Ihre Freundin liebte verdeckte Recherchen. Und diese war eine ganz besondere. Birgit war knallrot angelaufen vor Aufregung, als Katharina sie am Vorabend gebeten hatte, zum Souper nach Herrenchiemsee mitzukommen. Es konnte nicht schaden, wenn vier Augen beobachteten, was Lüftl an diesem Abend so trieb. Katharina wollte ihrer Freundin mit der Einladung aber auch eine Freude machen. Immerhin hatte die das Event entdeckt.

Birgit war sofort in die Planung eingestiegen. »Logo begleite ich dich. Morgen Abend ist zwar Zumba, aber das Gezappel nervt mich sowieso. Ich könnte als deine Zofe gehen, ich seh's schon vor mir, der Knaller. Die Angie hat bestimmt eine Idee für uns beide. Ich mach gleich einen Termin.«

Katharina hatte keine Ahnung, wer Angie war. In jedem Fall musste sie sich um ihr Kostüm keine weiteren Gedanken machen. Sie hatte noch Lüftl informiert, dass eine als Zofe gekleidete Onlinerin von »Fakten« sie begleiten werde. »Dann können wir den Abend direkt in den sozialen Medien covern«, hatte sie erklärt.

»Passt. Vielleicht will die Zofe – also Ihre Kollegin – auch Videos von meinem Account crossposten.« Er hatte fröhlich gelacht, was bei Katharina erneut Irritation auslöste. Sie hoffte, dass der Abend auf Herrenchiemsee etwas Klarheit über die offenbar zwei Persönlichkeiten des Ludwig Lüftl bringen würde.

Jetzt liefen Katharina und Birgit von der Redaktion durch die Innenstadt Richtung Oper. Katharina genoss die fröhliche Stimmung in der Fußgängerzone an diesem herrlichen Sommertag.

Die Archivarin nutzte die Zeit, um die Outfitfrage zu besprechen. »Du willst ja bestimmt nix mit viel Dekolleté.«

»Richtig.«

»Eben. Und bei der Angie hängt ein traumhaftes Kleid für eine Inszenierung rum, in der die Sisi einen kurzen Part gehabt hätte. Den hat der Regisseur aber rausgestrichen und das Kleid wird nicht gebraucht. Wahnsinn, oder?«

»Allerdings. Wie sieht's denn aus?«

»Zweiteilig, bodenlang mit Volants oberhalb des Saums, hellblau-weiß gemustert. Passt ausgezeichnet zu deinen braunen Haaren, die gleiche Haarfarbe wie die Sisi übrigens. Der Kini war ihr Cousin, falls du das noch nicht gewusst hast. Die beiden sollen sich sehr gemocht haben.« Birgit schwieg versonnen und übersah sogar den Stand mit gebrannten Mandeln am Marienplatz. Katharina konnte dem Vanille-Zimt-Aroma, das in der Luft hing, heute nicht widerstehen und holte eine Tüte. Birgit griff sofort zu.

»Dass du auch Fachfrau für die Geschichte des 19. Jahrhunderts bist, ist mir bisher tatsächlich entgangen.«

Die Archivarin nickte enthusiastisch. »Das Kleid ist einem Original nachempfunden, das Sisi auf Korfu getragen hat. Dort hat sie es sich gutgehen lassen weit weg vom strengen Wiener Hofzeremoniell. Es war für die damalige Zeit ein echtes Wohlfühlkleid, trotzdem sehr schick mit einer dunkelblauen Samtschärpe um die Taille und einem weißen Seidentuch, das vom Hals über das Dekolleté bis zur Taille eingearbeitet ist.«

»Klingt elegant. Was wird denn die Zofe tragen?« Katharina knuffte ihre Freundin in die Seite.

»Hochgeschlossene weiße Bluse, bodenlangen braunen

Rock mit Volant im unteren Drittel und eine schwarze Leinenschärpe um die Taille, klassisches Dienstbotenoutfit. Die durften auf keinen Fall ihren Herrinnen die Show stehlen.« Birgit grinste. »Die Angie hat alles da und meinte, das kriegt sie auch schnell an unsere Größen angepasst. Ich werde mit Kontaktlinsen meine Augenfarbe verändern. Außerdem hat die Angie eine Maskenbildnerin organisiert. Die wird mich so schminken, dass ich komplett anders aussehe. Der Lüftl wird nicht im Traum draufkommen, dass die Zofe, die hinter dir herstolziert, bei ihm am Samstag ein Boot reserviert hat.«

»Frau Wachtelmaier und ihr Netzwerk, großartig. Angie ist also Kostümbildnerin an der Oper?«

»Exakt. Wir haben uns vor ein paar Jahren bei dem Volkshochschulkurs ›Ballastfrei ohne Schlacken‹ kennengelernt. Seitdem sehen wir uns alle paar Monate mal. Sie hat immer spannende Storys von den Münchener Opernstars parat.«

Eineinhalb Stunden später liefen eine junge Dame aus hohem Hause und ihre Zofe einträchtig zur Straßenbahn, um von der Oper nach Haidhausen zu kommen. Von dort würde Tobias die beiden nach Prien fahren.

»Ja is' denn scho' wieda Fasching«, rief ihnen ein Münchener in Lederhosen interessiert zu. Andere Passanten drehten sich erstaunt um. Ein paar junge Mädels baten um Selfies, was Katharina freundlich ablehnte. Sie hatte keine Lust, auf irgendwelchen Facebook-, Insta- oder TikTok-Accounts zu erscheinen.

»Mei, wie die Sisi schauns aus, so schee«, rief eine alte Dame mit Dackel begeistert aus.

Tatsächlich hatte Katharina zusätzlich zu Sisis Kleid ein Haarteil verpasst bekommen, das an eine der monströsen Hochsteckfrisuren der Kaiserin erinnerte. »Innen ist Schaumstoff, das ist nicht so schwer wie Sisis ein Meter 50 lange Haare«, hatte Angies Kollegin Janina erläutert. In atemberaubender Geschwindigkeit hatte die Maskenbildnerin ein kunstvolles Gebilde aus zu einem Kranz gewundenen Zöpfchen auf Katharinas Kopf platziert.

»Aber Sie san nicht die Ida Ferenczy, auf keinen Fall.« Die Seniorin trat verschwörerisch auf Birgit zu, packte sie am Arm und flüsterte: »Sie schaun viel besser aus.« Kichernd zog die Dame ihren Dackel weiter, der begonnen hatte, an Birgits Rocksaum zu schnuppern.

»Ida Ferenczy?« Katharina blickte verwirrt zu ihrer Freundin.

»Sisis engste Vertraute, dreimal am Tag wurde sie zu ihrer Herrin gerufen, um sie zu frisieren, ihr vorzulesen und mit ihr spazieren zu gehen. Gesellschafterin hieß das damals, später hat der Kaiser sie zur Ehrendame ernannt.«

»Und die sah nicht gut aus?«

»Geschmackssache. Aber in jedem Fall hat Sisi darauf geachtet, keine Frauen um sich zu scharen, die ihr den Rang abliefen. Abgesehen davon: Wundert es dich etwa, dass ich attraktiver bin?« Birgit rollte affektiert die Augen.

»Natürlich nicht.« Katharina war von der Verwandlung ihrer Freundin immer noch fasziniert. Ihre Augenfarbe hatte von Grün auf Blau gewechselt. Die rote Mähne war unter einer dunkelblonden Perücke verschwunden. Das Kunsthaar trug sie hochgesteckt. Ein kleines schwarzes Filzhütchen saß schräg auf dem Kopf. Der Mund war zu einem unlustigen Strich geschminkt, die Augenpartie verkleinert. Dadurch strahlte die Archivarin eine Strenge aus, die sogar auf Katharina einschüchternd wirkte.

»Gut, Glück gehabt.« Birgit versuchte, in Katharinas

Hüfte zu kneifen. »O mein Gott, das fühlt sich ja an wie Beton.«

»Zumindest konnte ich Angie erweichen, das Korsett nicht ganz so straff zu ziehen. Wegen Atemnot in Ohnmacht fallen will ich dann doch nicht.« Angie hatte Fotos von Sisi in dem Kleid parat gehabt. Der Taillenumfang der Kaiserin von 51 Zentimetern war für Katharina unerreichbar und auch nicht erstrebenswert.

In dem langen Kleid zu laufen, war anstrengend und bei fast 30 Grad ziemlich schweißtreibend. Wenigstens trug sie im Moment noch ihre Sneakers an den Füßen. Das würde sie auch erst kurz bevor sie den Dampfer in Prien bestieg ändern.

Birgit schien die Maskerade nichts auszumachen. Auch sie war eingeschnürt in ihren langen und zudem dunklen Rock. Aber sie lief im Stechschritt Richtung Weissenburger Platz, als handle es sich um ihr normales Alltagsoutfit. Die zehn Treppen bis zum Lift zu Katharinas Wohnung erklomm sie problemlos.

»Du musst an beiden Seiten raffen«, rief Birgit nach hinten, als sie es fluchen hörte.

Katharina war bereits auf den ersten beiden Stufen zweimal auf den Saum ihres Kleides getreten. Im Aufzug konnte sie gerade noch den unteren Teil nach innen schwingen, bevor sich die Schiebetür schloss.

»Darf ich vorstellen, ihre kaiserliche Hoheit, Katharina von Österreich-Ungarn.« Birgit machte einen tiefen Knicks, reichte Katharina die Hand und führte sie die letzten Meter zu Tobias, der in der Wohnungstür wartete.

»Krass!«, brüllte Svenja in den Hausflur und zückte ihr Smartphone. »Mama, das Kleid ist voll crazy! Und die Haare ... Geilstes Rokoko!«

»Es ist mehr 19. Jahrhundert, Svenjalein, aber egal. Freut mich, dass es dir gefällt.« Katharina beugte sich vor, um ihre Tochter zu küssen, was diese erstaunlicherweise zuließ – vermutlich, weil es ihr ermöglichte, in den Haarkranz ihrer Mutter zu fassen.

»Voll künstlich fühlt sich das an, cool.«

Katharina und Tobias grinsten sich über den Kopf ihrer Tochter hinweg an.

»Für meine Wenigkeit interessiert sich niemand?«, empörte sich Birgit. »Klar, bin halt nur die Zofe.« Schmollend zupfte sie die Bluse zurecht, die beim Treppensteigen ein wenig aus dem Rock gerutscht war.

Svenja drehte sich zu der Freundin ihrer Mutter und drückte begeistert auf den Auslöser.

»Du siehst aus wie Mrs. McGonagall, die krasse Lehrerin bei Harry Potter.« Die Bücher über den jungen Zauberer hatte Svenja schon als kleines Mädchen geliebt und kannte sämtliche Figuren-Namen auswendig.

»Äh, Süße, du darfst uns gern fotografieren, aber bitte nirgends posten. Die Bilder, die heute Abend gemacht werden, kannst du verwenden und crossposten. Der Veranstalter will seine Gäste erst selbst auf seinen Social-Media-Kanälen zeigen. Das habe ich ihm zugesagt.« Dass Katharina sehr froh über diese Bitte Lüftls war, musste sie ihrer Tochter nicht auf die Nase binden. Bei den Gruppenfotos würde sie sich später irgendwo hinten platzieren, wo sie kaum zu sehen war. Als Sisi vor ihrer eigenen Wohnungstür wollte sie nicht gepostet und von Svenjas sämtlichen Kontakten geteilt werden.

»Ich hab's befürchtet, Recht am Bild und so, hatten wir gerade in der Schule.«

»Danke für dein Verständnis, mein Schatz. Dafür machen wir jetzt ein Familienfoto, einverstanden?«

Svenja nickte und stellte sich in lässiger Pose – Brust raus, seitlicher Strahle-Blick und Victory-Zeichen – zwischen ihre Eltern.

»Haben die damals eigentlich einfach so vor sich hin transpiriert?« Auch Birgit war nach dem Treppensteigen heiß unter den langen Klamotten.

Katharina winkte ihre Freundin ins Bad, wo sie umständlich die Einschnürungen öffneten und sich mit Deo eindeckten.

»Mir sind Shorts und ein ärmelloses Top jedenfalls lieber«, grummelte Katharina, während Birgit ihr das Kleid zurechtzupfte.

»Mir auch, aber nicht heute.« Nach einem Glas Wasser für beide winkte die Zofe ihre Herrin resolut aus der Wohnung.

MITTWOCHABEND,
HÜTTERL AM GEIGELSTEIN

»Herbert kann heut nicht weg, würde auffallen. Kommt morgen Abend. Du schaffst des, Sannerl! Alles wird gut. Ich ruf dich an 🙈.«

Das hatte Johnny ihr heute Mittag geschrieben.

Mittlerweile war es 19 Uhr, ein lauer Abend nach einem strahlenden Sommertag. Sanna hatte sich alle Mühe gegeben, das Schöne zu sehen. Heute waren ein paar Wanderer unterwegs gewesen, die das Hütterl und seine Bewohner aber nicht bemerkt hatten. Sanna hatte sich getraut, Knurrhahn mit seinem Lieblingsspiel zu erfreuen. X-mal war er dem zerbissenen gelben Gummiball hinterhergerast, den sein Frauchen ein kleines Stück den Hang hinunterwarf. Der Hund brachte den Ball begeistert zurück und das Spiel begann von vorne, wenn es nach dem Border Collie gegangen wäre, hätte es den ganzen Tag lang so weitergehen können. Irgendwann hing die Zunge gefühlt bis zum Boden und Knurrhahns Atem ging so schnell, dass der ganze Hund vibrierte.

»Pause, mein Süßer.« Sanna hatte auf den Wassernapf gedeutet, der vor der Hütte stand. Beim Spielen vergaß Knurrhahn zu trinken, egal, wie warm es war. Der Hund hatte ihr einen vorwurfsvollen Blick zugeworfen und war lustlos zu dem Napf geschlurft. Theatralisch schnaubend hatte er sich daneben fallen lassen und das Wasser ignoriert.

Sanna hatte sich einen Kaffee aus dem Hütterl geholt. Als sie zurückkam, war der Napf leer gewesen. Knurrhahn hatte unbeteiligt danebengelegen. Sanna tat, als habe sie nichts bemerkt. Alles andere hätte den Hund erneut verärgert.

Jetzt saß sie vor dem Hütterl und fand keine Ruhe. Sinnlose Gedankenschleifen setzten ihr zu: Was trieb ihr Mann in München? Wer war der Autor der zudringlichen Nachrichten? Würde sie sich nachher voller Angst schlaflos im Bett wälzen?

Immer wieder versuchte sie, das Karussell in ihrem Kopf zu stoppen. Es gelang nicht. Das nervte sie noch mehr.

»Setz dich gedanklich auf einen Berg, Sanna, so kriegst du Abstand zu deinem Thema«, pflegte ihre Meditationslehrerin Samira in solchen Fällen zu sagen.

»Du steckst deine ganze Energie in den Wunsch, die Angst loszuwerden. Schau sie dir von einem Berg aus an, lass sie da sein, begrüß sie freundlich. Dann warte, was passiert.«

Anfangs hatte Sanna die Dame, die stets bunte indische Pluderhosen und weite verknautschte Leinenoberteile trug, als zu esoterisch empfunden. Ängste begrüßen? Ging's noch? Aber Samira hatte ihre Schülerin nur mitfühlend angeschaut. Irgendwann war es Sanna gelungen, die Augen zu schließen und ihre Ängste zu visualisieren. Ein trauriges kleines Mädchen zerrte an Sannas Hosenbein und blickte erwartungsvoll zu ihr hoch. In Gedanken hatte Sanna das Kind auf den Arm genommen und getröstet. Die Kleine hatte sich beruhigt, den Kopf an Sannas Schulter gelegt und war eingeschlafen.

Die Methode hatte tatsächlich bewirkt, dass es Sanna besser ging. Auch heute hatte sie die Angst mehrfach begrüßt.

Es wirkte, hielt aber nicht lange an. Der Kloß im Hals und die Anspannung im ganzen Körper verließen sie nur für Momente.

Sanna beschloss, ihre abendlichen Abläufe auch heute durchzuziehen. Sie holte Brot, Butter, Gurken und einen Rest Mozzarella mit Tomaten vom Mittagessen nach draußen. Dann schenkte sie sich Zitronenwasser aus dem großen Krug ein, den sie regelmäßig neu füllte und mit Eiswürfeln kühl hielt. Dass sie trank, erinnerte Knurrhahn an seinen Napf. Das Schlabbern des Hundes wirkte beruhigend auf Sanna. Er war da, er würde sie beschützen.

Der Mozzarella schmeckte gut. Das Olivenöl war seit dem Mittagessen in den Käse eingezogen, die Tomaten hatten noch Biss. Basilikum hatte sie frisch darüber gestreut. Der gute Herbert, er hatte an alles gedacht. Während sie aß, nahm Sanna die Bäume um sich herum wahr. Sie umgaben das Hütterl wie ein Schutzschild. Die tief empfundene Freude der ersten Tage wollte sich aber nicht mehr einstellen. Sie lauschte die ganze Zeit in die Stille. Ein Knacken? Ein Räuspern? Ein Schritt?

»Lass die Angst zu. Ansonsten mach alles wie immer«, hörte sie wieder Samiras Stimme in ihrem Kopf.

Sie stand auf, brachte Geschirr und Lebensmittel zurück ins Hütterl und schnappte sich Knurrhahns Leine. Benutzt hatte sie sie noch kein einziges Mal. Aber es war das Startsignal für den Hund, dass es losging. Tatsächlich hörte Knurrhahn sofort auf, mit der Zunge den leeren Futternapf zu scannen. Er jagte zur Tür und hüpfte mit einem freudigen Satz über die Schwelle.

Sie liefen ihre übliche Abendrunde. Niemand kam ihnen entgegen, auch ungewöhnliche Geräusche machte Sanna keine aus. Trotzdem klopfte ihr Herz, als sie die letzten

Meter zum Hütterl hochstiegen. Hier war es gestern losgegangen. Knurrhahn vor ihr war entspannt. Das Hütterl tauchte auf, alles normal.

Plötzlich blieb der Border Collie stehen und fing an, leise und bedrohlich zu knurren. Konzentriert starrte er in der Dämmerung zur Hütte. Sanna ging in die Knie und legte den Arm um den Hund. Dessen Herz raste genau wie ihres. Sie schob das Tier behutsam vor sich, damit ihre linke Seite verdeckt war. Dann tastete sie vorsichtig in die Tasche ihres Hoodies und zog die kleine Spraydose heraus. Sie hatte darauf bestanden, das Pfefferspray mit aufs Hütterl zu nehmen. Zur Not würde sie es einsetzen.

»Am besten nur draußen, immer von dir weg und nur, wenn der Wind ned in dei' Richtung bläst«, hatte Johnny ihr eingebläut. Aktuell wehte kein Lüftchen.

»Hatschi.«

Das Niesen kam aus Richtung des Hütterls. Sanna fuhr es in den Magen. Instinktiv umfasste sie Knurrhahns Schnauze. Der Hund wand sich unter ihrem Griff. »Aus, mein Süßer, ganz leise«, flüsterte sie ihm ins Ohr. Sie legte sich flach auf den Boden und drückte Knurrhahn leicht in den Rücken. Der schlaue Hund verstand und legte sich neben sie. Mit einem erneuten »aus« ließ sie vorsichtig seine Schnauze los. Der Hund war mucksmäuschenstill. Auch sonst hörte Sanna nichts außer einem unangenehmen Rauschen in ihren Ohren. Nur der Hund an ihrer Seite sorgte dafür, dass sie nicht komplett in Panik geriet. Was sollten sie tun? Hier liegen bleiben? Die ganze Nacht? Sie tastete nach ihrem Smartphone. Daran hatte sie zum Glück gedacht. Sie wählte Johnnys Nummer. Nichts tat sich. Dann sah sie es: kein einziger Balken. Sie hatte schon wenige Meter vom Hütterl keinen Empfang mehr. Herbert hatte sie vorgewarnt.

Ihre Hände begannen zu zittern. Knurrhahn schleckte ihr beruhigend darüber.

In diesem Moment hörte Sanna Schritte. Jemand lief den Weg hinunter und kam näher. Jetzt war Knurrhahn nicht mehr zu halten. Zähnefletschend und laut knurrend raste er den Hang hoch.

GLEICHE ZEIT,
SCHLOSS HERRENCHIEMSEE

»Herzlich willkommen zum königlichen Souper. Wir sind hier im nördlichen Teil des Schlosses, der – wie ihr sicher alle wisst – nie fertiggestellt worden ist.« Ludwig Lüftl deutete auf die unverputzten Backsteinwände des großen Saals, in dessen Mitte die Tafel aufgebaut war. Die Schlichtheit dieser Räume begeisterte Katharina. Der Rohbau wirkte aufgrund seiner Schmucklosigkeit modern, kein Vergleich zu dem überladenen Prunk des bekannteren Teils von Herrenchiemsee, durch den jährlich Hunderttausende von Besuchern geschleust wurden. Der Weg hierher hatte über einen großen Lichthof geführt, über dem sich ein kuppelförmiges Glasdach befand. Über eine ausladende Steintreppe waren sie in den ersten Stock gelangt. Die dicken Steinwände hielten die Sommerhitze ab, im Saal herrschte eine angenehme Temperatur.

»Es ist mir eine ganz besondere Ehre, euch in diesem vom König so geliebten Schloss begrüßn zu dürfn. Ludwig der Vierzehnte is' sein großes Idol gwesn. Herrenchiemsee hat er nach dem Vorbild von Versailles baun lassn. Es wär ihm sicher recht gwesn, dass wir im unfertigen Teil bleibn und nicht in seinen Privaträumen tafeln.« Lüftl hatte sein anfängliches Hochdeutsch bereits wieder weitgehend abgelegt.

Leises Kichern erfüllte den Raum. Alle schienen über das menschenscheue Wesen des Erbauers von Herrenchiemsee im Bilde zu sein.

»Jetzt stehts doch bitte auf und lassts uns anstoßen auf den einzigartigen und viel zu früh verstorbenen König Ludwig II. Otto Friedrich Wilhelm von Bayern.«

Der Mann, der jetzt das Champagnerglas in die Höhe hob, glich nicht dem Kini. Er *war* der Kini. Schon auf dem Dampfer von Prien auf die Herreninsel hatte Katharina über die Ähnlichkeit des Bootsbauers aus Gstadt mit dem Märchenkönig gestaunt. Alles passte, von der Frisur über die Gesichtszüge bis zur stattlichen Größe von fast zwei Metern.

»Der echte König hat sich die Haare mit dem Brenneisen gewellt. Bei Lüftl sieht es ganz natürlich aus«, hatte Birgit ihre Freundin vorhin mit leicht träumerischem Blick informiert.

Der Bootsbauer trug die königliche Gala-Uniform, wie Katharina sie von vielen Bildern Ludwigs kannte: schwarze, kniehohe Stiefel, weiße Reithose, darüber eine blaue Uniformjacke mit weißem Gürtel, roter Schärpe und einer weißen Pelzstola über der Schulter. Katharina ging davon aus, dass es Kunstpelz war und nicht Hermelin wie zu Ludwigs Zeit üblich. Die Hand, mit der der Kini 2.0 jetzt den Champagner zum Mund führte, steckte in einem bis zum Ellbogen reichenden weißen Handschuh.

Dem Mann musste ziemlich warm sein, konstatierte die Journalistin nüchtern und schaute zu Birgit, die ihr gegenüber platziert worden war. Im Unterschied zur Zeit Ludwigs durften beim Souper à la Kini 2.0 auch Zofen an der königlichen Tafel Platz nehmen.

Die Freundin bemerkte Katharina nicht. Sie hielt sich an ihrem Champagnerglas fest und starrte zu Lüftl. Die Faszination schien deutlich über das berufliche Interesse hinauszugehen. Als alle anderen bereits tranken, stand Birgit

Wachtelmaier immer noch da und konnte die Augen nicht von dem schönen Bootsbauer lassen. Erst als ihr Tischherr sie leicht von der Seite anstieß, fuhr Birgit zusammen, prostete dem Mann huldvoll zu und nippte am Champagner. Dann lauschte sie weiter Lüftls einleitenden Worten.

»… drum heißt des hier auch Souper, weil der König die französische Sprache so geliebt hat. Des Essn hat ihm die Dienerschaft mit korrekter französischer Aussprache serviern müssn, sonst hat's Ärger gebn. So, jetzt lassts es euch schmeckn.« Lüftl prostete noch mal in die Runde, legte die Pelzstola ab und setzte sich.

Birgit wendete sich jetzt beschwingt ihrem Tischnachbarn zu. Hermann Garinger schien allerdings leicht beleidigt ob Birgits vorherigem Desinteresse. Garinger war Radiomoderator eines bayerischen Privatsenders, der sich mit Spaßanrufen einen Namen gemacht hatte. Katharina kannte bislang nur seine sonore Stimme und Porträtaufnahmen. Heute sah sie den ganzen Garinger. Er hatte seinen ausladenden Bauch in einen schwarzen Gehrock gezwängt, dessen doppelte Knopfreihe so spannte, dass sie jederzeit aufzuspringen drohte. Beim Radio schien er richtig aufgehoben.

Um Katharinas eigenen Tischnachbarn beneideten sie wahrscheinlich viele der hier anwesenden Damen. Sie selbst hätte Tobias an ihrer Seite vorgezogen. Ex-Fernsehmoderator und Publikumsliebling Theo Herrwitz thronte neben ihr mit weiß gewellter Langhaarperücke im Stil des französischen Sonnenkönigs. Dass der rund 200 Jahre vor dem Kini gelebt hatte, schien den selbstbewussten älteren Herrn nicht zu stören. Zu einem dunkelblauen Samtjackett trug er eine mit Goldfäden durchwirkte rote Uniformhose, die er – ein weiterer Stilbruch – mit goldenen Cowboystiefeln kombiniert hatte. Aber für seine ausgefallene Garderobe war er ja schon bekannt gewesen, als er noch Deutschlands beliebteste Samstagabendshow moderiert hatte. Das war ein Weilchen her. Inzwischen durfte er noch ab und an eine Preisverleihung präsentieren oder in einer Jury mitreden. Ansonsten war es ruhig um ihn geworden. Er lebte mit seiner Partnerin mal in Deutschland, mal auf Mallorca und ließ es sich gutgehen.

Für Katharina interessierte er sich genauso wenig wie sie sich für ihn. Bei der Vorstellung hatte er mit einem herablassenden Blick auf ihre Aufmachung »oh, Sisi lebt« abgesondert. Mehr Kontakt hatte es bisher nicht gegeben. Gerade war Herrwitz damit beschäftigt, seine Lebensgefährtin im Auge zu behalten, die sich einige Plätze weiter großartig zu amüsieren schien – ausgerechnet mit Herrwitz' Nachfolger auf dem Samstagabendplatz, J. R. Wendelding, einem lustigen und sympathischen Mittfünfziger, der bekanntermaßen schwul war. Katharina könnte Herrwitz das zur Beruhigung zuflüstern, überlegte sie gerade, als der erste Gang aufgetragen wurde. Angesichts der Kraftbrühe mit Schinkenklößchen vor ihr beschloss sie, das Essen zu genießen und Herrwitz ein bisschen leiden zu lassen.

Die Suppe hatte man am 19. Oktober 1863 am bayerischen Königshof gelöffelt. So war es der Menüfolge zu entnehmen, die auf edelstem Papier handgeschrieben an jedem Platz bereitlag.

Für ein paar Minuten verstummten die Gespräche. Das Geräusch von Löffeln, die Porzellan berührten, hallte durch das hohe Gewölbe. Aus der einen oder anderen Ecke erklang Schmatzen oder Schlürfen. Auch Herrwitz war des geräuschlosen Suppen-Essens nicht mächtig.

Katharina wurde glücklicherweise von Lüftl abgelenkt, der aufgestanden war und mit seinem Handy wedelte.

»Ich mach zwischen den Gängen die Runde für Selfies. Wär super, wenns mitmachts. Alles für den guten Zweck, des wissts ja eh. Je mehr von euch meinen Account schmückn, desto mehr Sponsoren, desto mehr Geld für die kranken Kinder.« Er deutete auf die Plakate an den Wänden. Ein Kind mit Kanülen im Arm und ohne Haare lag in einem Krankenhausbett und reckte zuversichtlich Mittel- und Zeigefinger zum Victoryzeichen in die Höhe. Auf dem Klapptisch am Bett war ein Brettspiel aufgebaut. Spielpartner war »the real Kini«, der ebenfalls in die Kamera schaute und zuversichtlich lächelte. Unter dem Bild stand in dicken Lettern die Bankverbindung des kleinen Chiemgauer Vereins, der Geld für die kranken Kinder sammelte.

»Wer noch was spendn mag, da freun wir uns natürlich. Aber mit dem Souper tuts auch schon was Gutes, für euch und für die Kinder.« Gut gelaunt posierte Lüftl neben Schauspielerin Bärbel Barsammer, die in einem goldbesetzten schweren Taftkleid steckte und ein üppiges Dekolleté präsentierte. In die rotgelockte Hochsteckfrisur war ein mit funkelnden Steinen besetztes Diadem eingearbeitet, ob echt oder Modeschmuck, vermochte Katharina nicht zu beurteilen. Barsammers Lippen leuchteten wie üblich knallrot, was sehr gewagt war für die Zeit Ludwigs II. Das hatte Janina Birgit und Katharina vorhin erklärt und sie beide dezent geschminkt.

Barsammer legte gerade ihren Kopf kokett auf Lüftls Schulter und strahlte für das Selfie, eine Pose, die sie auch während ihrer Ehe mit dem bekannten Regisseur Max Barsammer gern eingenommen hatte. Sogar Katharina waren die Fotos in diversen Illustrierten damals aufgefallen. Barsammers waren längst getrennt. Bärbel hatte den nützlichen Nachnamen aber beibehalten, obwohl sie seit Längerem mit einem steinreichen Immobilienmakler liiert war. Der saß stolz neben ihr und trug zu einem dunkelgrünen Gehrock einen Zylinder derselben Farbe. Ob das stilecht für das 19. Jahrhundert war? Sollte er die auffällige Kopfbedeckung nicht zumindest beim Essen abnehmen? Katharina fand Spaß daran, die hier anwesende illustre Gesellschaft aus Geldadel, echten und Möchtegern-Prominenten genau unter die Lupe zu nehmen. Lüftl war es offensichtlich egal, wer bei ihm tafelte. Hauptsache, alle bezahlten für den guten Zweck.

Birgit war weiterhin völlig eingenommen von dem Bootsbauer. Katharina gelang es immerhin kurz, die Aufmerksamkeit der Freundin zu erlangen. Mit einem Blick auf das Smartphone, das wenig stilecht neben der Zofe auf dem Tisch lag, versuchte Katharina, daran zu erinnern, weshalb sie hier waren. Birgit zwinkerte ihr fröhlich zu und nickte.

Lüftl hatte sich wieder gesetzt. Der zweite Gang wurde aufgetragen: Gänseleberterrine.

Katharina bedeutete dem livrierten Kellner, der sich mit den Tellern näherte, dass sie passen würde. Sie mochte keine Gänseleber. Svenja wäre begeistert, wenn sie erführe, dass ihre Mutter zumindest auf ein tierisches Gericht verzichtet hatte.

»Soso, Sisi verschmäht Leber. Her damit, bei den Mini-Portionen kriegt Theo auch zwei runter.« Jovial winkte Herrwitz den Ober zu sich, spießte mit der Gabel die kunstvoll dekorierte Vorspeise von einem der Teller und ließ sie neben die bereits vor ihm stehende fallen.

Stoisch deutete der Kellner eine leichte Verbeugung an.

»Da verpassen Sie was, Mädchen«, nuschelte Herrwitz mit vollem Mund in Katharinas Richtung.

»Sie haben mich nicht ernsthaft Mädchen genannt.«
Katharina lachte laut auf und stieß den Mann leicht in die
Seite. »Herr Herrwitz, Herr Herrwitz, ich hätte Ihnen ja
einiges zugetraut, aber das dann doch nicht. Voll in den
Achtzigern stecken geblieben, würde meine Tochter sagen.
Lassen Sie es sich schmecken.«

Überrascht schaute der Ex-Moderator von seiner Gänseleber auf. Er schien nach der passenden Retourkutsche zu
suchen. Katharina hob ungerührt ihr Glas, prostete ihm zu
und nahm einen Schluck Weißwein. Herrwitz verzog kurz
den Mund und traktierte erneut die Pastete.

Der Kini 2.0 arbeitete sich bereits weiter durch die circa
50 Gäste. Die Damen warfen sich bereitwillig in Pose. Nicht
wenige rückten dem faszinierenden Mann für das Selfie
ziemlich auf den Leib. Routiniert drehte Lüftl dann den
Kopf oder benutzte seinen linken Arm als Stopper zwischen
sich und der jeweiligen Prinzessin oder Hofdame. Abschlie-
ßend prüfte er, ob das Foto gelungen war. Manchmal ver-
zögerte sich der Ablauf, weil er noch etwas tippte. Katharina hätte zu gern gewusst, was und an wen er da schrieb.

Pünktlich für den nächsten Gang saß aber auch er wieder an seinem Platz.

Ein Teller mit köstlich duftendem gebackenem Saibling
wurde vor Katharina gestellt. Frittierte Petersilie und ein
Hauch von Kartoffelsalat, serviert in einer gerösteten Kar-
toffelschale, bildeten die Beilagen.

»Das kann man ja einatmen«, konstatierte Herrwitz und
schaufelte sich Fisch und Kartoffeln in zwei Happen in
den Mund.

Katharina waren die sehr überschaubaren Portionen
recht. Wie sollte sie sonst die zwölf angekündigten Gänge
schaffen?

»So, ihr Lieben, Halbzeit. Jetzt könnts euch auf was ganz Besonderes freun, vielleicht bei einem Glaserl Champagner? Für die Pause begrüßts mit einem Riesenapplaus Yun Zhang.«

Ungläubiges Raunen hallte durch den Rohbau, gefolgt von begeistertem Klatschen. Katharina und Birgit tauschten einen überraschten Blick. Der Südkoreaner Yun Zhang war der aktuelle Star der internationalen Klassikszene. Dass Lüftl ihn für sein Event gewonnen hatte, war eine kleine Sensation.

»Der Yun hat für euch was ganz Besonderes vorbereitet. Dem König wär's bestimmt a große Freud' gwesn, wenn er noch dabei sein könnt.« Lüftl faltete die Hände und schaute an die Decke, als würde sich jeden Moment der Märchenkönig materialisieren. »Werke von Richard Wagner nur für Klavier werdets gleich hören. Die san gar ned so bekannt, aber ein Ohrenschmaus, des kann ich euch versprechn. Danke, Yun, sag i schon amal.« Lüftl lachte stolz und deutete auf den dunkelroten Samtvorhang hinter sich, den Livrierte jetzt zur Seite zogen. Es tauchte ein Flügel auf, an dem ein etwas gedrungener Mittdreißiger saß. Über einem weißen Hemd mit Stehkragen trug er ein schwarzes Samtjackett mit einem Revers aus goldfarbenem Satin und einem Einstecktuch in Blau- und Goldtönen. Der Mann neigte kurz den Kopf Richtung Publikum, strich sich die schwarzen, kinnlangen Haare nach hinten und begann zu spielen. Lüftl machte verschiedene Selfies mit dem Pianisten im Hintergrund.

Katharina kannte weder die Werke Wagners, noch war sie großer Klassikfan, aber das Spiel Zhangs zog sie in seinen Bann. Der Klang in dem hohen Raum war fantastisch – er drang in alle Zellen. Sie schloss die Augen und überließ sich ganz dem langsam an Dramatik zunehmenden Klavierstück. Die Liebe Ludwigs II. zur Musik von Richard Wagner konnte sie jetzt besser verstehen.

»Kommst du bitte mit?«

Katharina fuhr zusammen und riss die Augen auf. Vor ihr stand Birgit und ignorierte Herrwitz, der auf dem Weg zu einem Tablett mit Champagner mit seiner Hand knapp ihren Busen verfehlt hatte. Die Archivarin bedeutete Katharina mit einer kleinen Kopfbewegung, ihr zu folgen. Als wäre sie hier zu Hause, lief Birgit durch die kahlen Räume und den hellen Lichthof bis vor das Schloss. Ungeduldig schaute sie nach Katharina, die wieder mit ihrem langen Rock zu kämpfen hatte. Schließlich trat auch sie in die angenehm laue Abendluft. Nur drei der Gäste, unter ihnen Birgits frustrierter Tischherr, hatten den Weg nach draußen gefunden. Sie frönten der Nikotinsucht und nahmen von den beiden Frauen keine Notiz. Trotzdem lotste die Archivarin ihre Freundin noch ein Stück weiter vom Schloss weg und hielt ihr mit finsterer Miene das Smartphone entgegen.

Katharina las leise vor: »›Auch du wirst mich lieben irgendwann.‹ – ›Ich habe Geduld, weil ich weiß, dass ich dich bekommen werde.‹ – ›Ich verzehre mich nach dir. Das Happy End wird wunderbar.‹«

Gemeinsam starrten sie auf das Display.

»Hat er das …«, setzte Katharina an, obwohl sie die Antwort schon kannte.

»Jepp, alle drei Nachrichten in den letzten Stunden an Sanna Schweigart geschickt.«

»Lüftl?«

»Sieht so aus.« Birgit versuchte gar nicht, ihre Enttäuschung zu verbergen. »Während des Klavierkonzerts ist bis jetzt nichts gekommen. Der Zhang ist übrigens auf Kur in Prien, hat mir der Garinger gesteckt. Nur deshalb kann der Lüftl für eine halbe Stunde einen Superstar präsentieren.« Die Archivarin strich sich resolut über den langen Rock. »Egal, ich werde sicherheitshalber alles noch mal ganz genau checken.«

»Weil nicht sein kann, was nicht sein darf?«

»Weil ich grundsätzlich alle Möglichkeiten durchspiele, vor allem online. Wäre jetzt zu kompliziert zu erklären.« Birgit mied Katharinas Blick.

»Wir haben sowieso keine Möglichkeit, Schweigart zu erreichen.«

»Sie hat dir gar nichts hinterlassen?«

Katharina schüttelte den Kopf. »Sie hat meine Handynummer, das war's.«

»Verstehe. Über ihren Account sollten wir ihr in keinem Fall schreiben. Da liest höchstwahrscheinlich jemand mit.«

Katharina nickte, wobei sich eine Strähne aus ihrem Haarkranz löste. Routiniert wollte sie sie hinters Ohr streichen.

»Halt. Das geht gar nicht. Du bist die österreichische Kaiserin.« Mit erstaunlicher Fingerfertigkeit zog Birgit eine Haarklemme aus Katharinas Frisur, schob die Strähne vorsichtig in eines der Zöpfchen und steckte das Ganze fest. »Perfekt, eure Hoheit. Komm, wir machen ein Selfie. Wir lassen uns doch nicht die Laune vermiesen.« Birgit positionierte sich neben ihre Freundin.

Beide versuchten möglichst königlich in die Kamera zu blicken. Das Bild schickten sie mit diversen Lach-Emojis versehen an Tobias und Oliver. Svenja ließen sie außen vor, um nicht doch auf irgendwelchen öffentlichen Accounts zu landen.

»Wie süß«, murmelte Katharina, als sie die begeisterte Antwort ihres Mannes las.

Tobias machte auch nach ein paar Jahren Ehe aus seinen Gefühlen für sie kein Geheimnis. »Du bist so wunderschön, meine Süße.«

»Darf ich dich kurz beim Onlineflirt stören? Sannalover23 werden wir jetzt eine kleine Überraschung bereiten.« Birgits Wangen begannen zu glühen wie immer, wenn sie von einer Idee begeistert war. Triumphierend hielt sie Katharina das Handy hin.

»Wir beobachten, was Sie tun. Ihre Nachrichten sind justitiabel. Hören Sie auf, Frau Schweigart zu belästigen, sonst leiten wir rechtliche Schritte ein. Warum wir anonym bleiben, können Sie sich sicher denken.«

»Wie, anonym? Äh …«

»Ich habe einen Account auf einem Kryptoserver eingerichtet, für Normalsterbliche nicht zurückzuverfolgen. Von dem schicke ich diese Nachricht ab, wenn ich Lüftl gleich wieder im Blick habe. Mal sehen, ob er reagiert.«

Aus dem Schloss waren mehrere Glockenschläge zu hören, das Signal, sich wieder an seinen Platz zu begeben.

Wenige Minuten später saß Katharina vor einem gegrillten Hähnchenschlegel. Ludwig II. hatte dieses Gericht am 29. Juli 1863 verspeist. Das gut gewürzte Fleisch war mit Brunnenkresse, Rosmarin und Petersilie bestreut. Herrwitz angelte sich, ohne zu fragen, bereits den zweiten Schlegel von einem Tablett mit Tellern für die anderen Gäste. Katharina hatte in irgendeinem Wartezimmer mal über ihn gelesen, dass er Intervallfasten betreibe und einmal im Jahr zum Detoxen in eine Privatklinik nach Österreich fahre. Wenn er in den acht Stunden am Tag, die er aß, so zulangte wie heute Abend, würde die Kur nicht reichen.

Vier Gänge erwarteten sie noch, drei Desserts und zum Abschluss eine Variation verschiedener Käsesorten. Der

König sei Süßspeisenliebhaber gewesen, war auf dem Menü-blatt vermerkt.

Lüftl hatte sich wieder erhoben, um zu fotografieren. Er wirkte entspannt und bestens gelaunt, als er zu Katharina trat. »Ihre kaiserliche Hoheit erlauben?« Charmant lächelnd deutete er auf sein Smartphone.

»Wenn wir historisch korrekt bleiben wollen, müsste sich meine Zofe vor mich stellen. Sisi hat es gehasst, fotografiert zu werden.« Katharina blickte flehentlich zu Birgit hinüber, die sofort aufstand und um den Tisch lief.

»,Jedes Mal, wenn ich eine Fotografie habe machen lassen, hatte ich Unglück', soll Sisi mal gesagt haben.« Birgits unechte blaue Augen leuchteten.

Lüftl hatte amüsiert zugehört. »Zwei Fachfrauen, aha. Ich hab bisher 'dacht, dass Sie sich eher mit der aktuellen Politik beschäftigen, Frau Langenfels. Sie schaun übrigens fantastisch aus. Die Sisi steht Ihnen gut.«

»Danke. Jeans und Hoodie sind mir trotzdem lieber. Nicht alltagstauglich, wie die Damen sich damals einge-schnürt haben.« Katharina deutete auf ihre schmale Taille. »Was die Fachkenntnisse betrifft, will ich mich nicht mit fremden Federn schmücken. Frau Wachtelmaier, hervorra-gende Archivarin und Onlinerin bei ›Fakten‹, ist die Lud-wig-II.-Kennerin.«

Lüftl musterte Birgit interessiert, zu erkennen schien er sie nicht.

Die Archivarin konnte mit ihrem strichartig geschmink-ten Mund ein Lächeln nur andeuten. »Schon als Kind habe ich mich für Königshäuser interessiert, vor allem für Lud-wig II. und Sisi. Mein erstes Referat in der Schule drehte sich um Ludwig. Meine Eltern mussten mit mir regelmä-ßig in sämtliche Schlösser fahren. Vor allem vom Tischleindeckdich in Linderhof konnte ich nicht genug kriegen.«

Lüftl nickte begeistert. »Ich hab meine Eltern bestürmt, dass ich unbedingt an dem Tisch essn will, um zu sehn, wie er fertig gedeckt aus der Küch' nach oben gfahrn kommt. Denkmalschutz und der ganze Schmarrn waren mir natürlich wurscht.«

»Wobei der König ja morgens um sechs Uhr zu Mittag gegessen und um Mitternacht gefrühstückt hat, die armen Köche.«

Lüftl hob anerkennend die Augenbrauen: »Ja, den Köchn hat des gstunkn wie die Sau, dass um die Zeit ned ham schlafn dürfn.«

»Gut, dass Sie für Ihr Souper eine menschenfreundlichere Zeit gewählt haben.« Birgit strahlte den Kini 2.0 an. »Ich finde es so faszinierend, wie Sie den König wiederauferstehen lassen. Das ist eine großartige Idee.«

Birgit schien den ernsten Hintergrund für ihre Teilnahme an diesem Abend vergessen zu haben.

Der Womanizer zupfte geschmeichelt nicht vorhandene Fusseln von seiner Uniformjacke. »Dank' schön. Er war halt a guter Typ, sollt' nicht in Vergessenheit geratn. Es beschäftigen sich nur wenige wirklich mit ihm, des is' sehr schad'.«

»Stimmt. Es gibt so viele spannende Veröffentlichungen über Ludwig II., seine Briefe zum Beispiel, die vor ein paar Jahren herausgekommen sind.«

Lüftl nickte enthusiastisch. »Armer Kerl. Dass er auf Männer gstandn is', hat keiner wissen dürfn. Des wär ihm ganz sicher nicht recht, dass jetzt jeder seine Schwärmereien und Vorlieben nachlesn kann.«

Birgit nickte nachdenklich.

Ein Livrierter trat neben den Kini 2.0 und sprach leise auf ihn ein.

Lüftl nickte. »I tät so gern weiter mit Ihnen plaudern, meine Damen, aber der Zeitplan ... Kommens bitt' schön, Aufstellung zum Foto. Frau Langenfels, wenns halt partout nicht gsehn werden wolln, dann schlag i vor, dass die Frau Wachtelmaier und i ins Gespräch vertieft sind, und von Ihnen ahnt man hinten nur des Kleid und die Frisur. Einverstandn?«

»Super Idee«, bestätigte Birgit sofort.

Katharina drehte sich wortlos um, als wäre sie höchst interessiert an der hinter ihr aufgebauten Blumendekoration. Langsam wurde ihr Birgits Begeisterung zu viel. Oder war es Taktik, um Lüftls Vertrauen zu gewinnen?

»Da schreib i drunter ›auch Sisi war da, wollte aber wie immer nicht erkannt werden‹.«

Lüftl zeigte den beiden Frauen die Selfies. Er und Birgit strahlten sich an. In ihren Outfits passten sie sehr gut zusammen, konstatierte Katharina.

»Ich könnte die Fotos auf unserem ›Fakten‹-Account crossposten. Dürfte ich sie kurz sehen? Mir reichen ein paar Highlights, Herrwitz und so weiter.«

Birgit streckte die Hand nach Lüftls Smartphone aus. Der drückte es fest an seinen Körper.

»I schick Ihnen nachher die besten. Jetzt brauch i des Handy für die Selfies und a paar Gruppenfotos. Ned, dass mir die Ersten scho' davonrennen, weil ihnen die zwölf Gänge zu viel sind. Der Ludwig hat übrigens nie so viel gessn, des war eine Auswahl, quasi wie ein Buffet, und jeder hat sich gnommen, worauf er Lust ghabt hat.«

Auf das Ablenkungsmanöver ging Birgit nicht ein. »Ich könnte aber ganz aktuell posten, wenn Sie mich einen Blick auf die Fotos werfen lassen.«

»Wenns des nachher auf dem Inseltaxi machn, des uns nach Prien zurückbringt, langt des doch auch.« Lüftl lächelte Birgit an, schlug vor Katharina die Hacken zusammen, salutierte und schritt huldvoll den Umstehenden winkend zurück zu seinem Platz.

»Wahrscheinlich hatte er noch keine Zeit, die Nachricht zu lesen«, flüsterte Birgit Katharina ins Ohr.

»Oder er ist ein guter Schauspieler«, entgegnete die und setzte sich auf ihren Platz, wo Gang Nummer acht auf sie wartete: Schmarrn mit Aprikosenkompott.

NACHT VON MITTWOCH AUF DONNERSTAG, DAS REFUGIUM

Die aktuellen Ereignisse hatten seine Routine durcheinandergebracht. Drei Tage lang hatte er es nicht mal geschafft, ihr zu schreiben. Mittlerweile hatte er sich zurückgemeldet. Er traute sich mehr, wurde deutlicher. Sie war seine Traumfrau. Jeden ihrer Filme hatte er x-mal inhaliert. Bei den Liebesszenen musste er anfangs wegschauen, das tat zu weh. Irgendwann hatte er ein Ritual entwickelt.

Nach einem stressigen Tag zog er sich aus, legte sich aufs Bett und schaute »Tage mit uns«, einen ihrer letzten Filme. Da gab es mehrere geeignete Szenen. Sie fast ohne Kleider zu sehen, ihre kleinen Brüste, ihren Schoß, den er nur erahnen konnte, und dann in Großaufnahme ihre unglaublichen Haare – das genügte. Er stellte sich vor, er sei es, der sie ihr voller Leidenschaft zerzauste. Spätestens da kam er.

GLEICHE ZEIT,
HÜTTERL AM GEIGELSTEIN

Sanna fühlte sich beobachtet. Nach dem Schock am Abend war sie zur Ruhe gekommen. Aber jetzt hatte die Panik wieder Besitz von ihr ergriffen. An Schlaf war nicht zu denken. Ständig riss sie die Augen auf, fürchtete, es könnte jemand um das Hütterl schleichen. Das Bild eines geifernden Spanners, der sie beim Schlafen beobachtete, ließ sie nicht mehr los. Sie lauschte nach draußen, erschrak bei jedem noch so leisen Geräusch. Immer wieder ging ihr die Szene vom Abend durch den Kopf, als Knurrhahn zähnefletschend den Hang hochgerast war. Sanna hatte nur noch Angst empfunden, Angst um den Hund, Angst um sich selbst und vor allem: Angst vor dem ungebetenen Gast da oben. In Sekundenschnelle hatte sie alle Optionen durchgespielt: flüchten ohne Knurrhahn, liegen bleiben, mutig hochlaufen. Sie war völlig unfähig gewesen, eine Entscheidung zu treffen, das erschreckte sie rückblickend.

Dann hatte sie die vertraute Stimme gehört.

»Alles guad, Knurrhahn, i tu' euch nix, alles guad. Kimm her zu mir, ja, bist a Braver, a ganz a Braver.«

Vor lauter Erleichterung hatte Sanna angefangen, haltlos zu weinen. Herbert war gekommen, kein Verbrecher, ihr Herbert. Knurrhahn war zu ihr zurückgerannt und hatte ihr tröstend die Tränen von den Wangen geschleckt. Ausnahmsweise hatte Sanna ihn gewähren lassen. Dann war der Freund auch schon vor ihr gestanden.

»Mei, sorry, i wollt euch ned erschreckn. I hab heut'
Abend eigentlich an Termin ghabt, aber nach dem Johnny
seim Anruf hab i des abgsagt, damit i bei dir vorbeischaun
kann. I hab ned dacht, dass i di' so verschreck. Kimm her,
mei, des tut mir so leid.«

Herbert hatte sich zu ihr gesetzt und sie in den Arm
genommen. Das hatte dazu geführt, dass sie erst recht heulen musste. Es hatte eine ganze Weile gedauert, bis sie sich
entspannt hatte.

Dabei war Herbert mit guten Nachrichten gekommen.
Sie sollte sich im Hütterl sicherer fühlen. Dafür hatte er ihr
einen Plan unterbreitet.

»Rundrum leg ich einen Draht aus, a bissl vergraben.
Den sieht man ned und der Knurrhahn kann umananda
stromern, ohne dass was passiert.«

Auf Sannas Handy hatte Herbert eine App installiert.

»Du schaltst auf ›on‹, dann ist Strom auf dem Draht.
Wenn einer drauflatscht, kriagt er einen gscheidn Schreck
und kommt vielleicht nie wieder. Am Tag, wenn der Hund
draußen vor der Hüttn is', schaltst aus. Der Knurrhahn soll
keine geduscht kriegn, ge.«

Herbert hatte den Border Collie zärtlich gekrault.

»Einen Bewegungsmelder hab ich schon installiert.«

Er hatte Sanna ein Smartphone gezeigt, das er gut versteckt
hinter einem Hirschgeweih außen über der Tür vom Hütterl
platziert hatte. Die Kamera nahm, wenn die App aktiv war,
alles auf, was sich vor dem Eingang abspielte. »Die Fenster
san viel zu klein, wenn einer nei will, muss er durch die Tür.
Und wenn sich da was tut, seh i des sofort und komm. Oder
soll ich's lieber über dein Handy laufen lassen?«

Sanna hatte dankend abgelehnt. Es gab ihr Sicherheit, zu
wissen, dass Herbert das Hütterl im Blick hatte. Sie würde

wieder gut allein bleiben können, hatte sie dem Freund optimistisch verkündet.

Von dieser Zuversicht war nichts mehr übrig. Sanna wendete ihre Bettdecke. Der kühle Stoff legte sich angenehm über ihren verschwitzten Körper. Das Leintuch unter ihr war ganz feucht. Sie trank einen Schluck Wasser aus der Flasche auf ihrem Nachttisch. Im Bett fühlte sie sich geschützt. Während die Flüssigkeit ihre Kehle hinunterlief, fragte sie sich unvermittelt, ob ihr wohl gerade jemand zusah. Das Gedankenkarussell setzte sich sofort in Gang. Die Panik nahm Fahrt auf, schnürte Sanna den Hals zu. Atmen, fiel ihr ein: dreimal ein- und lange ausatmen, dann ein viertes und ein fünftes Mal. Die Angst ließ nach. Ihr Herz schlug langsamer, sie konnte klarer denken. Ihr Entschluss stand fest: Sie musste hier weg. Herbert hatte angeboten, eine andere Bleibe für sie zu finden. Johnny sollte sie vorübergehend nach Prien in die Villa bringen. Herbert wüsste sicher bald eine neue Lösung.

DONNERSTAGMORGEN, MÜNCHEN, THEATINERSTRASSE, »ANGERERS HOME OF THE FITNESS«

Sieben Uhr morgens. Verschlafen drückte Oliver gegen die schwere Holztür der Praxis. So früh war er noch nie da gewesen, nicht seine Zeit. Auch das Radeln hatte ihm keinen Spaß gemacht, obwohl die Straßen um diese Zeit noch einigermaßen befahrbar waren.

Er trat an den Empfang. Der Stuhl, auf dem normalerweise Mareike saß und den Patienten ihr üppiges Dekolleté zeigte, war leer, der Computer aus. Angerer bereitete sicher den Behandlungsraum vor.

»Hallo?«

Oliver schaute den Gang entlang, wo er seinen Physio in einem der abgehenden Zimmer vermutete. Durch die geschlossenen Türen drang kein Licht in den Flur. Der zu den Stuckdecken passende wuchtige Kronleuchter, der in der Mitte des Gangs hing und normalerweise für Helligkeit sorgte, war ausgeschaltet. In dem dämmrigen Licht wirkte die Holztäfelung an den Wänden unheimlich. Bei Tag hatte Oliver deren edle Schnitzereien oft bewundert.

»Herr Angerer?« Olivers Rufen war mehr ein Wispern geworden. Der Physio hatte ihn bestimmt nicht gehört. Er würde einfach jede Tür öffnen, irgendwo musste der Chef ja sein.

Nummer eins und zwei waren leer, drei und vier ebenso. Oliver arbeitete sich weiter vor. Er entdeckte einen kleinen Lichtschein, der aus der Sechs kam, dem hintersten Therapieraum auf der linken Seite – hier wurde er behandelt, wenn es ganz arg war.

»Jetzt häng ma Sie erstamal im Schlingentisch auf, und dann sans wieder wie neu«, lautete Angerers aufmunternder Standardspruch. Für Oliver bedeutete die Sechs Gefahr. Wenn der einzige Schlingentisch der Praxis zum Einsatz kam, sah er sich bereits als schweren Fall. In seinem Kopf war der nächste Schritt eine Rücken-OP, die vermutlich misslingen würde. Das einzig Positive, wenn Oliver in den Schlingen aufgehängt wurde: Angerer traktierte ihn nicht mit Faszienbehandlungen oder anderen fiesen Therapieformen.

Aber warum heute die Sechs? So schlecht ging es ihm doch gar nicht. Nachdenklich lief Oliver den Gang entlang. Er würde sagen, dass er nicht in den Schlingentisch wollte, dazu bestand kein Anlass, beschloss er mutig. Dann klopfte er an die angelehnte Tür und schob sie auf.

Da war Angerer. Sein Kopf hing schlaff nach hinten in den verdrehten Seilen. Eines der Bänder war eng um seinen Hals gezurrt, das Gesicht wirkte aufgedunsen und zeigte eine bläuliche Färbung. Die Augen hatte der Chef von »Angerers Home of the Fitness« weit aufgerissen. Er war nackt … und nach Olivers Eindruck tot.

Obwohl er Leichen bisher nur im Fernsehen gesehen hatte, ging der Anwalt wie selbstverständlich zu dem leblosen Körper und tastete nach der Halsschlagader. Er spürte keinen Puls, die Haut des Physios fühlte sich kalt an. Oliver verständigte sofort die die 112. »Ja Servus, und des alles um sieben Uhr in der Früh. Und Sie san?«, fragte der Polizist am anderen Ende der Leitung kauend. Vermutlich war der Vertreter der Staatsgewalt gerade beim ersten Frühstück. Unmittelbar nachdem Oliver den Notruf getätigt hatte, hatte er die Polizei informiert.

»Oliver Arends, ich bin Anwalt und Patient von Herrn Angerer. Ich hatte heute Morgen ausnahmsweise einen frühen Termin bei ihm.«

»Und dann kommens da hin und der hängt im Schlingentisch, ja Servus.«

»Äh, ja, stimmt. Ich vermute, Sie schicken jetzt Kollegen vorbei? Es wäre gut, wenn die in einem zivilen Fahrzeug kommen könnten. Bei dem Therapeuten handelt es sich um den Ehemann der Schauspielerin Sanna Schweigart, es sollte so wenig Aufsehen wie möglich erregt werden.«

»Des hab i scho' verstandn. So ein Wahnsinn, die Frau verreist und koana weiß, wohin, ja Servus. I sag Bscheid, es kommen glei Kollegn vorbei.«

»Parken könnten Sie am besten in der Residenzstraße und die paar Meter laufen. Ein Auto hier direkt vor dem Haus, noch dazu in der Fußgängerzone, fällt auf, vor allem, wenn gleich noch der Arzt kommt.«

»I geb's weiter, Herr ...«

»Arends. Ich warte hier.«

»Ja, tuns des, die Kollegn müssn Ihre Personalien aufnehmen und Sie befragn. Ihre Termine heut Morgen streichens bitt' schön.«

»Ja, klar. Wiederhören.« Oliver stellte fest, dass er zwar erschüttert, aber angstfrei war. Er setzte sich neben seinen toten Therapeuten auf einen teuren Thonet-Stuhl und begann, seinen Klienten des heutigen Vormittags abzusagen.

GLEICHE ZEIT,
HÜTTERL AM GEIGELSTEIN

Erst gegen Morgen war sie eingeschlafen. Jetzt, um kurz nach sieben Uhr, saß sie schon wieder aufrecht im Bett. Spätestens um 8 hatte Johnny seinen ersten Patienten. Sie musste ihn vorher erreichen. Die Termine für den Nachmittag sollte er absagen oder einer seiner Mitarbeiterinnen zuteilen. Heute würde er sich um sie kümmern. Sie ließ es klingeln. Einmal, zweimal, dreimal, viermal, fünfmal, sechsmal. Gleich würde die Mailbox anspringen.

»Handy-Service Vatic, gut Morge«, meldete sich eine leise Frauenstimme.

Sanna überspielte ihre Irritation und sprach einer spontanen Eingebung folgend mit sonorer Stimme und badischem Akzent. »Gude Dag, i müsst mit dem Herrn Angerer spreche'.« Es klang authentisch, fand sie, nicht umsonst hatte sie den Dialekt für eine ihrer letzten Rollen geübt.

»Das nix geht leider, ist kaputt Telefon. Herr Angerer bracht. Ich reparier. Versteh'?«

»Ah so.« Sanna bebte innerlich. »Und wann werd er's wieder habbe?«

»Hoffe morgen, Akku kaputt. Ich bestell. Versteh'?«

»Alles klar, dange. Scheena Dag.«

Zitternd beendete Sanna das Gespräch und warf das Mobiltelefon auf die Bettdecke. Wie konnte Johnny sein Smartphone in irgendeine zwielichtige Reparatur bringen? Da drin war ihre Geheimnummer gespeichert. Wer auch immer das Teil hatte, konnte theoretisch ihren Aufenthaltsort zurückverfolgen. Unsummen würden für diese Information derzeit bezahlt. Deshalb war Johnny der einzige Kontakt, den sie anrief. Sie hatte gedacht, ihr Mann wäre vertrauenswürdig. Klar, ihre Nummer war unterdrückt und es handelte sich um ein Kryptohandy. Aber für einen Computer-Nerd stellte das vermutlich kein Problem dar. So weit hatte ihr vielbeschäftigter Gatte natürlich nicht gedacht.

Knurrhahn saß neben dem Bett, hatte den Kopf schiefgelegt und beobachtete sein Frauchen. Gedankenverloren streichelte Sanna ihn. »Ja, du musst. Ich lasse dich kurz raus, telefoniere und danach gehen wir Gassi.«

Der Hund schleckte ihr verständnisvoll über die Hand und lief zur Tür.

Sanna schaltete auf der von Herbert neu installierten App den Strom um die Hütte ab. Ihr Selbsttest am Abend vorher hatte bestätigt, dass es funktionierte. Sie hatte sich an ihre Kindheit erinnert gefühlt. »Kuhzaunanfassen« war eine Mutprobe von Herbert und ihr gewesen. Wie hatte sie damals das Gefühl der Erleichterung genossen, wenn der leichte Schlag ausblieb.

Sanna öffnete die Tür und spähte vorsichtig hinaus. Es war ein fantastischer Morgen, die Sonne strahlte schon jetzt vom Himmel. Nur Vogelzwitschern durchbrach die Stille, die Luft war klar und angenehm warm. Trotzdem: Sannas Paradies hatte seinen Zauber verloren.

Knurrhahn spürte das, lief nur einige Meter weit, um sich zu erleichtern, und kam sofort zurück.

Sannas Beschluss der letzten Nacht stand weiterhin fest. So konnte es nicht weitergehen. Jetzt musste sie allerdings ohne Johnny eine Lösung finden. Auf dem Festnetz zu Hause würde sie ihn nicht erreichen und in der Praxis anzurufen, war ihr zu riskant. Wer weiß, ob die Hyänen dort nicht Mittel und Wege finden würden, die Nummer zurückzuverfolgen. Ihr Göttergatte selbst würde sich vermutlich erst melden, wenn sie alles selbst geregelt hatte. Heute war Donnerstag. Er könnte sich mit dem Stress in der Praxis nach dem Erscheinen ihres Interviews herausreden. Zum Schluss käme dann das übliche »des tut mir ehrlich leid, Sannerl«. Sie hatte es so satt. Entschlossen installierte sie das neueste Update für die Firewall ihres Smartphones – ein Tipp von Kollege Fritz Kleiger. Der bekannte Schauspieler hatte ihr das Kryptohandy bei einem gemeinsamen Dreh besorgt.

»Damit biste sicher, Sannaschatz«, hatte er genuschelt und sie fest umarmt. »Die Merkel hatte das, meinen Töchtern und meiner Ex hab ich's auch verpasst. Bisher hat uns niemand gehackt. Irgendwelche Idioten versuchen es ständig, das hat mir mein ITler erklärt, der sich die Dinger regelmäßig anschaut.«

Sanna hatte sich damals höflich bedankt, die Vorsichtsmaßnahme aber eher überflüssig gefunden. Viel mehr hatte sie beschäftigt, wie Kleiger mit solch undeutlicher Aussprache zum Star werden konnte. Ihre Sprechtrainerin Almuth Strenger hatte ihr vor vielen Jahren astreines Hochdeutsch eingebläut.

»Nicht ›mia ham‹, sondern ›wir haben‹, Frau Schweigart«, war die ältliche Dame mit dem Dutt und dem karierten Faltenrock nicht müde geworden, das Bayerisch in Sannas Sprache auszumerzen. »Erst wenn Sie perfektes Hochdeutsch beherrschen, können Sie andere Dialekte lernen.«

Zum Thema Nuscheln hatte Strenger sich damals nicht geäußert.

Das Smartphone zeigte an, dass die Firewall auf dem aktuellen Stand war. Wird schon gut gehen, sprach sich Sanna Mut zu. Die Handyreparatur würde ihr Gerät nicht gleich hacken – wenn das vorhin überhaupt ein Laden gewesen war und nicht eine von Johnnys Schlampen, die … Stopp, ermahnte sie sich und gab »L« in die Kontaktsuche ein. Katharina Langenfels' Nummer erschien. Sanna starrte darauf. Konnte sie der Journalistin vertrauen? Ihr Bauchgefühl sagte Ja, in ihrem Kopf dröhnte ein überlautes »Vorsicht«. Sanna legte das Telefon wieder weg. Was würde es ihr helfen, Langenfels zu kontaktieren? Sehnte sich Sanna nicht hauptsächlich danach, eine nette, menschliche Stimme zu hören? Dafür digitale Spuren zu hinterlassen und das Risiko einzugehen, entdeckt zu werden, war es ihr nicht wert – Krypto hin oder her. Oder wüsste Langenfels vielleicht etwas über den Stalker? Könnte sie Sanna beruhigen?

Die Schauspielerin versuchte, dem Gedankenstrom entgegenzuwirken, indem sie sich auf den moosigen Geruch des Waldes rund ums Hütterl konzentrierte, auf das feuchte Gras, das morgens so wohltuend ihre nackten Füße benetzte, auf die Sonne, die den ganzen Tag über den Geigelstein strahlte. Diese Bilder taten ihr gut. Sie konnte wieder klarer denken und beschloss, erst mal eine Runde mit dem Hund zu laufen, bevor die ersten Wanderer auftauchten.

Knurrhahn schien zu spüren, dass die Stimmung seines Frauchens sich gebessert hatte, und strich um Sannas Beine.

Die drückte ihr Gesicht in das plüschige Fell des Tieres. »Auf geht's.« Sie wedelte mit der Leine.

Der Hund sprang begeistert ins Freie.

Johnny Angerers Smartphone trieb zu diesem Zeitpunkt bereits in der Isar.

ZWEI STUNDEN SPÄTER, MÜNCHEN, THEATINERSTRASSE, »ANGERERS HOME OF THE FITNESS«

»Ich soll alles absagen? Aber das gibt einen schlimmen Terminstau …« Mareike starrte Oliver ungläubig an. Sie war vor wenigen Minuten fröhlich pfeifend in der Praxis eingetroffen. Als Oliver an den Empfang getreten war, hatte sie vor dem Ganzkörperspiegel ihren schwarzen Lidstrich nachgezogen. Zu einer hautengen weißen Sportleggins trug sie ein weißes Polohemd, dessen Knopfreihe offen stand und wie immer großzügige Einblicke gewährte. Ein süßlicher, beinahe penetranter Duft nach Flieder umgab sie.

Die junge Frau sollte von dem Polizeiaufgebot in der Praxis und dem Tod ihres Chefs nichts mitbekommen. Daher hatten die Beamten zugestimmt, dass zunächst Oliver mit ihr sprach.

Johnnys Tod hatte sich inzwischen bestätigt. Wie er gestorben war, hatte der Mediziner als »unklar« eingestuft.

»Des is' ein Fall für K12, ungeklärte Todesursache«, hatten die Polizisten vom Kriminaldauerdienst nüchtern konstatiert und sich verabschiedet. Die beiden Kommissare von K12 waren ebenso wie die Kriminaltechniker und die Gerichtsmedizinerin kurz darauf erschienen und hatten sich sofort in Behandlungsraum sechs begeben. Mareike war glücklicherweise erst danach aufgetaucht.

Die Polizisten hatten sofort zugestimmt, aufgrund der Prominenz von Angerer und seiner Frau Vertraulichkeit zu wahren.

»Natürlich muss Schweigart als Erste vom Tod ihres Mannes erfahren.«

Der Jüngere der beiden Kommissare hatte ungläubig den Kopf geschüttelt, als der Name der berühmten Schauspielerin gefallen war.

Sie hatten sich darauf geeinigt, unauffällig mit den Untersuchungen zu beginnen, bis Oliver Mareike aus der Praxis gelotst hatte.

»Je weniger Radau, desto schneller samma wieda weg«, hatte einer der Kriminaltechniker lapidar konstatiert.

Am Empfang war von der Geschäftigkeit am anderen Ende der Praxis nichts zu hören, stellte Oliver beruhigt fest. Der tote Johnny befand sich in dem Zimmer, das am weitesten vom Eingang entfernt lag.

»Sie haben sicher den Notarztwagen unten stehen sehen ...«, setzte Oliver an.

»Ja klar, ich hab gedacht, mit der alten Frau von Gernswald hier im Haus ist was.« Mareike riss erschrocken die Augen auf. Der dicke Lidstrich bildete schwarze, gerade Balken, die der Physiotherapeutin einen vampirhaften Ausdruck verliehen.

»Nein, die Männer sind wegen Ihrem Chef da. Es geht ihm nicht so gut, nichts Dramatisches, aber er muss zur Beobachtung ins Krankenhaus. Das soll so geräuschlos wie möglich vonstattengehen. Deshalb bittet er Sie, sämtliche Termine für heute zu canceln. Im Moment behandelt ihn noch der Arzt. Später wird er dann in die Klinik gebracht.«

»Aber was hat er denn, der Johnny, o mein Gott ...« Mareike schlug die Hände vor den Mund.

»Ich kann Ihnen nicht mehr sagen. Bitte kontaktieren Sie jetzt gleich die Patienten mit den frühen Terminen. Herr Angerer bittet Sie, die restlichen Behandlungen von zu Hause abzusagen. Sie sollen erklären, es gebe Probleme mit der Elektronik der Therapieliegen. Bis morgen sei alles wieder in Ordnung. Für Ihren Chef suchen Sie für die nächsten Tage Ersatz. Als Grund geben Sie an, er sei kurzfristig verhindert. Ihren Kolleginnen möchten Sie für heute freigeben.«

»Aber, aber der Johnny ...« Mareike begann zu weinen. Der Lidstrich schien wasserfest zu sein, ebenso wie das Make-up. Die Tränen hinterließen keinerlei Spuren. »... der hat doch nie was, der ist immer fit. Ich versteh das nicht. Kann ich ihn kurz sehen?«

Mareikes Blick wirkte ehrlich verzweifelt. Klarer Fall von schwer verknallt, konstatierte Oliver.

»Nein, das geht leider nicht. Aber der Arzt ist bei ihm. Erledigen Sie die dringenden Telefonate so schnell wie möglich und wechseln Sie dann ins Homeoffice. Damit helfen Sie Johnny am meisten.« Oliver legte unbeholfen eine Hand auf Mareikes bebende Schultern. Tränen tropften in das Dekolleté der jungen Frau, als sie sich dem Computer zuwandte.

»Wenn du noch mal eine heiße Story verpeilst, bist du gefeuert.«

Das hatte Riebelgeber ihm gerade gestern hingeknallt. Jorge Rodriguez fand zwar immer noch, dass es sich bei dem neuen Hund von Münchens Starfriseur Armin Wistlgruber, der sich lächerlicherweise Armand d'Wisselles nannte, um keine heiße Story handelte, aber das »Tagblatt« hatte groß darüber berichtet. Und Jorge hatte die Anweisung, den Konkurrenten der »Abendausgabe« täglich auf gute

Geschichten zu durchforsten. Wistlgrubers neue Yorkshire-Terrier-Dame Giselle hatte Jorge überblättert.

»Das wäre eine Hammer-Geschichte geworden: ›Armand frisiert Giselle‹, mit Fotos, mit Filmchen für Social Media, Mann, Mann, Mann, wenn man nicht alles selbst macht.« Mit einer abschätzigen Handbewegung hatte Riebelgeber dem Praktikanten nach diesem Anpfiff bedeutet, aus seinem Dunstkreis zu verschwinden. Der bestand aus dem ekelhaften Gestank nach Leberkäse, Schweiß und billigem Rasierwasser.

Jorge war auf dem Weg in die Redaktion. Er musste dieses Praktikum abschließen. Er brauchte die Bescheinigung für sein Studium.

Wie jeden Morgen führte ihn sein Weg durch die Theatinerstraße. Da fiel ihm der Notarztwagen ins Auge – morgens um neun. Er näherte sich dem Eingang. In dem Haus befanden sich ein Schönheitssalon und die Physiotherapiepraxis von Johnny Angerer, und es gab zwei Klingeln von Privatleuten mit den wohlklingenden Namen »von Gernswald« und »Wittenramer«. Irgendein Abkömmling der bekannten Münchener Bierdynastie mit Festzelt auf dem Oktoberfest schien hier zu wohnen. War das die Chance für die Exklusivstory?

Wenn etwas Ernstes vorgefallen war und Jorge brachte die Geschichte mit, würde Riebelgeber ihn endlich akzeptieren. Seit dem Abtauchen von Sanna Schweigart war der Chef noch schlechter drauf als sonst. Dass Jorge sich hatte abwimmeln lassen, erst von Schweigart, dann von diesem Anwalt, hatte Riebelgeber ihm nicht verziehen.

Jorge vermutete, dass der Chefreporter selbst versucht hatte, den geheimen Aufenthaltsort von Schweigart ausfindig zu machen – offenbar erfolglos. Jedenfalls war der Chef am Morgen nach Jorges gescheitertem Interviewversuch nicht in die Redaktion gekommen und hatte auch erst mittags angerufen. Er sei die ganze Nacht unterwegs gewesen, stelle gerade die Informationen zusammen, das werde eine heiße Geschichte. Er bliebe im Homeoffice.

Von der Story war nie wieder die Rede gewesen.

Jorge schaute an der Fassade des Jugendstilhauses hoch, vor dem der Notarztwagen stand. Florale Ornamente in zartem Rosé zogen sich über die weiße Hauswand und wirkten wie ein gigantisch verzweigter Rosenstrauch. An den Fenstern der Praxisräume wurde der Einblick durch Vorhänge und Rollos verwehrt.

Er könnte warten, bis das Café schräg gegenüber aufmachte, und dort Stellung beziehen. Irgendwann musste jemand aus dem Haus kommen. Unschlüssig trommelte Jorge mit den Fingern auf das Fahrradlenkrad. Riebelgeber würde die Observierung sofort aufnehmen. Ihm widerstrebte das. Er wollte nicht im Unglück anderer Menschen herumschnüffeln. Journalismus hatte er sich so nicht vorgestellt. Aber er hatte keine andere Praktikumsstelle bekommen. Und er brauchte diese verdammte Bescheinigung. Resigniert schob er sein Rad auf die andere Straßenseite, als er seinen Namen hörte.

»Herr Rodriguez, warten Sie.«

Jorge drehte sich um. Der Anwalt, der ihn aus Frau Schweigarts Hausflur vertrieben hatte, trat auf ihn zu. Er war aus dem fraglichen Haus gekommen.

»Was tun Sie denn hier?« Der Jurist klang freundlicher als beim letzten Mal.

»Ich bin auf dem Weg in die Redaktion und habe den Notarztwagen gesehen. Da wollte ich …«

»... schauen, ob eine heiße Story rausspringt.« Der Anwalt musterte Jorge abschätzig.

»Ich, nein, also ich hatte gerade überlegt ...«, druckste der Praktikant herum und ärgerte sich maßlos über sich selbst. Bestimmt war er schon wieder knallrot geworden, wie immer, wenn er sich unwohl fühlte. Seitdem er für Riebelgeber arbeitete, passierte ihm das ständig.

»Ich nehme mal an«, begann der Anwalt jetzt in versöhnlicherem Ton, »Sie wollen Journalist werden, richtig?«

Jorge nickte und strich sich unsicher die Haare aus der Stirn. Der Mann ihm gegenüber wirkte aufgrund seiner teuren Kleidung – helle Bundfaltenhose, edle Slipper und Polohemd einer Designermarke – nicht wie ein Kumpeltyp. Seine Augen strahlten aber etwas Vertrauenserweckendes aus.

»Heißt das für Sie, morgens um neun Uhr in der Theatinerstraße einem Menschen aufzulauern, der einen Notarzt braucht?«

Jorge erstarrte. Der Mann hatte den Nagel auf den Kopf getroffen. »Nein, ich ... Es ist so, dass ich dieses Praktikum absolvieren muss. Ich kann sonst mein Studium nicht fortsetzen und Herr Riebelgeber ...«

»Herr Riebelgeber nimmt Ihnen immer noch übel, dass Sie Frau Schweigart kein Exklusivinterview entlockt haben und auch nicht herausgefunden haben, wo sie sich derzeit aufhält.«

Jorge nickte. Er fühlte sich ertappt und schämte sich.

»Also, kurz zu den Fakten«, fuhr der Jurist fort. »Ich bin Oliver Arends, Angerers Anwalt und auch sein Patient. Heute Morgen hatte ich einen Termin bei ihm. Es ging ihm nicht gut, deshalb haben wir den Notarzt gerufen. Das war's. Für Ihren Chef wäre das die Riesenstory, ›Ehefrau verschwunden, Notarzt bei Angerer‹ oder ähnlicher Schwachsinn. Aber es ist nichts passiert, was die Öffentlichkeit etwas angeht.«

Jorge nickte nachdenklich. »Ich muss eine gute Geschichte liefern, sonst schmeißt er mich raus.«

»Verstehe. Ich mache Ihnen einen Vorschlag: Sie gehen Ihrer Wege und ich vermittle Ihnen demnächst eine gute Story.«

»Es muss aber mehr sein als ›C-Promi xy bringt Schmucklinie heraus‹.«

»Klar.«

Jorges dunkelbraune Augen leuchteten. »Danke.«

»Sie vergessen dafür das hier. Deal?« Der Anwalt streckte Jorge die Hand hin.

Der ergriff sie erleichtert. »Deal.«

Oliver sah zu, wie der geplagte Praktikant sein Fahrrad Richtung Odeonsplatz schob. Er hoffte, dass er den jungen Mann richtig einschätzte. Zum Glück hatte er ihn vom Fenster oben gesehen. Die Kommissare waren einverstanden gewesen, dass Oliver versuchen würde, den Reporter loszuwerden. Eine Story würde er Rodriguez irgendwie zuschustern. Wofür war eine Topjournalistin seine beste Freundin? Oliver ging wieder ins Haus, wo ihm Mareike entgegenkam.

»Ich habe alle Kolleginnen erreicht bis auf eine. Der habe ich auf die Mailbox gesprochen. Sie wird das abhören. Die Patienten bis zwölf Uhr wissen Bescheid. Die anderen kontaktiere ich von zu Hause. Auf den Anrufbeantworter der Praxis habe ich gesprochen, dass heute geschlossen ist.«

»Sehr gut, Mareike. Dann bis bald.«

»Wann wird Johnny denn wieder ...«

»Das weiß ich nicht. Aber er wird Sie bestimmt sofort verständigen.«

Mareike nickte traurig. Wieder traten ihr Tränen in die Augen. Oliver verdrängte das schlechte Gewissen, die junge Frau so schamlos angelogen zu haben. Vielleicht war es sogar besser, wenn sie die Wahrheit nur häppchenweise erfuhr.

In der Praxis verabschiedete sich gerade der Arzt von den beiden Kommissaren.

»Ah, Herr Arends.« Der Ältere der beiden Beamten, ein stämmiger Mittfünfziger, der sich Oliver als Kriminaloberkommissar Josef Erninger vorgestellt hatte, trat auf ihn zu. »Der Tote muss in die Gerichtsmedizin, wenn die Kriminaltechnik fertig ist. Gibt's hier eine Tiefgarage?«

»Ja. Sie gehört zu mehreren Häusern. Die Aus- und Einfahrt liegt an der Residenzstraße. Der Aufzug fährt bis runter.«

»Wie groß ist der? Wegen der Bahre.«

»Ich glaube, das passt. Ich bin bisher nur einmal damit gefahren, aber ich habe ihn recht geräumig in Erinnerung.«

»Gehst du bitte ausmessen?« Der Beamte hatte sich an seinen jüngeren Kollegen gewandt. Sie gaben ein interessantes Duo ab. Erninger wirkte mit seinen roten stoppelkurzen Haaren wie ein in die Jahre gekommener Lausbub.

»Der Vollständigkeit halber«, hatte er Oliver bei der Vorstellung vorhin informiert und ihm seinen Dienstausweis hingehalten.

Oliver war der Mann auf Anhieb sympathisch gewesen. Erninger trug ein grün-weiß kariertes, kurzärmliges Hemd. Gesicht und Arme waren mit Sommersprossen übersät. Sein Kollege, Marius Hilgenbrand, war laut Ausweis Kriminalkommissar. Oliver schätzte ihn auf Ende 30. Mit grauem Sommeranzug war er formell gekleidet, ein smarter Typ mit hellbraunem Undercut, der zu seinem schmalen Gesicht passte. Der Mann wirkte angespannt und sprach auffallend schnell.

»Ja, ich schaue mir den Aufzug sofort an und dann bestelle ich den Transporter«, warf Hilgenbrand in die Runde und begann, hektisch auf seinem Smartphone zu tippen.

»Wir werden die Leiche in einem Kastenwagen abholen. Da ist keine Aufschrift drauf, nichts. Wir müssen den Mann nur unbemerkt runter in die Garage kriegen«, erklärte Erninger.

»Am besten wäre das heute Abend, wenn auch der Schönheitssalon geschlossen ist«, überlegte Oliver.

»Alles klimatisiert hier«, Erninger deutete auf die an der Wand hängenden Geräte. »Dann können wir die Leiche so lang liegen lassen, schätze ich. Wir werden die Kollegin aber gleich noch mal fragen. Sie ist noch bei dem Toten.«

»Gerichtsmedizin heißt, dass Sie ein Verbrechen in Betracht ziehen?«

»Möglich. Es wäre nicht der erste Mord, der aussehen soll wie ein Sexunfall. Könnte aber auch Genickbruch oder Tod durch Ersticken beim Sex gewesen sein, abgedrückte Luft, Sie verstehen.«

Oliver nickte zögernd. Das Kopfkino, das bei der Schilderung der möglichen Todesumstände sofort eingesetzt hatte, hätte er sich lieber erspart.

»Suizid schließe ich eher aus. Die an Angerers Körper gefundenen Fingerabdrücke stammen an den intimen Stellen ausschließlich von einer Person, und zwar nicht vom Toten selbst.«

»Das wissen Sie jetzt schon?«

»Mobiler Fingerspurenscanner. Wir sind so was von modern bei der Münchener Polizei.« Erninger grinste. »Trotzdem müssen wir die Leiche genau untersuchen lassen.«

Hilgenbrand war vom Telefonieren zurück und warf seinem Chef einen irritierten Blick zu.

»Der Mann ist Anwalt, Marius. Er darf nichts weitererzählen.«

Hilgenbrand wurde feuerrot. »Der Transporter steht um 19 Uhr in der Garage. Der Schönheitssalon schließt um 18 Uhr. Frau von Gernswald verlässt das Haus nicht mehr, der Pflegedienst kommt erst um 21 Uhr wieder zu ihr. Herr Wittenramer ist im Urlaub.«

Der Mann hatte diese Informationen in einem derartigen Stakkato herausgeschossen, dass Oliver sich konzentrieren musste, ihm zu folgen.

Erninger schien das gewohnt zu sein. »Super Job, Marius, wie hast du das denn so schnell rausgefunden?«

Das Lob befeuerte die Gesichtsfärbung des jungen Beamten erneut.

»Mareike wusste, dass Frau von Gernswald pflegebedürftig ist. Ich bin vorhin kurz runter zu den Pflegefeen. Die heißen wirklich so, haben ein paar Häuser weiter ihr Büro. War grade niemand da und der Dienstplan hing offen an der Wand, hat gepasst.«

»So macht die Arbeit Spaß, Marius, top.« Gut gelaunt klopfte Erninger seinem jungen Kollegen auf die Schulter.

»Dass Felix Wittenramer mit dem Wohnmobil durch Südamerika fährt, habe ich gestern in der ›Abendausgabe‹ gelesen.« Der Zuspruch des Chefs hatte Hilgenbrands Sprechtempo deutlich verlangsamt.

Erninger reckte den Daumen hoch und wandte sich zu Oliver. »Herr Arends, noch mal zurück zu Angerers Witwe. Sie ist also zum einen sehr prominent und zum anderen derzeit mit unbekanntem Ziel verreist?«

»Sanna Schweigart ist eine der bekanntesten Schauspielerinnen Deutschlands und die beste«, schaltete sich Hilgenbrand ein.

Der schwärmerische Ausdruck in seinem Gesicht amüsierte Oliver.

»Aha, noch nie gehört. Ich hab halt keine Zeit für Kino.« Aber bei Schweigart scheint es sich zu lohnen. »So viel Begeisterung kenne ich gar nicht von dir, Marius.« Erninger betrachtete interessiert seinen Kollegen.

»Sie ist auch im Fernsehen …«, hob Hilgenbrand noch mal an, wurde aber von Erninger unterbrochen.

»Wir müssen Frau Schweigart jedenfalls finden. Ewig können wir den Tod ihres Mannes nicht geheim halten. Ist sie telefonisch nicht erreichbar?«

»Unter Sanna Schweigart ist bei keinem Provider eine Nummer registriert, unter Johnny Angerer auch nicht. Die sind vermutlich mit anderen Namen irgendwo angemeldet, vielleicht auch mit Kryptohandys.«

»Marius, das hast du auch schon geklärt, sehr gut.« Der Chef nickte dem Kollegen anerkennend zu. »Bleibt nur die Frage, wie wir die gute Frau erreichen. Hoffentlich war sie letzte Nacht weit weg und die Fingerspuren auf der Leiche sind nicht ihre.«

Hilgenbrand runzelte empört die Augenbrauen. Die Vorstellung, dass Sanna Schweigart mit dem Tod ihres Mannes etwas zu tun haben könnte, erschien ihm offensichtlich völlig abwegig.

»In der Praxis hat sie nie angerufen, immer nur Herrn Angerer direkt. Das habe ich vor Kurzem in einem Gespräch mitgehört, als ich auf meine Behandlung gewartet habe«, ergänzte Oliver.

»Und genau dieses Smartphone ist nicht auffindbar«, stellte Erninger fest.

»Ich bin sehr gut befreundet mit Katharina Langenfels, der Redaktionsleiterin von ›Fakten‹. Sie hat das letzte Interview mit Frau Schweigart geführt, bevor die sich in ihre Auszeit begeben hat. Ich könnte Frau Langenfels fragen, ob sie eine Möglichkeit sieht, Schweigart zu erreichen. Sie wird aber wissen wollen, worum es geht.«

Hilgenbrand sah ihn überrascht an. »Katharina Langenfels ist Ihre Freundin? Die, die den Medell damals rausgehauen hat? Die Robert Adelhofers Betrügereien aufgedeckt hat? Ich halte sie für hundertprozentig vertrauenswürdig.«

Katharina hatte Oliver immer mal davon berichtet, dass ihre journalistischen Erfolge Türen geöffnet hatten. Jetzt erlebte er es zum ersten Mal selbst. »Ich bin zwar befangen, kann Herrn Hilgenbrand aber vollumfänglich zustimmen.«

Erninger schaute grinsend zwischen den beiden Männern hin und her. »›Fakten‹ sagt mir tatsächlich auch was, sehr gutes Blatt. Dass eine Frau an der Spitze ist, macht es mir noch sympathischer.«

»Frau Langenfels hatte auf Bitten von Schweigart das Exklusivinterview erst nach deren Abreise veröffentlicht. Der Schutz ihrer Kontakte und Informanten steht für meine Freundin an erster Stelle. Ich kann mich hundertprozentig für sie verbürgen.«

»Gut, das ist zwar nicht der übliche Weg für uns. Aber wenn Frau Langenfels den Kontakt schnell und unter dem Radar herstellen könnte, wäre es hilfreich. Die Klatschpresse schläft nicht. Den Praktikanten haben Sie in den Griff bekommen. Trotzdem bleibt uns nicht viel Zeit, bis die anderen Geier Witterung aufnehmen.«

DONNERSTAGVORMITTAG, MÜNCHEN, SENDLINGER TOR, REDAKTION »FAKTEN«

»Ich sehe es schon vor mir: ›Johnny Angerer – der Schlingel stirbt im Schlingentisch‹ oder ›Schweigart-Gatte schweigt für immer‹. Der Erninger hat vollkommen recht. Diese Schlagzeilen sollten wir so lange wie möglich verhindern.« Katharina saß mit Birgit und Oliver in der Besprechungsecke ihres Büros.

Die nüchternen Möbel ihres Vorgängers hatte sie weggeschmissen und eine gemütliche Atmosphäre geschaffen. Um einen Nierentisch vom Flohmarkt, den sie hellblau lackiert hatte, standen vier weiße Korbsessel, deren Sitzpolster in Magenta, Grün, Dunkelblau und Orange bezogen waren.

Auf dem Tisch lud wie immer eine Schale mit Keksen von Lily Simmer zum Zugreifen ein. An ihrem Lieblingsladen für Süßes mit Filialen am Kurfürstenplatz und in der Innenstadt kam Katharina selten vorbei, ohne etwas zu kaufen. Dunkle und helle Schokoladentaler, mit Johannisbeermarmelade gefüllte Doppeldecker und kleine Vanillewaffeln standen heute zur Auswahl. Birgit, die normalerweise ein Weilchen auf die Kekse schielte und sich dann je nach kalorischer Tagesbilanz mal mehr, mal weniger großzügig bediente, hielt sich zurück. Heute sei ihr Karottentag, hatte sie knapp erklärt.

Oliver war direkt aus der Theatinerstraße zu Katharina geradelt. Gemeinsam hatten sie beschlossen, Birgit über Angerers Tod zu informieren. Auf deren Verschwiegenheit war Verlass. Jetzt saß die Archivarin in einem komplett unpassenden Outfit vor ihnen. »I'm so happy«, stand in schwarzen Glitzerbuchstaben auf einer schwarzen Satin-Tunika. An Birgits Ohren hingen zwei rosa Äffchen, die bei jeder Kopfbewegung lustig winkten. Ein enger Rock, der den Zusatz »Mini« mehr als verdiente, und hochhackige schwarze Pumps vervollständigten das Ensemble.

Bei der morgendlichen Garderobenauswahl habe sie nicht wissen können, dass sie es mit einem Toten zu tun bekäme, hatte Birgit dies entschuldigt, nachdem ihre Freunde sie über Angerers Ableben informiert hatten.

Katharina hatte verständnisvoll genickt. Oliver schien der modische Fauxpas nicht zu interessieren.

Er leerte das zweite Glas kühles Mineralwasser und stellte dann die entscheidende Frage: »Wie kommen wir an Sanna Schweigart ran?«

»Ich habe eine Einladung für die Premiere des neuen Sergio Samos heute Abend. Hatte eigentlich nicht vor, hinzugehen. Aber …«

»… der Wedel wird da sein«, erriet Birgit den Plan, steckte den Finger in den Hals und gab Würgegeräusche von sich.

»Es könnte eine günstige Gelegenheit sein, mit Wedel ins Gespräch zu kommen. Der muss sich da blicken lassen, auch wenn es ihn wahrscheinlich in der Seele schmerzt, dass er nicht Samos' Manager ist.«

»›Power Pinu‹ Teil drei ist das schon, ich fasse es nicht.« Oliver scrollte auf seinem Smartphone und las vor: »Im neuen Actionthriller aus der Pinu-Serie lässt Privatdetektiv Pinu Patuzzi, gespielt von Sergio Samos, den Puls des

Publikums in ungekannte Höhen rasen. Auf der Jagd nach verschwundenem Plutonium setzt er mehrmals sein Leben aufs Spiel – Ausgang offen, wie die Macher betonen. Wie immer dreht Samos alle Stunts selbst und zeigt den Fans einmal mehr seinen Waschbrettbauch.«

»Welcher Phrasendrescher hat das denn geschrieben?« Katharina rollte die Augen.

»Wusstet ihr, dass Samos eigentlich Sebastian Laderer heißt? Und aus Neuperlach kommt?« Birgit schüttelte abfällig den Kopf. Die rosa Äffchen an ihren Ohren winkten hektisch. »Was für ein Verlust für die Menschheit, wenn Pinu das Zeitliche segnen würde.«

»Wetten, dass nicht? Die Filme sind doch eine Gelddruckmaschine.«

»Außer mir noch jemand Kaffee?« Oliver stand auf und trat zu dem kleinen Vollautomaten, den Katharina ebenfalls angeschafft hatte, als sie den Leitungsjob übernahm – obwohl sie selbst eigentlich Teetrinkerin war.

»Ausnahmsweise eine Latte, ja. Milch müsste noch da sein.« Katharina deutete auf den kleinen Kühlschrank, der in der Ecke neben ihrem Schreibtisch stand.

»Für mich nicht, danke.« Die Archivarin nahm einen großen Schluck Wasser.

»Kannst du herausfinden, wann Schweigart Achim Wedel geschasst hat, Birgit?«

»Vor einem Jahr, nach ihrem letzten Film.« Oliver hielt sein Smartphone hoch.

»,Scheidung in Edelbitter' hieß der. Sanna war wie immer großartig«, ergänzte Birgit versonnen.

Katharina und Oliver wechselten einen amüsierten Blick.

»Wie sie sich aus der unglücklichen Ehe mit diesem ätzenden Banker befreit und fast noch ihren Schokoladenladen verliert – die Schweigart braucht oft gar nichts zu sagen. Allein ihre Mimik drückt so viel aus.« Birgit leerte beseelt lächelnd ihr Glas.

»Wenn das erst ein Jahr her ist, gibt es vielleicht eine Chance, dass Wedel Schweigarts aktuelle Nummer hat«, überlegte Katharina und nahm einen Schluck ihrer Latte macchiato.

»Damit du dieses Ekelpaket nicht um die Nummer bitten musst, erklärt Tante Birgit dir jetzt, wie du ganz unbemerkt drankommst.« Die Hackerin wusste, dass auch Katharina den Manager seit der Adelhofer-Sache in sehr unangenehmer Erinnerung hatte. Wedel hatte ihn unter Vertrag gehabt und wollte mit dem Moderator vor allem möglichst viel Geld verdienen. Sogar der Selbstmord des Bruders wurde auf Wedels Vorschlag in Adelhofers Talkshow ausgeschlachtet.

»Denkst du an Hacken? Das ist doch eher dein Metier. Ich habe schon eine andere Idee.«

»Wie du willst.« Birgits Schmollmund deutete darauf hin, dass sie etwas gekränkt war.

Katharina stand auf und drückte der Freundin einen Kuss auf die Wange. »Danke trotzdem. Sollten alle Stricke reißen, rufe ich dich an. Wie ist eigentlich der Stand der Dinge in Sachen Sannalover23 beziehungsweise Ludwig Lüftl?«, versuchte sie einen Themenwechsel, um die Stimmung aufzuheitern.

»Also, ähm, wir sind für heute Nachmittag bei ihm angemeldet, Bootsausflug auf dem Chiemsee.«

Die Archivarin schaute verlegen zu Boden. Ihre Gesichtsfarbe changierte ins Rötliche.

»Birgit?«

»Keine Sorge, ich zieh das professionell durch. Seit meiner anonymen Nachricht an Sannalover23 auf Herrenchiemsee ist auf Schweigarts Account nichts mehr von ihm angekommen. Ich werde versuchen, Lüftls Smartphone zu hacken. Dann kann ich mich darauf gründlich umsehen.« Birgits Augen leuchteten wie immer, wenn sie den digitalen Coup bereits vor sich sah.

»Verstehe. Für mich sieht es ehrlich gesagt schon so aus, als wäre Lüftl Sannalover23.«

Birgit runzelte die Stirn. »Ich lege mich erst fest, wenn ich seine Accounts gecheckt habe.«

»Denk nur bitte dran …«

»Logo, ich recherchiere absolut objektiv. Ich weiß, wie wichtig die Info für Frau Schweigart ist. Aber wir dürfen auch niemanden ungerechtfertigt beschuldigen. Vertrau mir.« Birgit stupste ihre Freundin liebevoll an.

Oliver befürchtete offenbar, dass Katharina zu einer erneuten Ermahnung ansetzen würde, und wechselte schnell das Thema.

»Ich sage dem Erninger, dass wir versuchen, Kontakt zu Schweigart herzustellen. Okay?«

Katharina nickte.

»So, ich geh mich dann mal umziehen, muss ja wieder als Unschuld vom Lande anreisen. Um zwölf Uhr treffen wir uns am Bahnhof.« Birgit deutete auf die für ihr Vorhaben ungeeignete Tunika.

»Mit wem unternimmst du eigentlich deinen Ausflug?«, fragte Oliver.

»Mit drei Mädels aus meiner Yoga-Gruppe und dem Lehrer. Wir wollten schon ewig zusammen am Chiemsee Open-Air-Yoga machen. Das verbinden wir mit einer Bootstour. Der Lüftl berechnet uns 60 Euro pro Nase, weil wir vom Yoga kommen. Das ist sehr fair.«

Wieder errötete Birgit leicht.

Oliver machte eine beschwichtigende Geste Richtung Katharina, die die Augen rollte.

»Warum ich wirklich da bin, wissen die anderen gar nicht. Für die Yoga-Session habe ich schon einen passenden Platz überlegt. Direkt am See zwischen Gstadt und Breitbrunn gibt's kleine Buchten. Da nach der Bootstour den Sonnengruß zu üben, wird was ganz Besonderes.«

»Toi, toi, toi.« Oliver war aufgestanden und klopfte Birgit auf die Schulter. »Gehen wir.« Zu Katharina gewandt versicherte er: »Sollte die Polizei rauslassen, woran Johnny gestorben ist, melde ich mich.«

Seine Freundin umarmte ihn. »Du machst das super.«

Oliver errötete leicht und lächelte zufrieden.

Tatsächlich war Oliver weiterhin entspannt und gleichzeitig fokussiert. Keine diffusen Krankheitsängste raubten ihm Energie, keine Gedankenspiralen mussten gestoppt werden. Katharina kannte seine tiefsten Täler, was die Angst betraf, und hatte vermutlich befürchtet, die heutigen Ereignisse könnten einen Schub auslösen.

Aber es ging ihm gut. Er machte sich auch keinen Kopf um seinen Rücken oder wer den künftig behandeln würde. Es würde sich eine Lösung finden, hatte bisher immer geklappt. Den Termin mit der neuen Klientin, die heute Vormittag ihre Scheidung besprechen wollte, hatte er ohne schlechtes Gewissen verschoben.

Gutgelaunt verließ der Anwalt Katharinas Büro. Davor stand deren Assistentin Melanie und versuchte, einen beleibten und sichtlich ungehaltenen Mann davon abzuhalten, einfach die Chefin zu überfallen. »Noch mal, ich muss zuerst fragen«, keifte Melanie und trat in die Tür: »Herr Zuwinkel will dich dringend sprechen.«

»Ich habe eine Viertelstunde.«

Oliver und Birgit sahen zu, wie Melanie missmutig die Tür hinter dem Mann schloss und sich wieder an ihren Schreibtisch setzte.

»Keep cool, Katharina macht das schon«, munterte Birgit die Kollegin auf und erntete ein dankbares Nicken.

Zuwinkel legte sofort los. Schon vor einigen Tagen hatte er in der Redaktionskonferenz verschwörerisch geraunt, er sei einer Exklusivstory auf der Spur. Mehr könne er noch nicht verraten. Heute ließ er die Chefin mit der ihm eigenen Großspurigkeit an seinen Informationen teilhaben.

»Es wird einschlagen wie eine Bombe. Wenn wir uns das entgehen lassen, dann bringen es die anderen. Glauben Sie mir, Sie würden es bereuen.«

Katharina atmete tief durch und nahm den letzten Schluck der nur noch lauwarmen Latte macchiato. Zuwinkel hatte ein Getränk abgelehnt. Er war vollkommen konzentriert auf seine Geschichte.

»Ich fasse zusammen. Anselm Brenner von den Grünen setzt sich für mehr Windkraft in Bayern ein. Herrn Brenners Frau arbeitet bei einem Windradhersteller in einer Führungsposition. Sie wollen einen Interessenkonflikt thematisieren. Welche Belege haben Sie? Wo haben Sie recherchiert?«

Zuwinkel sah sie erstaunt an. Unter seinen Armen hatten sich Schweißflecken gebildet. Trotz der hochsommerlichen Temperaturen trug der Kollege ein langärmliges beigefarbenes Flanellhemd. Die Hornknöpfe waren bis auf den obersten geschlossen. Das Hemd spannte über dem Bauch. Behaarte weiße Haut blitzte zwischen den Knöpfen durch, ein Anblick, den Katharina sich lieber erspart hätte. Aber

Zuwinkel war so angefixt von seiner »Story«, dass er seine Chefin in diesem Fall persönlich aufgesucht hatte – eine Ausnahme. Normalerweise meldete er sich telefonisch.

»Das liegt doch völlig auf der Hand. Der Brenner fährt eine Kampagne für Windkraft. Die Grünen haben ihn zum Sprecher für dieses Thema gemacht. Das hat er geschickt eingefädelt. Wenn's dann drum geht, wo kaufen wir die Windräder, dann ist doch klar, wie der Hase laufen wird.«

»Aha, wie denn?«

»Die werden natürlich bei ›Bavaria Wind‹ bestellt, wo Frau Brenner in der Geschäftsführung sitzt.«

Zuwinkel lehnte sich selbstgefällig zurück, die Spannung auf den Hemdknöpfen ließ nach. Der Stoff bedeckte nun den ganzen Bauch.

»Das klingt tatsächlich sehr spannend. Wer hat Ihnen die Beweise zugespielt, dass ›Bavaria Wind‹ den Zuschlag bekommen wird?«

Zuwinkel rutschte nervös auf dem Stuhl hin und her.

»So weit ist es ja noch lange nicht, aber ist doch logisch …«

»Das heißt, Sie unterstellen Herrn Brenner, korrupt zu sein, haben dafür aber keine Belege und wollen das in ›Fakten‹ veröffentlichen?«

»Jedenfalls hätte ich einen sehr prominenten Gesprächspartner dazu, der Interna ausplaudern würde.«

»Und der sicher auch bereit wäre, mit vollem Namen im Heft zu stehen?«

»Natürlich nicht, Frau Langenfels, das ist vollkommen unüblich. Ich würde so was schreiben wie ›gut informierte Kreise der Staatsregierung haben gegenüber ›Fakten‹ berichtet‹ …«

»Herr Zuwinkel, Sie sind doch ein hervorragender Journalist mit langer Erfahrung.«

Ein zufriedenes Grinsen breitete sich im Gesicht des Angesprochenen aus.

»Daher wissen Sie selbst, dass wir zum einen gesicherte Informationen brauchen. Zum anderen hat das Ehepaar Brenner in einer Stellungnahme unaufgefordert bekannt gegeben, dass ›Bavaria Wind‹ keine Windräder an das Land Bayern liefern werde. Brenner hat jedenfalls die Kompetenz am Frühstückstisch sitzen. Das kann der Sache doch nur nützen.«

Zuwinkel hatte seine Stirn in Falten gelegt und wirkte irritiert. »Wo haben Sie ...«

»Einige Tageszeitungen haben darüber berichtet.«

»Und wenn sich das Ehepaar daran nicht hält?«

»Sehr guter Einwand, Herr Zuwinkel. Bleiben Sie dran. Sobald Sie mehr Fakten haben, melden Sie sich. Einverstanden?«

»Mm«, war die wenig überzeugte Antwort.

»Gut, dann wünsche ich Ihnen noch einen schönen Tag.« Katharina stand auf und ging Richtung Tür.

Als Zuwinkel grußlos an Melanie vorbeilief, rief Katharina ihm wie beiläufig hinterher: »Grüße an Herrn Weigldinger, falls Sie ihn zufällig sehen sollten.«

Zuwinkel fuhr herum, sein Gesicht hatte eine leichte Rotfärbung angenommen. Er schien kurz über eine Erwiderung nachzudenken, zog dann aber wortlos ab. Melanie las ein bisschen Triumph in der Miene ihrer Chefin. Weigldinger, der Rechtsaußen der Konservativen, hatte bestimmt mal wieder versucht, den Kollegen vor seinen Karren zu spannen. Und Katharina hatte es wie immer bemerkt. Vermutlich wäre die Sache nach diesem Gespräch erledigt. Vom Betriebsrat war auch nichts mehr gekommen, fiel Melanie ein. Zuwinkel hatte ihn wahrscheinlich gar nicht über die Korrekturen der Chefin an seinem Artikel über das bayerische Abfallvermeidungskonzept informiert.

Katharina schaute auf ihr Smartphone: keine neuen Nachrichten, kein verpasster Anruf. Sie hoffte inständig, dass Sanna Schweigart vom Tod ihres Mannes nicht aus dem Internet oder aus einer Zeitung erfahren würde. Über kurz oder lang würden die Riebelgebers dieser Welt Lunte riechen.

Sie selbst konnte im Moment nicht mehr tun, als ihren Abend zu opfern und sich an Wedel ranzumachen. Tobias wäre wahrscheinlich nicht begeistert. In diesem Moment fiel ihr siedend heiß ihre Vereinbarung ein. Vor lauter Schweigart und Zuwinkel hatte sie komplett vergessen, dass sie Svenja heute Abend mit selbst gemachter Pizza überraschen wollten. »Mist, Mist, Mist«, fluchte sie vor sich hin. Dass sie wegen beruflicher Belange ihre Familie vergaß, ging gar nicht. Voller schlechtem Gewissen rief sie ihren Mann an.

»Die schönste und klügste aller Ehefrauen meldet sich mitten am Tag. Welch Freude.«

Katharina lächelte. Tobias' Komplimente schafften es immer noch, ihr Herz höher schlagen zu lassen.

»Hallo, mein Schatz. Ich falle gleich mit der Tür ins Haus. Ich muss heute Abend arbeiten.«

»Oh, aber wir wollten doch ...«, kam es ernüchtert zurück.

»Ja, ich weiß, es tut mir so leid, aber das ist wirklich wichtig. Es geht um Sanna Schweigart. Was hältst du davon, dass ich eine längere Mittagspause mache und jetzt heimkomme? Wir bereiten zusammen die Pizza vor, und wenn Svenja aus der Schule kommt, steht sie fertig auf dem Tisch.«

Tobias schwieg. Katharina wurde nervös, der altbekannte Kloß im Hals meldete sich. Ihre unorthodoxen Arbeitszeiten waren für ihren Mann früher ein rotes Tuch gewesen. Auch deswegen hatte er sich in die Affäre gestürzt, die zu ihrer Trennung geführt hatte. Seit Katharina Redaktionsleiterin war, gehörten Wochenendschichten und nächtliche Rechercheeinsätze eigentlich der Vergangenheit an. Heute musste sie aber eine Ausnahme machen.

»Ich sitze an der Präsentation der neuen Windkraft-Werbekampagne der Grünen, bin mittendrin.«

»Ach, echt? Damit hatte ich eben auch zu tun.« Katharina überlegte. »Wie wäre es, wenn du weiterarbeitest, ich die Pizza mache und wir alle zusammen essen, wenn Svenja da ist?«

»Oder wir gehen zu Paolo an den Weißenburger Platz. Da waren wir ewig nicht mehr. Der freut sich und wir haben keinen Stress.«

»Einverstanden.« Katharina fiel ein Stein vom Herzen.

Ihr Mann klang auch wieder fröhlich. »In einer halben Stunde? Dann habe ich den ersten Entwurf der Präse fertig und uns bleibt noch etwas Zeit zu zweit, bevor Svenja kommt. Wer weiß, welche Laune sie hat.«

»Spitzenidee. Danke, du bist der Beste.« Katharina schmatzte einen Kuss durch die Leitung.

»Gerne doch«, kam es leicht verlegen von ihrem Mann.

GLEICHE ZEIT, DAS REFUGIUM

Es war riskant, aber es musste einfach funktionieren. Einen Plan B gab es nicht, alles oder nichts. Er hatte aufgeräumt, die Böden gewischt, das Geschirr gespült und den Herd geputzt – war sowieso nötig gewesen. Manche Teller hatte er lange schrubben müssen, um die Essensreste zu eliminieren. Ketchup und Mayonnaise gingen leichter ab, schimmelten aber schneller, Milch auch. Bei der Erinnerung an die bizarre Form, die der Schimmel auf einem Milchrest gebildet hatte, war er immer noch begeistert. Wie die Mütze eines Schlumpfs war die bläulich weiße Kappe obenauf geschwommen. Er hatte das Kunstwerk trotzdem weggeschüttet und die Tasse gesäubert.

Vermutlich hatte es hier auch nicht gut gerochen. Er bemerkte das nicht mehr. Nur als er die Deckel der verklebten Töpfe gelüftet hatte, war der Gestank der vielen Essensreste selbst ihm zuwider gewesen.

Er sei computersüchtig. Das hatte neulich einer dieser idiotischen Online-Selbsttests ergeben. Schwachsinn! Er interessierte sich einfach für viele Dinge, surfte von einer Seite zur nächsten und immer so weiter. Er liebte das. Und er war ja auch sehr erfolgreich gewesen in letzter Zeit. Unglaublich, was im Darknet alles angeboten wurde. Er zog die zwei Kostbarkeiten aus der Brusttasche seines Hemdes, strich zärtlich darüber.

Für den Haushalt fehlte ihm einfach die Zeit. Sich selbst pflegte er, das war viel wichtiger. Er duschte regelmäßig, cremte sich ein und leistete sich ein teures Aftershave. Auch zum Friseur ging er in kurzen Abständen – alles Bestandteile des von ihm detailliert ausgearbeiteten Plans.

Die lächerliche Warnung letzte Nacht von wegen »wir beobachten, was Sie tun ... Hören Sie auf, Frau Schweigart zu belästigen ...« würde ihn nicht aufhalten. Die Nachricht zeigte vor allem, dass, wer auch immer das geschrieben hatte, im Nebel stocherte.

Ihm kam niemand auf die Schliche, er kannte alle Tricks. Belästigen, so ein Unsinn. Es ging um Liebe, um eine reine, große Liebe.

Sein Blick fiel durch die Holztür auf das Bett mit der frisch bezogenen Matratze. Ihm wurde heiß.

Er musste den Zeitplan noch mal genau durchgehen, auch wenn er ihn schon auswendig konnte. Im Ernstfall durfte er keine Sekunde zögern. Und der Ernstfall würde sehr bald eintreten.

DONNERSTAGNACHMITTAG, CHIEMSEE

»Das ist sicher ein Kraftort, oder?« Birgits Yoga-Kollegin Tabea hing an den Lippen des »real Kini 2.0«, der die Gruppe über den Chiemsee Richtung Fraueninsel steuerte und gerade von der mehr als tausendjährigen Geschichte des dortigen Benediktinerinnenklosters erzählt hatte.

»Nonnen haben so eine besondere Energie. Bei uns normalen Frauen ist das dritte Auge meistens völlig verklebt. Bei Klosterschwestern ist es klar und rein.« Tabea strahlte in die Runde und blickte dann dem Kini 2.0 tief in dessen reale Augen.

»A drittes Aug habts ihr, soso …« Lüftl grinste.

Birgit musterte ihn. Er hatte sich in königliche Freizeitkleidung geworfen. Über einem weißen Hemd mit hochgekrempelten Ärmeln trug er eine braune Lederweste, dazu passend eine braun-schwarz gestreifte Leinenhose. Die saß recht körperbetont, was dazu führte, dass Tabeas Blick öfter zu Lüftls Schritt wanderte. Auch das war Birgit nicht entgangen. Auf dem Kopf trug der Kini 2.0 einen Zylinder. Dazu die sonnengebräunte Haut und dieses Lächeln … Schluss jetzt, ermahnte sich die Archivarin streng. Sie war nicht zum Spaß da.

»Aber wir haben doch alle ein drittes Auge, Sie auch«, rief Tabea und lachte hysterisch. »Schauen Sie, hier sitzt es.« Sie stand auf, reckte sich und tippte dem Mann mitten auf die Stirn. »Es ist die energetische Verbindung zu Seele und Geist.« Sie nahm den Finger wieder weg und starrte Lüftl fasziniert an. »Bei Ihnen fühle ich da eine ganz starke Kraft. Das Leben am See, das bloße Sein in dem, der Sie sind, das spüre ich mit solch einer Wucht. Ach, es ist herrlich hier.« Tabea warf die Arme in die Luft und zeigte ihre unrasierten Achseln.

Unter dem ärmellosen lila Batikshirt trug sie keinen BH. Lüftl schien das zu amüsieren. Er wirkte auch wenig beeindruckt, als Tabea sich über die Reling des Motorboots beugte, »um die Tiefe zu erfahren« und dabei ebensolche Einblicke gewährte.

Der Kini 2.0 fuhr ungerührt fort, berichtete vom Kloster und der langen Tradition der Lebkuchen- und Marzipanproduktion.

Birgit nickte. Das Insel-Marzipan hatte auch ihr schon die eine oder andere köstliche Zusatzkalorie beschert. Tabea kriegte sich gar nicht ein vor Begeisterung über die »spirituelle Energie«, die sicherlich in den Leckereien steckte.

Der Archivarin kam es sehr gelegen, dass die exaltierte Dame die Aufmerksamkeit auf sich zog. So konnte Birgit den Bootsbauer ganz unbemerkt im Auge behalten. Damit Lüftl in ihr nicht die Zofe von Herrenchiemsee erkannte, trug sie einen ausladenden Strohhut, der ihr halbes Gesicht verdeckte, und eine große gelbe Sonnenbrille mit abgedunkelten Gläsern.

Lüftl präsentierte sich als humorvoller Kini-Verehrer. »So, die Damen, der Herr, jetzt machma eine halbe Stunde Inselrundgang und dann geht's Richtung Herreninsel. Einverstandn?«

»Nur eine halbe Stunde? Wie schade.« Tabea klimperte Lüftl traurig an. Der reagierte nicht, sondern sprang auf den Steg, um das Boot zu vertäuen.

»Na ja, dann gehe ich in die Klosterkirche. Da ist sicher die stärkste Energie. Von der Kraft der Irmengardkapelle haben mir schon viele Powerfrauen berichtet. Ihr könnt mir Lebkuchen und Marzipan mitbringen.« Tabea nahm die von Lüftl hingestreckte Hand und sprang von Bord.

»A Momenterl, wenn Sie in die Kirch' wolln.« Lüftl stieg zurück ins Boot und holte aus einer Tragetasche ein blaues Kurzarmshirt. »Ziehns des drüber, sonst schmeißt Sie eine von den Schwestern vielleicht naus.« Nüchtern hielt er Tabea das Oberteil hin.

Die restliche Gruppe kicherte leise. Tabea schaute irritiert an sich herunter. »Aber das passt gar nicht.« Sie deutete auf ihre orangefarbene Leinenpluderhose.

»Was anders hab i ned.«

»Heutzutage kann man doch alle Farben kombinieren«, mischte sich Yogalehrer Rainer belustigt ein.

Birgit amüsierte sich köstlich. Rainer war fachlich hervorragend und gleichzeitig sehr geerdet. Esoterische Ausführungen mancher Schülerinnen perlten an ihm ab.

Tabea griff mit verächtlicher Miene nach dem Oberteil.

»Das ist sehr nett von Ihnen, Herr Lüftl«, übernahm Rainer den höflichen Teil, während seine neu eingekleidete Schülerin schon den Steg entlangstolzierte.

Die restliche Gruppe folgte Lüftl, der einen Rundgang »linksrum« vorschlug. »Dann könnts euch erstamal a Renkensemmel kaufn, wenns wollts.« Rainer ließ sich das nicht zweimal sagen, die Frauen verzichteten.

»Ja, der Ludwig, auch amal wieder da«, rief die Fischverkäuferin Lüftl lächelnd zu. »Heut' bist aber bsonders schick. Wie dem Kini ausm Gsicht gschnittn.«

Lüftl winkte huldvoll und konnte sich ein freches Grinsen nicht verkneifen.

Birgit, die wie immer vom Zauber der Fraueninsel gefangen war, schoss Foto um Foto. Der Blick nach Gstadt, die Torhalle aus der Karolingerzeit, die Bauernhäuser mit den prächtigen Blumengärten, ein Motiv war eindrucksvoller als das andere. Immer wieder ließ sie auch die Gruppe posieren und versprach, die Bilder später zu verschicken. Niemand ahnte, dass die Aufnahmen einem ganz anderen Zweck dienten.

Nach dem Kauf von reichlich Marzipan und Lebkuchen marschierten alle zufrieden zurück zum Boot. Auf Höhe des Klosterwirts hing wie immer der köstliche Duft von Schnitzel mit Pommes in der Luft. Birgit hatte vor ein paar Jahren im Kloster übernachtet – in Sicht- und Riechweite des Wirtshauses. Am liebsten hätte sie damals jeden Tag Schnitzel gegessen.

»So, die Herrschaftn, da simma wieder.« Lüftl machte eine einladende Bewegung Richtung Steg, auf dem bereits Tabea in merkwürdiger Pose saß. Die Füße baumelten im Wasser. Der weit nach vorn gebeugte Brustkorb hob und senkte sich gleichförmig. Lautes Atmen war zu hören.

»Ois easy?« Lüftl ging neben Tabea in die Hocke.

»Aber ja. Ich praktiziere die yogische Tiefatmung. An diesem Kraftort kann ich auftanken.« Tabea holte erneut tief Luft und blies sie so kraftvoll wieder heraus, dass sich das Wasser vor ihr kräuselte.

»Die Tiefatmung musst du im aufrechten Sitz üben, Tabea. Die Energie kann nicht fließen, wenn du so verbogen bist.« Rainer beäugte seine Schülerin belustigt.

»Echt?« Tabea erschrak. »Ich dachte, so könnte ich die Chakren besonders gut aufladen.«

»Wahrscheinlich hast du schon durch deinen Besuch in der Kirche Ladung für die nächsten Jahre.« Rainer tätschelte gutmütig Tabeas Schulter.

Etwas verunsichert stand die junge Frau auf, nahm Lüftls galant dargebotene Hand und sprang aufs Boot.

»Komm, wir machen noch ein paar Fotos, du bist ja bisher gar nicht drauf«, versuchte Birgit, Tabeas Stimmung aufzulockern.

Die setzte sich sofort auf dem Bootsrand in Pose. Dann legte sie sich quer vor die restliche Gruppe. Natürlich bestand sie auch auf Bildern mit dem Kini 2.0. Der machte routiniert mit, legte den Arm um seine Kundin, ließ sie seinen Zylinder aufsetzen und schlug zum Schluss vor, mit Birgits Gerät die ganze Gruppe abzulichten.

Lüftls Smartphone hatte die Archivarin bisher nicht gesehen. Sie konnte nur hoffen, dass ihr Plan aufging.

»So, ihr Liebn, jetzt fahrma Richtung Herreninsel. Vom See gibt's an einer Stelle einen Wahnsinnsblick zum Schloss. Der König is' da fei bloß neun Tag' gwesn, vom 7. bis zum 16. September 1885. Ghört hat ihm die ganze Insel. Für 350.000 Gulden hat er's damals kauft. Des war a rechtes Schnäppchen, sei' Schlafzimmer im Schloss hat mehr kost.«

»Wahnsinn.« Tabea hing mit aufgerissenem Mund an Lüftls Lippen.

Der startete den Motor und hielt ein paar Minuten später mitten auf dem See an. Durch den Wald der Herreninsel war eine Schneise geschlagen, die den Blick zum Schloss freigab.

»Viereinhalb Kilo Blattgold san in den Räumen verbaut. Auch sonst hat er sich ned lumpn lassn, der Kini. Mehr als 16 Millionen Mark hat der Spaß damals kost. Des hat den Mann fast in den Ruin triebn, war ja nicht sein einziges Schloss. Na ja, die restliche Gschicht kennts ja sicher. Entmündigt hams ihn, nach Schloss Berg bracht und eingsperrt. Im Starnberger See is' er dann gstorbn, wie genau, des is bis heut' unklar.«

Die Mehrheit der Gruppe nickte. Das tragische Ableben des Märchenkönigs schien nicht nur Birgit bekannt zu sein.

»Viereinhalb Kilo Blattgold? Ob das gut für das Karma des Königs war?« Tabea hatte nachdenklich den Zeigefinger auf ihre Lippen gelegt. »Ich bin sehr gespannt auf die Energie in diesen Räumen.«

»Die müssns ein anders Mal spürn. Wir fahrn jetzt zruck nach Gstadt«, informierte Lüftl.

»Wir besuchen das Schloss nicht?« Tiefe Empörung sprach aus Tabea.

»Wir haben nur zwei Stunden gebucht. Es soll doch noch Zeit bleiben für unsere Open-Air-Yoga-Session«, erklärte Birgit geduldig.

»Stimmt, hatte ich nicht mehr auf dem Schirm. Ich bin so im Flow hier auf dem See, da vergesse ich Raum und Zeit.«

Die restliche Gruppe verdrehte die Augen. Lüftl nickte verständig und steuerte das Boot zurück nach Gstadt. Routiniert half er wenig später beim Aussteigen. Tabea saß versonnen auf ihrem Platz und ließ ihre Hand durchs Wasser gleiten. Nach freundlicher Aufforderung durch Lüftl ging sie als Letzte von Bord.

»Es war so bereichernd und kraftvoll, vielen Dank! Dafür bezahle ich gern ein wenig mehr – wo wir doch den armen, kranken Kindern helfen. Das macht gutes Karma.« Tabea schüttelte etwas zu lange die Hand des Kini 2.0 und blinkerte ihn dabei schamlos an.

Birgit beendete das Schauspiel: »Ich habe sämtliche Fotos in eine Box gepackt und euch den Link geschickt. Herr Lüftl, für Sie nehme ich die E-Mail-Adresse von Ihrer Homepage?«

Der Kini 2.0 warf Birgit einen überraschten Blick zu. »Ach so, äh, ja, also klar, gern.«

»Okay.« Birgit tippte auf ihrem Smartphone herum, lüpfte kurz ihre Sonnenbrille und runzelte die Stirn.

»Komisch, an alle ist es rausgegangen, nur an Sie nicht.« Der Bootsbauer zuckte die Schultern.

»Ihre Adresse lautet doch ›therealkini2‹ in einem geschrieben, dann .o@bayernnet.de?« Die Sonnenbrille kaschierte wieder ihr Gesicht.

Der Mann nickte etwas irritiert.

»Ah, jetzt scheint es geklappt zu haben. Checken Sie doch bitte mal, ob Sie die Box aufkriegen.«

Lüftl holte endlich sein Handy aus der Innentasche seiner Weste. »Sie wern mir schon kein Virus gschickt ham, ge? Diese Gratisboxen san a bissl riskant.«

»Die Box ist mit Virenscanner geprüft, keine Sorge.«

»Passt.« Lüftl tippte und nickte. »Alles da, dank' schön.«

Die Fotos würden sicher bald im digitalen Papierkorb landen. Egal. Die Hackerin hatte ihr Ziel erreicht. Nur in der Mail an Lüftl hatte sie einen unsichtbaren Link zu einer Spy-Software versteckt. Die war jetzt aktiv. Birgit konnte die digitalen Aktivitäten des Kini 2.0 ab sofort verfolgen.

GLEICHE ZEIT,
HÜTTERL AM GEIGELSTEIN

»Brauchen Lösung, bald«. Den Zettel mit der Nachricht hielt Sanna direkt vor die Smartphone-Kamera über der Tür. Herbert würde verstehen. Es war seine Idee gewesen, dass sie so mit ihm in Kontakt treten könnte. Heute und morgen war er in Salzburg, das hatte er ihr bei seinem Überraschungsbesuch erzählt. Eine dortige Bio-Bäckerei sollte künftig die Alm mit Rohlingen beliefern, die Herbert im Ofen aufbacken konnte. Das junge Start-up hatte ihn eingeladen, das Sortiment zu probieren.

Wenn er zurückkam, hätte er hoffentlich einen Plan, wo sie unterkommen konnte. Sie musste hier weg. Die Unruhe wurde sie mittlerweile gar nicht mehr los. Knurrhahn spürte das und blieb fast ununterbrochen in ihrer Nähe. Manchmal legte er die Pfote in ihren Schoß. Es nützte alles nichts.

Dabei gab es keinerlei Anzeichen, dass jemand in der Nähe gewesen war. Seitdem Herbert den Strom und die Kamera installiert hatte, waren auch nachts keine merkwürdigen Geräusche mehr zu hören.

Vielleicht wurde sie jetzt aus größerer Entfernung beobachtet? Hatte jemand die Sicherheitsvorkehrungen bemerkt?

Sofort fuhr es Sanna in den Magen. Sie stand auf und lief hektisch die paar Meter im Hütterl auf und ab.

Johnny hatte sich auch nicht gemeldet. Wenn sie wieder zurück in München war, wusste sie, was sie zu tun hatte. Lange genug hatte sie seine Eskapaden ignoriert, auch wenn sie seine bescheuerten Erklärungen nie so richtig hatte glauben können. Aber das hier war zu viel. Er war zusammen mit Herbert ihr einziger Kontakt zur Außenwelt. Er wusste, dass sie ihn nur über sein Smartphone kontaktieren konnte. Es war gerade mal ein paar Monate alt. Das neueste und teuerste Modell des angesagten japanischen Anbieters hatte er sich gewünscht. Sanna hatte es ihm geschenkt. Das sollte kaputt sein? Sie war sich inzwischen sicher, dass sie die verstellte Stimme der Frau, die sich als »Handy-Service Vatic« ausgegeben hatte, kannte. Zuordnen konnte sie sie leider nicht.

Sanna hatte das Gefühl durchzudrehen. Knurrhahn sprang an ihr hoch. Ihr Auf-und-Ab-Getigere machte ihn nervös.

»Tut mir leid, mein Süßer. Bald ist es vorbei, dann sind wir hier weg«, murmelte sie, ging in die Knie und drückte ihr Gesicht in das Fell des Hundes. Der knurrte zufrieden und leckte ihr über die Hand.

Sie erinnerte sich an ihre Entspannungsübung. Neben dem Border Collie auf dem Fleckerlteppich sitzend atmete sie mehrmals tief ein und lange aus. Sie wurde ruhiger, ihre Gedanken pragmatischer.

Es konnte tatsächlich sein, dass jemand die Vorkehrungen um die Hütte bemerkt hatte und sich seitdem zurückhielt. Das war erst mal gut. Morgen, spätestens übermorgen wäre sie sowieso nicht mehr da.

Sannas Blick ging nach draußen. Der späte Nachmittag am Geigelstein war bezaubernd. Der Wald um sie herum tat ihr gut. Die uralten Bäume hatten schon so viel gesehen und blieben unerschütterlich an ihrem Platz. Ein paar Insekten flogen vor dem Hütterl sorglos um die Wiesenblumen.

In ihrer Panik hatte sie eben noch überlegt, ob sie ihren Instagram-Account checken sollte. Oder doch Frau Langenfels anrufen? Sie beschloss, beides zu unterlassen. Sollte der Stalker wieder geschrieben haben, würde sie nur noch ängstlicher werden. Falls die Langenfels seinen Namen herausgefunden hätte, könnte Sanna im Moment gar nichts unternehmen.

»Komm, Knurrhahn, wir drehen noch mal eine Runde. Danach gibt's Abendessen draußen. Die letzten Tage hier lassen wir uns nicht vermiesen, oder?«

Der Hund hatte den Kopf schiefgelegt und schaute sie treuherzig an. Als sie die Leine in die Hand nahm, jagte er zur Tür und klopfte mit der Pfote dagegen.

DONNERSTAGABEND, MÜNCHEN,
WEISSENBURGER PLATZ

»Krass. Schon wieder verkleidet, Mama.« Svenja strich vorsichtig über die Pailletten des kleinen Schwarzen, das Katharina aus den Tiefen ihres Schranks gezogen hatte. Oft sah ihre Tochter sie tatsächlich nicht derartig aufgerüscht.

»Damit will deine Mutter ohne ihren Mann aus dem Haus, Svenja, das ist der eigentliche Skandal«, ergänzte Tobias, der mit einer Tasse Kaffee in der Hand auf dem Weg zurück in sein Arbeitszimmer war. Er legte den Arm um seine Frau und küsste sie auf den Hals.

»Du solltest dir öfter deine Haare hochstecken, das sieht zum Anbeißen aus.« Er deutete auf das kunstvolle Styling, das Katharina unter viel Fluchen mithilfe eines YouTube-Videos mühevoll zustande gebracht hatte.

»Wartet doch bitte, bis ich nicht dabei bin. Eltern beim Knutschen zuschauen, das braucht kein Mensch.« Svenja hatte die Hände in die Hüften gestemmt und die Augenbrauen hochgezogen, eine vorwurfsvolle Pose, die sie schon als Kleinkind perfekt beherrscht hatte. Katharina und Tobias mussten sich das Lachen verkneifen.

»Ich hab zu tun.« Svenja stolzierte hüftschwingend in ihr Zimmer.

»Ein Minirock, der mehr eine Popomanschette ist, schulterfreies Shirt und dann dieser Gang, das macht mich fertig.« Katharina hatte geflüstert, damit ihre Tochter sie nicht hören konnte.

»Sie hat noch ein Trägershirt drunter. Und die Rocklänge ist nun mal hip. Wenn wir's ihr verbieten, geht sie mit Hose, hat den Rock im Rucksack und zieht sich in der Schule um.« Tobias streichelte Katharina über die Wange. »Aber klar, sie ist ein kleiner Feger. Wo sie das wohl herhat?«

»Keine Ahnung. Ich bin doch eine brave Ehefrau.« Katharina klimperte unschuldig mit den Wimpern.

»Dann wird es ja sicher nicht spät heute Abend«, knüpfte Tobias grinsend an.

»Ich hoffe nicht. Ich wäre nie zu diesem ›Power Pinu‹-Mist gegangen. Aber ich muss dem Wedel eine Mobilnummer entlocken. Wenn ich die habe, bin ich sofort wieder weg.«

»Wie ich dich kenne, hast du schon einen exakten Plan.«

»Mehr oder weniger. Wedel darf auf keinen Fall merken, dass ich nur wegen ihm da bin.«

»Heißt das …«

»Klar wäre es besser, wenn ich mit meinem Mann erscheine. Aber ich weiß, wie du zu roten Teppichen und Promi-Spektakel stehst. Es ist ja auch ziemlich kurzfristig.«

»Wenn es dir hilft, gehe ich mit.«

Katharina staunte. Es war der Deal gewesen, als sie geheiratet hatten. Er musste sie nicht als »der Mann von« zu Terminen begleiten. Katharina konnte gut verstehen, dass er darauf keine Lust hatte. Und sie wollte um jeden Preis vermeiden, dass er sich wie ein Anhängsel fühlte. Das hatte ihre Beziehung schon mal ins Chaos geführt. Diese Lektion hatten sie beide gelernt.

»Ich habe sicherheitshalber Ella und Sibylla gefragt, ob Svenja heute bei ihnen übernachten könnte. Sie waren begeistert.«

»Du hast was?« Ihre Nachbarinnen und Svenja mochten sich sehr. Und Tobias hatte schon alles perfekt organisiert. »Das wäre natürlich super, danke dir.« Katharina legte ihrem Mann die Arme um den Hals und küsste ihn zärtlich.

Eine Stunde später lief das Paar Hand in Hand auf den roten Teppich vor dem Kino am Sendlinger Tor zu. Katharina tastete noch mal ihre Frisur ab. Es schien alles zu sitzen. Ein prüfender Blick nach unten ergab, dass auch die schwarzen High Heels den Weg hierher unbeschadet überstanden hatten. In den seltenen Fällen, in denen sie es nicht vermeiden konnte, solche Schuhe zu tragen, blieb sie gern in Asphaltritzen hängen oder trat in eklige Substanzen. Heute hatte sie sich bei Tobias untergehakt und war unfallfrei angekommen.

Ihr Mann hatte sich ebenfalls richtig schick gemacht. Der Smoking passte perfekt zu seinem schwarzen Lockenkopf. Dass sich seit seinem 45. Geburtstag vor ein paar Monaten die ersten grauen Haare an den Schläfen zeigten, fand Katharina sehr sexy. Sie hätte auf dem roten Teppich gern mit ihm angegeben. Aber sie arrangierte ihre Ankunft aus Rücksicht auf Tobias so, dass gerade reichlich Promis vor Kameras und Mikrofonen posierten. Sie schafften es fast unbemerkt an den Pressekollegen vorbei. Nur Heike Ballinger vom Klatschblatt »Szene« machte Katharina aus und zischelte der Fotografin neben ihr deutlich vernehmbar zu: »Die Langenfels, sogar mit Mann. Wenn die mir das Exklusivinterview mit Samos wegschnappt, dann knallt's.«

Katharina warf der Kollegin einen unterkühlten Blick zu. Sie war ihr von der Adelhofer-Recherche in unangenehmer Erinnerung.

»Haifischinnenbecken«, murmelte Tobias, legte den Arm um seine Frau und betrat gut gelaunt das Foyer.

»Frau Langenfels, so eine Freude. Mit Ihnen hätte ich hier

nicht gerechnet.« Horst Riebelgeber hielt Katharina seine Pranke hin. Wie immer klebte sein Haar fettig am Kopf. Das Aroma von »ungewaschen« hüllte ihn auch heute ein. Der Klatschreporter trug eine dunkle Sonnenbrille zum schwarzen Anzug. Offenbar wollte er der Filmpremiere angemessen verrucht rüberkommen.

Der Anzug hatte schon bessere Tage gesehen. Das Revers wirkte speckig, die Ärmel wiesen kleine Brandlöcher auf. Graue Ränder am Kragen des weißen Hemdes verstärkten das ungepflegte Gesamtbild.

Wie der Mann es zum Chefreporter der »Abendausgabe« geschafft hatte, war Katharina ein Rätsel.

Sie deutete ein kurzes Winken an. »Guten Abend, Herr Riebelgeber.«

Der dirigierte seine verschmähte Hand Richtung Tobias. »Sie sind der stolze Ehemann, wie der Presse zu entnehmen war, hehehe ...« Riebelgebers Gekecker klang nach heiserer Krähe.

»Äh, ja, hallo.« Tobias nickte dem Mann zu.

Der Chefreporter zog unauffällig die Hand zurück. »Plutonium ist natürlich was für ›Fakten‹, klar.«

Er versuchte, die Bemerkung so beiläufig wie möglich zu platzieren. Dabei hätte er sicher alles gegeben, um den Grund zu erfahren, aus dem Katharina hier war. Dass »Fakten« sich nicht für Action-Schauspieler Sergio Samos interessierte, musste selbst Riebelgeber klar sein.

»Ich wünsche Ihnen einen schönen Abend.« Katharina nickte dem Mann zu und lief mit Tobias zu der Menschentraube, die vor dem Kinosaal auf Einlass wartete. Etwas weiter vorne im Pulk entdeckte sie tatsächlich Sannas Ex-Manager Achim Wedel.

Zweieinhalb Stunden später war der Film endlich vorbei. Katharina erhob sich und versuchte das nach oben gerutschte Paillettenkleid möglichst unauffällig herunterzuziehen.

»Lass es doch so, dann hast du Wedels Aufmerksamkeit sofort.«

Sie drehte sich um und zwickte Tobias in den Bauch. »Ich habe schon nach zehn Minuten abgeschaltet. Welche Blondine ein Auge auf Pinu geworfen hat und mit welchen Absichten, wen interessiert das? Wer war der Kerl mit dem Cabrio, der Pinu in Sydney bei dieser Verfolgungsjagd gerettet hat? Keine Ahnung. Das Ende war sowieso nach fünf Minuten klar.« Katharina seufzte und folgte den anderen Premierengästen langsam durch die Sitzreihe. Es war ihr schon immer ein Rätsel, warum das Verlassen des Kinos so lahm vonstattenging. Wenn sie es sich aussuchen konnte, setzte sie sich deshalb an den Rand. Heute waren sie aber platziert worden, in der Mitte.

»Mir hat's gefallen, war doch einiges geboten. Geile Stunts, zum Beispiel der Sprung vom Hochhaus, Hammer! Aber es gab nur die eine Waschbrettbauchszene auf Capri. Das ist für Frauen enttäuschend, klar.« Tobias lachte.

»Quatsch. Was interessiert mich der Bauch von Sergio Samos?«

»Das wollte ich hören.«

Als sie endlich das Kino verlassen hatten, wurde Katharina beim Schlendern durch das Foyer von Kolleginnen und Kollegen begrüßt. Sie hielt Small Talk, den netten Bekannten stellte Katharina ihren Mann vor. Heike Ballinger kam nicht näher, beäugte aber argwöhnisch jeden Schritt der »Fakten«-Chefin. Hektisch versuchte die Promi-Reporterin, sich einen Weg durch die Menschenmenge zu pflügen, die für ein Autogramm oder einen Handshake von Sergio Samos anstand. Dessen weißer Irokese ragte aus der Masse heraus.

Katharina würde Ballinger nicht in die Quere kommen. Sie musste nur mit verschiedenen Menschen gesehen werden, Samos war ihr egal. Nach einer Weile flüsterte sie ihrem Mann zu: »Jetzt kommt Teil zwei des Plans.«

»Yes, Ma'am. Ich gehe an den Tisch da vorne. Bring bloß genug zu essen mit, ich habe Hunger.«

Tobias bahnte sich zielsicher einen Weg durch die Münchener Schickeria. Das hier anwesende Geld war an teuren Clutches, Armbanduhren, Designeranzügen, erlesenen Abendroben und viel, viel Schmuck unschwer zu erkennen. Tobias identifizierte den einen oder anderen Moderator und ein paar Schauspielerinnen. Die Mehrheit orientierte sich gerade Richtung Buffet. So konnte er ungehindert einen der freien Vierertische ansteuern.

Kaum hatte er sich gesetzt, stand auch schon ein livrierter Kellner neben ihm und bot Champagner oder einen alkoholfreien Aperitif an. Da Tobias es für besser hielt, nüchtern zu bleiben, wählte er »einmal bleifrei«, wie der Livrierte die grüne Flüssigkeit im Champagnerkelch jovial titulierte.

So gruselig das Getränk aussah, so lecker schmeckte es. Nicht zu süß, leicht minzig, Waldmeister schien auch mitzuspielen. Der Kiwi-Schnitz, der auf dem Rand steckte, war leicht karamellisiert und zerging auf der Zunge. Tobias hatte den Kelch ruckzuck leer. Der Livrierte war sofort wieder zur Stelle und reichte das nächste grüne Glas. Mit dem ließ Tobias es langsamer angehen. Er lehnte sich zurück und beobachtete das Geschehen. Auf der linken Seite des Foyers liefen die Menschen gemächlich an dem gigantischen

Buffet entlang und füllten ihre Teller. Vierer- und Sechsertische waren auf der rechten Seite eingedeckt. In der Mitte luden Bistrotische dazu ein, im Stehen zu speisen. Die blütenweißen Tischdecken wären am Ende des Abends vermutlich nicht mehr so einfarbig, mutmaßte Tobias. Was würde mit den raffinierten Blumengestecken passieren, die in riesigen Kübeln im Raum verteilt waren und in Miniaturformat auf jedem Tisch standen? Die Eventagentur, mit der sein Arbeitgeber kooperierte, hätte dafür gesorgt, dass die floristischen Kunstwerke später an Pflege- oder Seniorenheime gingen. So könnten sich Menschen noch tagelang darüber freuen.

Tobias nippte an seinem Getränk. Er war froh, dass er Katharina angeboten hatte, sie zu unterstützen. Die Beobachterrolle machte ihm Spaß. Seine Frau hatte einen weiteren Mosaikstein ihres Plans in die Tat umgesetzt. Sie stand in der Buffet-Schlange direkt hinter Achim Wedel. Der plauderte mit der Dame vor ihm und hatte Katharina noch nicht bemerkt. Wedels Gesprächspartnerin war groß, blond und trug ein Abenddirndl mit viel Glitzer und Rüschen. Sie war mit einem üppigen Busen ausgestattet, den sie in einem sehr offenherzigen Dekolleté präsentierte. Jedes Mal, wenn sie sich zu Wedel umdrehte, schien der fast in ihren Ausschnitt zu fallen. Die Blonde fand ständig einen Grund, sich im Gespräch so weit vorzubeugen, dass der Manager vermutlich bis zu ihrem Bauchnabel schauen konnte. Sie war Schauspielerin und sehr bekannt. Katharina fand sie grauenvoll.

»Die guckt doch immer gleich mit ihrem blöden Wimperngeklimper«, war der Standardspruch seiner Frau. Auch wie die Dame ihre weiblichen Reize in jeder Rolle betonte, nervte Katharina.

Der Name wollte Tobias partout nicht einfallen.

Langsam rückte die Schlange vor. Erst begann Wedel und hinter ihm Katharina, sich zu bedienen. Als der Manager sich noch mal umdrehte und mehr Kaviar auflud, sah Tobias etwas durch die Luft fliegen. Wedel schaute irritiert an sich herunter. Katharina tat erschrocken, tätschelte ihm die Schulter und zeigte zu dem Tisch, an dem Tobias saß. Wedel drehte sich wenig begeistert in die angezeigte Richtung und präsentierte Tobias so seine prachtvolle Vorderansicht. Katharina hatte voll durchgezogen. Ein Stück Lachs mitsamt Meerrettichsahne hing am seidenen Revers des Smokings. Katharina begann eifrig, es herunterzukratzen. Jetzt hatte sich auch die Blonde eingeschaltet. Sie blinkerte Katharina an, redete auf Wedel ein und zeigte ebenfalls zu Tobias' Tisch. Diese Wendung hatte seine Frau nicht vorhergesehen, spielte ihr aber vermutlich in die Karten. Der Manager nickte etwas angestrengt und deutete auf das Buffet. Alle drei bedienten sich weiter. Ein paar Minuten später erschienen sie am Tisch. »Schatz, ich habe Achim Wedel getroffen. Wir haben uns damals über Robert Adelhofer kennengelernt. Ich Schussel habe den Armen mit Lachs vollgekleckert. Das ist mir so unangenehm.« Sie wandte sich mit einem schüchternen Augenaufschlag, der Lady Di zur Ehre gereicht hätte, erst zu Wedel und dann wieder zu ihrem Mann: »Zum Glück habe ich dieses sensationelle Fleckenmittel immer dabei.«

Tobias nickte und begrüßte zunächst formvollendet die Blonde mit leichter Verbeugung. Sie stellte sich nicht mit Namen vor, man hatte sie zu kennen. Nachdem sie Platz genommen hatte, begann sie, sich begeistert über ihren Teller herzumachen. Tobias drückte Wedel herzlich die Hand und versicherte, dass sie mit »Fleckx-Ex« schon viele Pannen auch von edelsten Materialien entfernt hatten. Wedel stand unschlüssig da und linste skeptisch auf das Revers. Schließlich stimmte er doch zu, als Katharina mit dem Spray anrückte.

»So, kurz einwirken lassen, dann geh ich mit diesem Tüchlein drüber und alles ist wie neu. Setzen Sie sich doch solange.«

Wedel schaute missmutig zu seiner Begleitung. Er hatte sicher nicht vorgehabt, den Abend am Tisch von Katharina Langenfels zu verbringen. Dafür waren viel zu viele »wichtigere« Menschen anwesend.

»Achim, das ist doch ein supersüßes Angebot von Frau Langenfels. Komm, lass uns hier essen.« Die Blonde wandte sich zu Katharina. »Mir ist es eine große Ehre, an Ihrem Tisch sitzen zu dürfen. Ich bewundere Ihre Arbeit schon lange. Sie sind für mich die herausragendste Journalistin, die Deutschland zu bieten hat.« Begeistert biss die Schauspielerin in ein Törtchen und jauchzte: »Mmh, ganz hervorragend, diese Kaviar-Krabben-Quiche. Die müssen Sie probieren.«

»Danke, Frau Varas. Es freut mich auch sehr, Sie persönlich kennenzulernen.« Katharina lächelte.

Tobias staunte, wie überzeugend seine Frau lügen konnte. Ein Film mit Isabelle Varas – jetzt hatte er den kompletten Namen wieder parat – löste bei Katharina die stets gleiche Reaktion aus. Sie steckte den Finger in den Hals und schaltete um.

»Sehen Sie, alles weg!« Katharina packte das »Fleckx-Ex« in ihr paillettenbesticktes schwarzes Handtäschchen. Wedel beäugte das Revers, wobei er eine Genickstarre riskierte, da der Lachs ziemlich weit oben gelandet war. Er strich mit den Fingern darüber, beugte sich noch mal hin. Der Fleck war verschwunden.

»Cool down, Achim, und probier den Quinoa-Mango-Salat, ein Gedicht.« Isabelle Varas hatte bereits ihren halben Teller geleert und dabei den restlichen Tisch an einem Verzückungsanfall nach dem anderen teilhaben lassen.

»Ich bitte noch einmal um Entschuldigung, lieber Herr Wedel. Setzen Sie sich doch gern einen Moment zu uns.« Katharina deutete charmant auf den Stuhl ihr gegenüber.

»Mmh«, brummte der Manager wenig überzeugt, öffnete das Jackett seines Smokings und nahm Platz.

Katharina gab die Hälfte der Leckereien, die sie aufgehäuft hatte, auf einen zweiten Teller und stellte ihn vor ihrem Mann ab.

»Großartig, nur vom Feinsten, Frikadellen mit Kartoffelsalat, gegrillter Pulpo, Lasagne und …«, Tobias zwinkerte Wedel kameradschaftlich zu, »… der verflixte Lachs mit Sahnemeerrettich. Danke, mein Schatz.« Er sah seine Frau dankbar an und begann zu essen.

Als der Livrierte mit neuen Getränkeangeboten vorbeikam, entschieden sich Varas und Wedel für einen »kräftigen roten Spanier mit samtiger Pflaumennote«. Katharina und Tobias erbaten alkoholfreies Pils.

»Hui, das ist aber spaßbefreit. Na ja, Sie sind zum Arbeiten da, klar. Da trinke ich auch nicht.« Varas prostete in die Runde und nahm einen großen Schluck Rotwein.

Achim Wedel leerte sein Glas, als wäre es Mineralwasser. Immer wieder schaute er frustriert zu der Menschentraube, die sich um Hauptdarsteller Sergio Samos scharte. Der Manager pikste mit der Gabel einen Happen von seinem Teller und griff zum Glas. Der Livrierte hatte es bereits wieder gefüllt.

»Der ist wirklich exquisit«, erklärte Wedel und nahm einen weiteren großen Schluck. Offenbar plante er, seine schlechte Laune in Alkohol zu ertränken. Damit hatte Katharina nicht gerechnet. Es könnte aber von Nutzen sein.

Isabelle Varas kehrte von ihrem zweiten Buffetgang zurück. Während sie sich enthusiastisch über ihre Beute hermachte, warf sie immer wieder interessierte Blicke Richtung Katharina.

Nach dem dritten Glas Rotwein – Wedel hatte bereits das vierte am Wickel – ließ Varas die Katze aus dem Sack: »Was für ein wunderwunderbares Interview Sie mit der Sanna geführt haben, liebe Frau Langenfels, so einfühlsam und mit Tiefgang. Ich war sehr berührt.«

Wedel, der schon etwas angeschickert wirkte – seine Gesichtsfarbe näherte sich der des Getränks in seinem Glas –, fuhr bei der Erwähnung des Namens zusammen und funkelte Varas böse an. Die nahm das schulterzuckend zur Kenntnis und fuhr fort. Achim Wedel würde sie nicht von ihrer Mission abbringen.

»Es war eine große Ehre, dass Frau Schweigart exklusiv mit ›Fakten‹ gesprochen hat«, gab sich Katharina bescheiden.

»Mit Ihnen, liebe Frau Langenfels, nicht mit ›Fakten‹, mit Ihnen. Die Sanna hatte mich vorher angerufen und mich in ihren Plan eingeweiht, dass sie abtauchen will. Ich habe ihr geraten, mit Ihnen zu sprechen.« Varas blickte Beifall heischend in die Runde.

Wedel hatte zu kauen aufgehört und runzelte die Stirn. »Aber die Sanna und du, also … Ihr habt euch doch nie …«

»Papperlapapp, Achim. Nur weil du uns beide gemanagt hast, kannst du nicht alles wissen. Die Sanna und ich, wir lieben uns. Dass wir oft für die gleichen Rollen im Gespräch waren, hat der tiefen Bindung keinen Abbruch getan. Durch ihr Statement mit den grauen Haaren empfiehlt sie sich für die Darstellung älterer Frauen. Da werden wir uns sowieso nicht mehr in die Quere kommen.« Zufrieden strich sich Varas über die blonde Mähne und zupfte ihren Dirndlrock zurecht.

Katharina betrachtete das makellose Gesicht, den straffen Hals und das faltenfreie Dekolleté der Mittfünfzigerin. Sie war sicher eine gute Kundin in den einschlägigen Münchener Schönheitspraxen.

»So ein Blödsinn, Isabelle. Die Sanna un' du Freundinnen, da lach ich mich ja tot.« Wedel lallte mittlerweile.

Dass er gerade vor einer Pressevertreterin einen seiner Schützlinge bloßstellte, war ihm offensichtlich egal.

»Achim, bitte. Bestell dir mal ein Wasser …« Varas schoss mit den Augen Giftpfeile in Richtung ihres Managers.

»Das könn' wir doch gaaans einfach scheckn.« Wedel zog sein Smartphone aus der Innentasche des Smokings. Während er über das Display wischte, geriet sein Ärmel in die Chili-Ananas-Sauce, die zur Kaviar-Krabben-Quiche gereicht worden war.

»Herr Wedel, Vorsicht.« Katharina deutete auf das Malheur.

»Oooh, son Pech aber auch … Hehehe, schon's sweite Mal heut' Abend, so ein Pech, hehehe …« Wedel kicherte vor sich hin und nahm einen weiteren Schluck Rotwein.

Katharina war aufgestanden und ging mit »Fleckx-Ex« um den Tisch. Als sie den Ärmel einsprühte, konnte sich Wedel vor Lachen schier nicht mehr halten.

»Das kidseld, hihihi, das kidseld ja … Also, Frau äh … Lang… Äh, hihihi, was machen Sie denn mit mir, hihihi.« Er schielte immer wieder auf den Fleck, wischte aber weiter über sein Smartphone. »Da isse doch, die liebe, liebe Sanna. Verschdeh ja bis jeds nich, warum sie nich mehr mit mir arbeitn will, wir warn doch ein Herz und eine Seele ... Aasch und Eimer, hehehe ... Mein bestes Pferd im Stall, hihihi.«

Katharina rieb mit dem Fleckentuch über Wedels Ärmel und warf unauffällig einen Blick auf sein Handy. Unter »Sanna« stand eine Nummer. 017262 konnte sie gerade noch lesen, dann hob Wedel das Gerät ans Ohr.

»Moment, Herr Wedel. Ich bin noch nicht ganz fertig.« Der Manager lachte schon wieder los, hielt Katharina den Arm hin, behielt das Smartphone aber mit der anderen Hand am Ohr.

»Uiiiiiiii, alles weg, so ein Superschprei, megaaaa, dankeeee.« Wedel grinste Katharina schief an.

Die ging an ihren Platz zurück und fixierte kurz Tobias. Sein unmerkliches Nicken beruhigte sie.

»Du willst um kurz vor Mitternacht bei Sanna anrufen? Du weißt doch, dass sie immer früh ins Bett geht.« Hinter Isabelle Varas' scharfem Ton verbarg sich Panik.

»Aber für ihren Achim macht sie doch beschdimmd eine Ausnaaaaahme, hehehe.« Wedel nahm das Gerät vom Ohr, schaute darauf und brüllte vor Lachen. »Hab ja noch gar nich auf Anruf gedrückt hehehe, na dann aber jedzd.« Stirnrunzelnd versuchte er, den Zeigefinger auf dem grünen Anrufsymbol zu positionieren. Beim dritten Mal gelang es. Den Lautsprecher-Button hatte er schneller getroffen. Katharinas Puls raste. Egal, was jetzt passierte, sie musste spontan reagieren. Tobias spürte ihre Aufregung und streichelte ihr über den Oberschenkel.

»Dieser Anschluss ist vorübergehend nicht zu erreichen. Bitte hinterlassen Sie eine Nachricht nach dem Signalton.«

Wedel glotzte auf das Display, als würde sich dort jeden Moment Sanna Schweigart materialisieren.

»Sie hat das Handy immer an. Das ist eine alte Nummer.« Verächtlich musterte Varas ihren betrunkenen Manager. Dann lehnte sie sich zurück und löffelte genüsslich ein Passionsfrucht-Sorbet.

»Herr Wedel, lassen Sie uns einfach die Nummern vergleichen, die wir gespeichert haben.« Katharina versuchte, sich ihre Aufregung nicht anmerken zu lassen.

»Sie können doch nicht hier in der Öffentlichkeit laut Sannas Nummer ...«, protestierte Varas. Unter dem Make-up tauchten hektische rote Flecken auf.

»Wir sind ganz diskret, keine Sorge.« Katharina senkte ihre Stimme. »Oder können Sie Herrn Wedel helfen? Wo Sie doch vor Kurzem Kontakt mit Frau Schweigart hatten?«

»Selbstverständlich habe ich mein Smartphone nicht dabei«, zischte die Varas. »Das ist viel zu riskant auf solchen Events. Ruckzuck gerät es in falsche Hände.«

»Da haben Sie vollkommen recht«, schaltete sich Tobias ein. »Bei Ihrer Prominenz wäre ich auch sehr vorsichtig. Sie haben sicher jede Menge Fans, die alles dafür geben würden, in den Besitz Ihres Mobiltelefons zu kommen.« Er hatte so viel Bewunderung wie möglich in seine Stimme gelegt.

»Genauso ist es, Herr Langenfels.« Die Gesichtsfarbe der drallen Schauspielerin hatte sich wieder normalisiert.

»Gibds doch ga' nich, kannnich sein, meine Sanna, muss ich doch die Nummer habn, hab sie immer erreicht, immer.« Wedel schielte mit tadelndem Blick auf das Telefon.

Tobias beugte sich zu dem Manager, der von einer üblen Alkoholfahne umweht war. »Der Vorschlag meiner Frau macht doch Sinn. Gleichen Sie einfach die Nummern ab.«

Wedel wollte offenbar nicken, sein Kopf schwang allerdings nur unkoordiniert hin und her. Vertrauensselig schob er Tobias sein Handy rüber. »Hier, da is' die Nummer von meiner Sanna.«

»0172, dann 62, richtig?«, ging Katharina in Vorlage.

»Exakt. Und dann …« Seelenruhig las Tobias die Nummer vor.

»Genau dieselbe habe ich auch.« Schulterzuckend schaute Katharina zu Wedel.

Der wirkte, als würde er jeden Moment vom Stuhl fallen.

»Bestimmt schaltet Frau Schweigart nachts auf stumm.« Tobias nahm den letzten Schluck seines bleifreien Pils.

Katharinas zufriedenes Gesicht signalisierte ihm, dass sie die Nummer gespeichert hatte. Sie löffelte den Rest einer Mousse au Chocolat und sagte nach einem Blick auf die Uhr: »Wir sollten langsam, oder?«

Tobias nickte und erklärte Richtung Varas und Wedel: »Der Babysitter schätzt es nicht, wenn es allzu spät wird.«

»Ach, ein Kind gibt es auch noch, wie reizend.« Isabelle Varas hatte sich wieder im Griff. Sie stand auf und trat auf Katharina zu. »Es war mir eine große Freude, Sie kennenzulernen. Wir konnten leider gar nicht mehr über meinen Verein sprechen. Das wäre sicher interessant für ›Fakten‹. Wir kümmern uns um türkische Schildkröten in Not, das ist ein so wenig beachtetes Thema. ›Fakten‹ könnte …«

»… ein Verein für Schildkröten, verstehe. Mal sehen. Es gibt sicher eine Homepage.«

Varas nickte zustimmend.

»Gegebenenfalls melden wir uns.« Katharina versuchte, ihren Standardspruch möglichst glaubhaft vorzutragen. »Sorry noch mal, Herr Wedel, für das kleine Missgeschick. Schönen Abend noch Ihnen beiden.«

Wedel konnte nichts entgegnen. Sein Kopf lag neben dem Dessertteller. Die edle Tischdecke dämpfte die Schnarchgeräusche nur unzureichend.

FREITAGMITTAG, MÜNCHEN, HANSASTRASSE, KRIMINALPOLIZEI

Josef Erningers Magen knurrte. Seit heute Morgen um sieben Uhr waren Hilgenbrand und er im Einsatz. Sie wollten schnelle Ergebnisse. Aber die Todesursache von Johnny Angerer stand bislang noch nicht fest. Der Obduktionsbericht sollte bis spätestens morgen da sein.

»Wir müssn halt alles checkn, Vergiftung, Genickbruch und so weiter, verstehst, Josef? Aber wir gebn Gas, versprochn«, hatte die Gerichtsmedizinerin Erninger versichert.

Den ganzen Vormittag hatten sie die Mitarbeiterinnen von »Angerers Home of the Fitness« durchs Präsidium geschleust. Alle, die einen Schlüssel zu dem Studio besaßen, mussten ihre Fingerabdrücke dalassen und zu Protokoll geben, wann sie den Chef zuletzt gesehen hatten. Natürlich könnte Angerer auch jemanden hereingelassen haben, der nicht für ihn arbeitete. Aber Erningers Devise war: erst das Naheliegende klären, dann die Ermittlung ausweiten.

Die Spurensicherung hatte ihnen noch gestern Abend Bescheid gegeben. Bis auf Angerers eigene waren an der Leiche nur die Fingerspuren des Arztes und die einer weiteren Person festgestellt worden. Fest stand auch, dass Angerer Sex mit einer Frau gehabt hatte. Die Anhaftungen am besten Stück des Toten konnten eindeutig als Speichel und Vaginalsekret identifiziert werden. Das war der Teil des Jobs, den Josef Erninger überhaupt nicht mochte in der Intimsphäre anderer Menschen herumzuschnüffeln. Er fühlte sich jedes Mal wie ein Spanner, egal ob es um Verbrecher oder Opfer ging. Du hast dir noch so was wie Menschlichkeit bewahrt, pflegte er sich zu trösten, wenn ihn diese Gedanken plagten. Aktuell wurden die unangenehmen Bilder vor seinem inneren Auge ohnehin von denen zweier praller Weißwürste verdrängt, die in heißem Wasser schwammen, begleitet von einem appetitlichen Schälchen süßem Senf und einer knusprigen Brezn.

Auf Erningers Computer ploppte eine neue Nachricht auf – von der Gerichtsmedizin.

»So ein Mist, alles umsonst, der ganze Morgen verplempert.« Kollege Hilgenbrand feuerte die Wortsalve frustriert vom Schreibtisch gegenüber ab. Er hatte die Info auch bekommen: Keine der heute abgegebenen Fingerspuren matchten mit den nicht identifizierten auf der Leiche. Bis auf eine waren alle Mitarbeiterinnen Angerers im Präsidium erschienen.

Sie hatten für ordentlich Aufsehen im Kommissariat gesorgt. Man hätte meinen können, Heidi Klum sei mit den Anwärterinnen auf das nächste Topmodel angerückt.

Die Besorgnis über den Vorfall in der Praxis war bei den Frauen unterschiedlich ausgeprägt. Das lag nach Erningers Einschätzung nicht nur daran, dass die Physiotherapeutinnen nichts vom Tod des Chefs wussten. Angerer sei angegriffen worden und befinde sich aktuell zur Beobachtung unter falschem Namen in einem Krankenhaus. Das war die Version für die Mitarbeiterinnen.

Mareike Wiesenfelder schien es am meisten mitzunehmen. Sie hatte während der gesamten Befragung geweint.

Dunkle Ringe unter ihren Augen wiesen darauf hin, dass sie wenig geschlafen hatte. Das lange blonde Haar hing schlaff herunter.

Sie hatte ehrlich besorgt gewirkt über Johnnys Befinden und immer wieder den Versuch gestartet, den Beamten zu entlocken, wo ihr Chef war und wann sie ihn besuchen könnte. Eine ähnliche Reaktion, wenn auch nicht ganz so heftig, hatte Erninger bei Chantal Mesiers beobachtet. Sie arbeitete in Angerers Studios in München und Prien am Empfang und als Sporttherapeutin auf der Trainingsfläche. Kollegin Meg Livingston, eine dralle rothaarige Schottin, die »noch rechtzeitig before the Brexit nach Munich escaped« war, wie sie erläuterte, wirkte ebenfalls schockiert.

Den anderen Therapeutinnen schien vor allem daran gelegen zu sein, sich von den Vorgängen in der Praxis zu distanzieren. Angerer sei ihr Chef, sonst nichts, bekamen Erninger und Hilgenbrand von den vier Damen fast wortgleich zu hören.

Bei der dritten und vierten hatte Erninger nachgehakt. Ob es denn Kolleginnen gebe, für die Angerer mehr als nur der Chef war, wollte er wissen.

Abschätziges Schnaufen war die Reaktion der einen gewesen, die andere hatte genickt.

Einigkeit hatte beim Thema Smartphone geherrscht: Angerer sei ein Junkie, habe das Gerät permanent im Einsatz, manchmal sogar während Behandlungen. Umso interessanter, dass sie das Telefon bisher nicht gefunden hatten. Die Erinnerung daran verstärkte Erningers trübe Stimmung.

»Komm, Marius, wir gehen was essen.« Der Kriminaloberkommissar klopfte auf seine Armbanduhr. »Zehn vor zwölf. In der Kantine gibt es noch genau zehn Minuten lang Weißwürste.«

Auch bei der Münchener Polizei wurde das ungeschriebene Gesetz, das bayerische Nationalgericht nicht nach dem 12-Uhr-Läuten zu verspeisen, sehr ernst genommen.

Hilgenbrand schaute kurz auf, nickte und hackte weiter in seinen Computer. Dann schlug er mit der Hand auf den Tisch und schoss heraus: »Ich habe sie. Die Dame, die als Einzige nicht erschienen ist, wohnt in Obermenzing. Nach dem Mittagessen fahr ich da hin. Ans Festnetz geht sie nicht. Ihre Kolleginnen haben es wohl auch schon versucht. Das Handy ist ausgeschaltet. Frau Wiesenfelder hat ihr gestern auf die Mailbox gesprochen, dass sie nicht zur Arbeit kommen soll.«

Erninger nickte und stand auf.

Hilgenbrand folgte ihm. »Ist das Ihr Magen, der so knurrt?«

»Allerdings. Von sieben Uhr morgens bis zwölf ohne irgendwas geht gar nicht.«

Hilgenbrand schmunzelte.

Kurz vor der Kantine klingelte es in Erningers Hosentasche. Genervt zog er das Smartphone heraus. »Jaaa«, meldete er sich schicksalsergeben und bedeutete seinem Kollegen, schon vorzugehen.

»Hallo, Herr Arends.« Erninger hörte aufmerksam zu, seine Miene verdüsterte sich. »Mist, danke für die Info.« Nachdenklich lief er in die Kantine, wo Hilgenbrand schon eifrig von einem Tisch am Fenster winkte und auf die Schüssel mit Weißwürsten deutete, die zwischen zwei Tellern stand.

Erninger ließ sich auf den Stuhl gegenüber von Marius fallen. »Die Nummer von Frau Schweigart, die die Langenfels gestern Abend bekommen hat, ist nicht mehr aktuell. Wir brauchen dringend dem Angerer sein Smartphone.« Frustriert biss der Ermittler in eine Weißwurst und vergaß sogar, sie in den süßen Senf zu tunken.

GLEICHE ZEIT,
MÜNCHEN, INNENSTADT

Birgit hatte sich überhaupt nicht auf die Zumba-Stunde konzentrieren können. Sie radelte gedankenverloren zurück in die Redaktion. Sport in der Mittagspause – sie war so stolz auf ihre Idee gewesen. Neue Energie tanken, keine lästigen Kalorien zu sich nehmen, fokussiert an den Arbeitsplatz zurückkehren – das war der Plan gewesen. Außerdem hatte sie zum ersten Mal ihr neues Outfit getragen. Die schwarzen engen Leggins gingen bis über den Bauch und machten schlank. Die Verkäuferin am Marienplatz hatte ihr dazu ein leicht transparentes schwarzes Top ohne Ärmel empfohlen. Darunter trug Birgit einen sündhaft teuren schwarzen Sport-BH. Sogar die Zumba-Lehrerin hatte sie auf das Styling angesprochen. Das Kompliment war an ihr vorbeigerauscht.

Die Entdeckung, die sie am Morgen gemacht hatte, ging ihr nicht mehr aus dem Kopf. Wenn das stimmte, stand »the real Kini« in einem ganz anderen Licht da. Auf Höhe des Gärtnerplatzes kam ihr eine Idee. Sie rief Melanie an und gab Bescheid, dass sie noch etwas erledigen und ihre Mittagspause verlängern müsse.

Eine Viertelstunde später lief sie in einen Hinterhof in der Adalbertstraße und läutete bei »Rieminger«. Ihr Freund Hannes hatte es in den 15 Jahren, die er hier lebte, nicht geschafft, sich ein Namensschild zuzulegen. Stattdessen klebte ein kaum noch lesbarer Zettel neben dem

Klingelknopf. Immerhin war er damit in guter Gesellschaft, wobei die anderen Beschriftungen offenbar neueren Datums und somit weniger vergilbt waren. Außer Hannes lebten hier hauptsächlich Studenten, die vermutlich froh waren, das verlotterte Haus so bald wie möglich wieder verlassen zu können. Den Hacker störte es nicht, dass im Treppenhaus der Putz von den Wänden fiel. In seiner Wohnung pfiff der Wind durch die Fenster, wie Birgit schon selbst erlebt hatte, und auch die Heizung war häufig kaputt. Hannes behalf sich im Winter mit Decken und einer Wärmflasche.

»Ja, wie schaust du denn aus?«, empfing er sie, nachdem sie die drei Stockwerke nach oben geschnauft war. Hannes musterte ihr Outfit irritiert. Auf die Betonung weiblicher Reize sprang er grundsätzlich nicht an.

»Ich komme direkt vom Zumba. Du musst für mich was checken. Ich bin da einer Sache auf der Spur und will sicher sein, dass ich richtigliege.«

Hannes nickte wortlos und trat zur Seite, was Birgit als Aufforderung auffasste, einzutreten. Ihr Freund sprach nicht viel. Ohnehin mochte er Menschen nicht besonders. Bei Birgit machte er eine Ausnahme, weil sie eine Leidenschaft verband: sich in geheime oder verbotene digitale Welten zu hacken.

Nachdem die Archivarin einen großen Stapel alter Computerzeitschriften auf den Boden verfrachtet hatte, ließ sie sich in einen durchgesessenen grauen Cordsessel fallen. Ob sie aus dem Teil jemals wieder hochkäme? Hannes lebte in einer typischen Männer-Wohnhöhle. Außer dem Sessel gab es im Wohn- und Arbeitszimmer einen Schreibtisch mit Drehstuhl, einen Fernseher und einen alten Schaukelstuhl. Klamotten und Zeitungen waren überall verteilt. Blumen oder sonstige dekorativen Accessoires: Fehlanzeige.

Durch das gekippte Fenster drang immerhin Vogelzwitschern aus den alten Kastanienbäumen im Hinterhof herein.

Hannes' digitale Ausrüstung war selbstverständlich optimal: drei Laptops, vier Smartphones – eins davon ein Kryptohandy – und ein Blackberry lagen ordentlich nebeneinander auf dem Schreibtisch.

Auf ein ansprechendes Äußeres legte der Hacker hingegen keinen Wert. Das raspelkurze weißblonde Haar bearbeitete er vermutlich regelmäßig selbst mit dem Trimmer. Das verrieten einzelne kahle Löcher zwischen den Stoppeln. Zu einem verwaschenen Baumwollpullover mit ausgefranstem Ausschnitt, dessen ursprüngliche Farbe einmal Moosgrün gewesen sein könnte, trug Hannes eine schlammfarbene Stoffhose, die ihm offenbar zu groß war. Ein unansehnlicher Kunststoffgürtel verhinderte das Rutschen. Statt nach Aftershave roch der Hacker nach Kernseife.

Er hatte sich auf seinen Drehstuhl fallen lassen und schwieg.

»Hier, diese DMs von einem ›Sannalover23‹ …« Birgit hielt dem Hacker ihr Smartphone hin.

Er las. »Krass. An wen gehen die? Wer ist die Tante?«

Klar, dass Hannes Sanna Schweigart nicht kannte. Ob er jemals ein Kino betreten hatte? Birgit bezweifelte es.

»Eine Schauspielerin. Was mich interessiert, ist, wer ihr das schreibt.« Birgit machte ein paar Screenshots. »Ich schicke dir Bilder von zwei Accounts auf deinen Krypto-Messenger, damit das nicht in fremde Hände gerät.«

Sie drückte auf »Senden«. Das Herz schlug ihr bis zum Hals. Gleich würde sie wissen, ob sie mit ihrer Vermutung richtiglag.

Hannes scrollte durch die Bilder, zuckte mit den Schultern und schwang seinen Stuhl etwas gelangweilt zu seiner Freundin. »Das ist Grundkurs. Jemand hat den Account gescammt.« Der Hacker nahm einen großen Schluck Cola light aus einer 2-Liter-Flasche.

»Wusste ich es doch. Der Account von ›the real Kini 2.0‹ wurde kopiert und in dessen Namen Nachrichten an Sanna Schweigart verschickt. Der eigentliche Besitzer des Accounts, Ludwig Lüftl, weiß davon gar nichts.« Birgit sprang auf, lief zu Hannes und drückte ihm links und rechts ein Küsschen auf die Wange.

Der Mann versuchte, den Schreck zu verbergen, und lächelte angestrengt. Körperkontakt war gar nicht seine Sache. Dezent drehte er sich wieder zu den Bildschirmen. »Nur den Namen musste der Anonymus etwas verändern, zwei gleichnamige Accounts würde Insta nicht akzeptieren.« Wenn es um fachlichen Austausch ging, sprach Hannes unaufgefordert.

»Exakt. Drum heißt der echte ›the real Kini 2.0‹ und der gefakte hat den Unterstrich ›the real Kini_2.0‹.«

»Und der echte Kini hat fast 25.000 Follower, der andere deutlich weniger.« Hannes zeigte auf die entsprechenden Angaben in den Accounts.

»Stimmt.« Birgit ließ sich erleichtert zurück in den Sessel fallen. Gleich nach dem Aufstehen hatte sie sich auf Lüftls Smartphone umgesehen, dank der installierten Spy-Software kein Problem. Sehr schnell hatte sie festgestellt, dass die DMs an Sanna Schweigart nicht vom echten Kini-Account gesendet worden waren.

»Dafür hättest du mich nicht gebraucht. Der scheint dich ja schwer zu verunsichern.« Hannes deutete auf das Profilbild des Kini 2.0. »Falls du was von ihm willst, nur zu. Er ist nicht der Stalker dieser Trulla.« Hannes warf Birgit einen analytischen Blick zu, als müsste er auf ihrer Stirn einen komplizierten Algorithmus entschlüsseln. »Bingo. Du bist knallrot. Du stehst auf diesen Möchtegernkönig. Geil.« Ein breites Grinsen ging über das Gesicht des Hackers. Er nahm einen weiteren Schluck Cola. Auf die Idee, Birgit auch etwas anzubieten, kam er nicht.

Dabei hätte sie ein Glas Wasser gut gebrauchen können. Wie peinlich, dass Hannes ihre Aufregung sofort aufgefallen war.

»So viel habe ich dich ja noch nie am Stück sprechen hören«, versuchte sie abzulenken und hoffte, dass sich ihre Gesichtsfarbe langsam wieder normalisierte.

Sie war Hannes in jedem Fall unendlich dankbar. »The real Kini 2.0« war kein Stalker. So sehr hatte sie es gehofft und irgendwie auch geahnt. Dass dieser Verdacht jetzt ausgeräumt war, eröffnete ganz neue Möglichkeiten. Lüftl hatte ihr von Anfang an gefallen, als Kini und als Bootsbauer. Der Mann war geschieden und Single, das hatte sie schon recherchiert. Als Zofe hatte sie Eindruck auf ihn gemacht. Sogar Katharina war das beim Souper auf der Herreninsel aufgefallen. Jetzt würde sie dafür sorgen, dass er die echte Birgit Wachtelmaier kennenlernte.

Der Hacker ließ seine Freundin nicht aus den Augen.

»Und wer die DMs tatsächlich schreibt, interessiert dich nicht?«

»Doch, natürlich.« Hannes hatte recht. Sie wussten immer noch nicht, wer die Schauspielerin bedrohte. »Ich wollte nur erst mal sicher sein, dass es sich um einen Scam handelt. Jetzt werde ich meine Nachforschungen mit Hochdruck fortsetzen.« Birgit beugte sich vor, stützte sich mit beiden Händen auf den Lehnen des Cordsessels ab und schwang sich in die Höhe. »Geschafft. Zumindest für Besucherinnen könntest du dir eine etwas angenehmere Sitzgelegenheit zulegen.«

»Morgen ist Sperrmüll hier in der Maxvorstadt, mal schauen«, murmelte Hannes. Er war bereits in ein Zahlensammelsurium auf seinem dritten Laptop vertieft.

GLEICHE ZEIT, MÜNCHEN, SENDLINGER TOR, REDAKTION »FAKTEN«

»Frau Wachtelmaier lässt ausrichten, dass sie etwas später aus der Mittagspause kommt. Und ein Jorge Rodriguez möchte dich sprechen, ist wohl Journalist. Es sei wichtig, geht um Johnny Angerer.«

Melanie hatte vorsichtig geklopft und entgegen ihrer sonstigen Gewohnheit gewartet, bis Katharina »ja« gerufen hatte. Sie wusste, seit die Chefin heute Morgen hereingekommen war, dass sie schlechte Laune hatte. Bei der Filmpremiere am Abend vorher war es nicht nach Plan gelaufen. Das hatte Katharina angedeutet, sehr wortkarg Tee aufgegossen und sich dann in ihrem Büro verschanzt. Auch in der Redaktionskonferenz war sie ungewöhnlich still gewesen. Selbst Zuwinkels selbstgefälliger Monolog über die »Wucht« seines demnächst erscheinenden Artikels zum Thema »Vergangenheit und Zukunft von Zoos am Beispiel des Münchener Tierparks Hellabrunn« hatte Katharina nicht aus der Reserve gelockt. Der jüngste Schachzug der Chefin, Zuwinkel politikferne Themen zuzuschustern, war sehr erfolgreich. Im Falle des Tierparks musste er Fakten zusammentragen. Tendenziöse Berichterstattung, mit der er befreundeten Politikern einen Stein in den Garten werfen konnte, war nicht möglich. Katharina nahm dafür die langatmigen Ausführungen offenbar in Kauf.

Nach der Konferenz war die Chefin wieder in ihrem Büro verschwunden und hatte die von Melanie vorbereiteten Dienstpläne freigegeben. Kaum war das erledigt, hatten erst Birgit und jetzt dieser Rodriguez angerufen.

»Stell ihn durch, danke dir.« Die Stimme der Chefin klang schon etwas aufgeräumter.

»Langenfels, hallo?«

»Guten Tag, Frau Langenfels, danke, dass Sie direkt mit mir sprechen. Mein Name ist Jorge Rodriguez. Ich bin Praktikant bei der ›Abendausgabe‹. Ich habe lange hin und her überlegt, aber ich kann so nicht mehr arbeiten. Ich muss jemanden informieren, auch wenn es mich meinen Job kostet.«

Katharina wurde hellhörig. Das war der junge Mann, von dem Oliver erzählt hatte. Er sollte in Riebelgebers Auftrag Schweigart zu einem Interview drängen. Und am Morgen von Johnny Angerers Tod war er in der Theatinerstraße aufgetaucht.

»Ich bin gespannt, Herr Rodriguez.«

»Mein Chef Horst Riebelgeber will unbedingt herausfinden, wo Sanna Schweigart steckt. Ich glaube, dass er sie verfolgt hat in der Nacht, als sie abgetaucht ist. Er scheint ihre Spur aber verloren zu haben. Sonst hätte er das sofort in der Zeitung ausgewalzt. Seine Laune war am Tag danach jedenfalls miserabel. Seitdem ist er wie besessen von Schweigart und ihrem Mann. Nachdem er bei ihr nicht weiterkommt, hat er sich jetzt Angerer vorgenommen. Von einer der Mitarbeiterinnen in der Theatinerstraße hat er anscheinend gehört, dass der Chef im Krankenhaus ist. Ich musste in sämtlichen Kliniken in München und Umgebung telefonisch nachhaken, ob Angerer bei ihnen Patient sei – völliger Schwachsinn. Wenn er tatsächlich stationär aufgenommen ist, dann sicherlich nicht unter seinem richtigen Namen. Aber Riebelgeber lässt nicht locker. Als Nächstes soll ich durch ganz Bayern fahren und Kliniken abklappern.«

»Verstehe. Und Sie sind sicher, dass Riebelgeber die Info mit dem Krankenhaus nicht von Ihnen selbst bekommen hat?«

»Wieso ...«

»Ich weiß, dass Sie gestern Morgen, als der Notarzt zu Angerers Praxis gerufen wurde, vor Ort waren.«

»Stimmt. Aber ich habe dort einen Anwalt getroffen, der mir geraten hat, den Vorfall für mich zu behalten. Das habe ich beherzigt. Diese Schnüffelei nervt mich sowieso. Ich bin zufällig in der Theatinerstraße vorbeigekommen. Es ist mein Weg zur Arbeit. Riebelgeber weiß gar nichts davon.«

»Das kann ich jetzt glauben oder auch nicht. Aber zum Grund Ihres Anrufs: Was wollen Sie von mir?«

»Ich will ein seriöses Medium wie ›Fakten‹ informieren. Es ist nicht in Ordnung, so in die Privatsphäre anderer Menschen einzudringen. Das hat für mich mit Journalismus nichts zu tun. Ich habe die ganze Zeit mitgemacht, weil ich den Praktikumsnachweis für mein Studium brauche. Aber jetzt reicht's.«

»Kann ich sehr gut nachvollziehen. Tatsächlich arbeitet ›Fakten‹ anders als die ›Abendausgabe‹. Riebelgeber einbremsen können wir aber leider nicht. Vielleicht versuchen Sie selbst, Ihren Chef mit seinen eigenen Waffen zu schlagen?«

»Äh ...«

»Ich hätte eine Idee. Vertraulich, versteht sich.«

»Klar, das verspreche ich Ihnen.«

»Sind Sie bei Signal?«

»Ja.«

»Gut. Geben Sie mir Ihre Mobilnummer. Ich werde gleich prüfen lassen, ob die wirklich auf Sie angemeldet ist. Dann schicke ich Ihnen meinen Vorschlag. Sie haben eine Minute Zeit, ihn zu lesen. Danach lösche ich die Nachricht für uns beide. Ich verlasse mich darauf, dass Sie nichts kopieren oder weiterleiten.«

»Selbstverständlich, Frau Langenfels. Das ist supernett von Ihnen.«

Katharina legte zufrieden auf. Wenn Rodriguez das durchzog, was sie ihm empfehlen würde, wäre sie ihm etwas schuldig.

Ein paar Sekunden später ploppte im Profilbild des Messengers ein lachender junger Mann vor dem spanischen Spezialitätenladen am Viktualienmarkt auf. Katharina genügte das als Identitätsnachweis. Sie war sicher, dass Rodriguez die Wahrheit gesagt hatte. Sie schickte ihren Vorschlag an den jungen Journalisten und löschte die Nachricht eine Minute später.

Hoffentlich wäre der Mann erfolgreich. Angerers Tod sollte nicht durchsickern, bevor seine Witwe informiert war. Katharina dachte missmutig an ihre missglückte Recherche vom Vorabend. Die Nummer aus Wedels Handy gehörte nicht mehr Sanna Schweigart. Das hatte Birgit gleich heute Morgen gecheckt, nachdem Katharina die Nummer die halbe Nacht lang angerufen und jedes Mal der automatisierten Mailboxansage gelauscht hatte. Jetzt blieb noch die Hoffnung, dass die Schauspielerin sich selbst melden würde.

Es klopfte, Melanie linste herein: »Birgit würde dich gern sprechen.«

Katharina nickte, auch wenn ihr Magen schon knurrte, weil sie nach der langen Nacht ohne Frühstück ins Büro geradelt war.

»Ich dachte, du hast sicher noch nicht zu Mittag gegessen. Ich hätte im Angebot: gebackenen Tintenfisch mit Gemüse aus dem Wok oder scharfes Hähnchen mit Gemüse aus dem Wok, vorher eine Frühlingsrolle.« Birgit schwenkte begeistert ihren Fahrradkorb, aus dem es verführerisch duftete.

»Du kannst Gedanken lesen. Großartig!« Katharina umarmte ihre Freundin und drückte ihr Küsschen auf beide Wangen. »Schick.« Katharina deutete auf Birgits Outfit. »Zumba in der Mittagspause?«

»Yes. Und danach ein kleiner Abstecher zu Hannes. Erzähl ich dir gleich.«

Ein paar Minuten später saßen sie in Katharinas Gesprächsecke. Nach der Frühlingsrolle hatte sich Birgit das Hähnchen geschnappt – »weniger Kalorien« – und Katharina kaute genüsslich den Tintenfisch. Sie liebte den Asia-Imbiss, der vor Kurzem in der Nähe eröffnet hatte. Das junge thailändische Ehepaar Kantawong kochte mit großer Begeisterung und ohne Glutamat, wie es auf seinem Flyer betonte. Schon die Frühlingsrollen, die ansonsten überall gleich schmeckten, waren hier ein Gedicht. Die Kantawongs füllten sie selbst mit frischen Zutaten, Fleisch, Fisch oder vegetarisch. Jedes Gericht ergänzten sie mit passenden asiatischen Kräutern. Im Gemüse zum Tintenfisch schmeckte Katharina Zitronengras und Koriander heraus. Nachdem sie ein paar Bissen schweigend genossen hatte, war sie wieder aufnahmefähig: »Warum Hannes?«

»Weil ich ziemlich sicher war, dass Lüftl nicht für die Drohnachrichten verantwortlich ist. Das habe ich mir von Hannes bestätigen lassen. Lüftls Account ist gescammt worden.«

»Echt?« Katharina ließ überrascht die Gabel sinken.

Birgit nickte, schnitt konzentriert ihr Hähnchen und erläuterte, was Hannes und sie herausgefunden hatten.

»Ist ja der Hammer. Es macht die Sache zwar nicht einfacher, trotzdem spitze, dass du so hartnäckig warst.«

Birgit lächelte geschmeichelt.

»Du würdest sicher schnell rausfinden, wer für das Scamming verantwortlich ist. Aber diesmal sollten wir das vielleicht der Polizei überlassen. Schweigarts Mann ist tot und es ist nicht klar, wie er gestorben ist. Können wir da verschweigen, dass ein Unbekannter Angerers Frau stalkt?«

»Weiß nicht.« Birgit wirkte fast desinteressiert.

Katharina hatte mit einem Proteststurm gerechnet. Recherchen an die Polizei abzugeben, das war gar nicht Frau Wachtelmaiers Sache. Bei der Adelhofer-Recherche hatte sie ihre digitalen Spuren so gründlich gelöscht, dass den Beamten nichts Ungewöhnliches aufgefallen war. Damals war aber niemand akut in Gefahr gewesen. Im Fall von Sanna Schweigart wussten sie das nicht.

»Alles klar. Ich werde mit Oliver darüber sprechen. Der hat ja Kontakt zu den Ermittlern.«

Birgit schaute sinnierend aus dem Fenster.

»Erde an Wachtelmaier, Erde an Wachtelmaier, jemand zu Hause?« Katharina tippte ihre Freundin an.

Die zuckte zusammen und schien von sehr weit weg wieder im Büro zu landen.

»Süße?«

»Hm?« Birgit hob den Kopf.

»Nimm dir doch einfach demnächst mal frei und fahr an den Chiemsee.«

Birgit wurde knallrot.

»Er fand dich bestimmt nicht nur als Zofe gut, wirst schon sehen.«

Mit einem schüchternen Lächeln stand die Archivarin auf und umarmte Katharina. Beim Rausgehen drehte sie sich noch mal um: »Solltest du dich doch anders entscheiden: Niemand würde nachverfolgen können, dass ich diesem Verbrecher digital auf den Fersen war, auch die Polizei nicht.«

Katharina reckte den Daumen nach oben. Kaum war Birgit zur Tür raus, rief sie Oliver an.

»Das habe ich schon gestern Morgen gemerkt, dass der gern zu den Guten wechseln würde«, war Olivers amüsierter Kommentar, als Katharina ihm zunächst von Rodriguez' Anruf berichtete.

Dann vertraute Katharina dem Freund das an, was ihr seit dem Gespräch mit Birgit ein ungutes Gefühl verursachte. »Schweigart hat mir bei dem Interviewtermin sehr deutlich gemacht, dass sie nicht vorhat, wegen Sannalover23 die Polizei einzuschalten. Aber jetzt ist ihr Mann tot und wir haben keine Ahnung, wer der Stalker ist. Ich bin nicht sicher, ob Schweigart das immer noch so sehen würde.«

»Warum wollte sie keine Polizei?«, hakte Oliver sachlich nach.

»Sie hatte befürchtet, dass alles noch schlimmer werden könnte, falls es eine undichte Stelle gäbe. Das sollte ich natürlich nicht schreiben. Drum war sie so froh, dass Birgit sich um diesen Sannalover kümmert.«

»Verstehe. Vielleicht hat sie schlechte Erfahrungen gemacht.«

»Aber was ist jetzt richtig, Olli? Mich an ihren Wunsch zu halten oder die Polizei einzuschalten?«

»Vielleicht wartest du noch einen oder maximal zwei Tage. Niemand weiß, wo Schweigart steckt, unwahrscheinlich, dass ihr aktuell etwas Schlimmes droht. Vermutlich meldet sie sich sowieso sehr bald bei dir. Und wenn Birgit digital recherchiert, wird sie wie üblich höchst effektiv ihre Spuren verwischen.«

»Sollte Schweigart etwas zustoßen und ich hätte es verhindern können, verzeihe ich mir das nie.«

»Klar. Die Entscheidung kann ich dir leider nicht abnehmen. Vielleicht schaltest du mal den Kopf aus und hörst in deinen Körper, was der dazu sagt.«

Oliver machte seit einiger Zeit eine Focusing-Ausbildung. Er lernte, Signale aus dem Körper wahrzunehmen, um zu stimmigen Entscheidungen zu kommen. Immer wieder versuchte er, sein Wissen auch Katharina näherzubringen.

»Ich lasse Birgit ran und warte mit der Polizei.«

»Wie fühlt sich das im Körper an?«

»Erleichterung auf der ganzen Linie. Der Druck auf den Schläfen und das Grummeln im Bauch sind weg.«

»Das war zwar Speed-Focusing, klingt aber gut.«

FREITAGNACHMITTAG, MÜNCHEN, OBERMENZING

Er war lange nicht mehr hier gewesen. Sein ehemaliges Viertel hatte sich vollkommen verändert. Als junger Polizist hatte Marius Hilgenbrand hier gewohnt – in der Höhenkircherstraße. Genau wie die Dame, die er jetzt aufsuchen würde.

Das Haus, in dem er ein etwas heruntergekommenes, aber günstiges Einzimmerapartment gemietet hatte, gab es nicht mehr – 550 Euro für 30 Quadratmeter, damals schon ein Schnäppchen, heute unvorstellbar. Auf dem Grundstück standen jetzt drei Doppelhaushälften. Die Vorplätze waren mit Kinderfahrrädern, Rollschuhen und Buggys zugestellt. Wahrscheinlich lebten hier junge Familien, die sich Münchens Innenstadt nicht leisten konnten.

Yazemin Arnsberger wohnte hundert Meter weiter in einem gepflegten Mehrfamilienhaus. Eine ihrer Kolleginnen hatte auf die Frage, ob Yazemin verheiratet sei, geantwortet: »Nein, zumindest das nicht.«

Als Marius nachhaken wollte, hatte die Physiotherapeutin abgewinkt. »Ich habe sowieso schon zu viel gesagt.«

Es könnte ein spannendes Gespräch werden. Warum Arnsberger als Einzige heute Morgen nicht im Präsidium erschienen war, würde Hilgenbrand erst mal nicht thematisieren.

Ihre Wohnung befand sich im zweiten von vier Stockwerken, wie er dem Klingelbrett entnahm. Der Kriminalkommissar registrierte Geranien als einheitliche Balkonbepflanzung. Nur im zweiten Stock rankten Rosen in allen Farben. Vielleicht gehörten die Yazemin Arnsberger. Eine Romantikerin? Die Vorhänge, die er von der Straße aus sehen konnte, waren zugezogen – und ebenfalls mit Rosen bedruckt. Bewegungen nahm Marius hinter keinem Fenster des Hauses wahr. Auch auf den Balkonen hielt sich trotz des schönen Wetters niemand auf. 14 Uhr, da waren die meisten Bewohnerinnen und Bewohner wohl noch bei der Arbeit. Die älteren Herrschaften hielten vielleicht ein Mittagsschläfchen.

Hilgenbrand klingelte. Es tat sich nichts. Er schaute zu den Fenstern im zweiten Stock – alles ruhig. Auch beim zweiten und dritten Klingeln gab es keine Reaktion.

Normalerweise hing in Wohngebieten irgendwo ein »Scanner«, wie Marius diesen neugierigen Menschenschlag nannte, aus dem Fenster und konnte bestens Auskunft geben. Aber auch solch eine Bekanntschaft blieb dem Ermittler heute verwehrt.

Er entfernte sich vom Haus, warf regelmäßig einen Blick zurück – nichts. Er drehte um, klingelte noch mal – nichts.

Die Nachbarn wollte er nicht befragen. Das würde zu unnötigem Getratsche führen. Es gab keinen dringenden Verdacht gegen Yazemin Arnsberger. Missmutig ging Marius Hilgenbrand zurück zur S-Bahn. Ein durch und durch erfolgloser Tag bisher, ätzend. Gott sei Dank war sein Chef ein entspannter Typ. Von ihm konnte Marius noch viel lernen. Trotzdem hätte er Erninger gern einen Erfolg vermeldet. Wenn sie zumindest an Angerers Smartphone herankämen … Dieser Gedanke brachte Hilgenbrand auf eine Idee. Er suchte im Internet eine Nummer und rief an. Die nette Kollegin, mit der er schon mal zu tun gehabt hatte, war glücklicherweise im Dienst.

Nachdem er seine Bitte erläutert hatte, seufzte sie: »Weil du's bist, Marius. Ich werd unsere Praktikantin dransetzen. Bei der kannst dich dann melden. Sie findet's wahrscheinlich spannend und wird erreichbar sein, auch wenn morgen Samstag ist.«

Dieser Wink mit dem Zaunpfahl musste wohl doch noch sein.

»Das ist wahnsinnig nett von dir. Vielen, vielen Dank!« Beschwingt nahm Marius die Stufen hoch zum S-Bahnhof.

Yazemin lief nervös im Schlafzimmer auf und ab. Sie hatte die Fensterläden seit gestern nicht mehr geöffnet. Von der Straße war das nicht zu sehen, das Zimmer ging zum Hinterhof. Dessen Tor war abgeschlossen, der Typ, der eben geklingelt hatte, kam nicht rein.

Es war garantiert ein Polizist gewesen. Auf allen vieren war sie ins Wohnzimmer gekrabbelt und hatte, ohne die Vorhänge zu bewegen, seitlich am Balkon vorbei auf die Straße gelinst. Da stand er, unauffällig, aber hartnäckig. Dreimal hatte er geklingelt, dann war er gegangen. Yazemin hatte beobachtet, wie er sich immer wieder umdrehte und dann zurückkam. In ihr hatte sich alles verkrampft, das Herz schlug ihr bis zum Hals. Als der Mann zum vierten Mal klingelte, hätte sie fast aufgegeben. Wie konnte sie glauben, dass es genügte, nicht ans Telefon zu gehen? Vollkommen bescheuert. Yazemin spürte, dass sich die verhassten roten Flecken an ihrem Hals gebildet hatten. Ihr Deo hatte auch versagt. Der ganze Oberkörper fühlte sich nass an unter der weißen Seidenbluse. Was sollte sie bloß tun?

Der Unbekannte war weg. Aber vielleicht beobachtete die Polizei das Haus? Und sobald sie vor die Tür trat, würden sie sie schnappen? Yazemin Arnsberger warf sich auf ihr ungemachtes Bett und begann verzweifelt zu schluchzen.

FREITAGABEND, SALZBURG

»Servus, Sanna, du, i hab die Botschaft gsehn. Tut mir leid, dass i mi' ned früher gmeld hab. I war die ganz' Zeit mit dene Bäcker am Redn. Wie geht's dir?« Herbert Schafgott saß auf dem Doppelbett in seinem Hotelzimmer mit Blick auf die Salzach und die gegenüberliegende Festung Hohensalzburg. Die Abendsonne tauchte den beeindruckenden Bau in orangenes Licht, die letzten Sonnenstrahlen funkelten auf dem Wasser der Salzach. Seine Verhandlungspartner übernahmen die Kosten für das Zimmer, nachdem sich herausgestellt hatte, dass er noch einen Tag länger bleiben musste. Eigentlich war dieser Ausflug ein Highlight – auf der Alm arbeitete sowieso drei Tage lang seine Vertretung.

Aber das schlechte Gewissen wegen Sanna nagte an Herbert. Er war überzeugt, dass sie nicht in Gefahr war. Schließlich kontrollierte er regelmäßig die Kamera-App. Am Hütterl hatte sich nichts Ungewöhnliches getan. Nur sollte seine Freundin endlich ihre Ruhe wiederfinden.

»Alles gut, keine besonderen Vorkommnisse. Ich habe überreagiert. Tut mir leid. Kommst du noch vorbei?«

Herbert hörte das Lächeln in Sannas Stimme und entspannte sich.

»Naa, also, äh … Leider ned. I konnt' heut' bloß die Backstubn anschaun und des Sortiment probiern. Super Laugengebäck ham die fei, knackige Dinkelsemmeln, alles bio. Des wär a guade Sach' für die Alm. Aber der Gschäftsführer hat kurzfristig nach Hallstatt müssn. Drum sollt' i bis morgn bleibn, um den Preis zu verhandln und den Vertrag zu unterschreim.«

»Kein Problem, Herbert, ehrlich. Mir geht's gut, Knurrhahn ist da, passt. Dein Geschäft ist wichtiger. Das klingt übrigens lecker, kannst mir gern was mitbringen. Am liebsten eine Brezn und eine alte Semmel für Knurrhahn. Er steht vor allem auf Vollkorn.«

Sanna klang munter. Herbert war erleichtert. »Guad, dann mach i morgn alles klar und dann komm i sofort zu dir. I hab schon einen Plan, wos du hinkannst. Aber da muaß i mit, des findst du allein nicht. Sonst hätt i dir's jetzt …«

»Nein, nein, das zeigst du mir morgen. Mach du alles ganz entspannt. Wir freuen uns, wenn du morgen kommst.«

Sanna lachte.

»Knurrhahn legt den Kopf schief und patscht mit der Pfote nach dem Smartphone. Das heißt: Einverstanden. Mach's gut, mein Lieber, bis morgen.«

»Guad Sanna, dank' schön für dein Verständnis. Habts a guade Nacht, ihr zwei.«

GLEICHE ZEIT, DAS REFUGIUM

»Wirklich eine ausgezeichnete Schauspielerin.«

Die grünen Augen des Unbekannten glühten. Er fixierte Sanna mit einem unangenehm stechenden Blick.

Sie stand immer noch unter Schock. Was hatte der Mann mit ihr vor?

Er nahm ihr Smartphone wieder an sich. Sie habe sich normal zu verhalten und nichts Verdächtiges zu erzählen. Mit diesen Worten hatte er es ihr gereicht und sie dann genau beobachtet, während sie mit Herbert sprach. Sanna saß auf einem Bett, dessen Bezüge frisch zu sein schienen. Ihre linke Hand hatte der Mann mit Handschellen an das Kopfende gekettet.

»Eine Hand lasse ich dir frei. Ich klebe dir auch den Mund nicht zu.« Fast liebevoll hatte er das erklärt.

Sanna wusste nicht, wo sie war. Der Unbekannte hatte sie nachts beim letzten Gassigang mit Knurrhahn geschnappt. Es war stockdunkel gewesen. Herbert könnte die Entführung auf der Kamera-App aber sowieso nicht sehen. Sie waren zu weit entfernt gewesen.

Der Mann hatte Sanna mit einem Messer bedroht. Der Hund war knurrend an dem Unbekannten hochgesprungen und hatte nach ihm geschnappt. Mit einem Tritt hatte der Entführer das Tier vertrieben. Der Entsetzensschrei, der Sanna entfuhr, klang wie ein dumpfes Jammern. Der Mann hatte ihr blitzschnell den Mund zugehalten, sie resolut am Arm gepackt und etwas gegen ihre Nase gedrückt. Was danach passiert war, wusste sie nicht.

Irgendwann war sie in diesem fensterlosen Verschlag aufgewacht. Durch das Telefonat mit Herbert hatte sie rekonstruiert, dass sie einen Tag und eine halbe Nacht in der Gewalt des Unbekannten sein musste. Aber wo? Nachdem sie bewusstlos geworden war, hatte er sie vermutlich ein Stück getragen. Waren sie noch mit einem Auto weitergefahren?

Im Verschlag hatte er Sanna eine Augenbinde abgenommen. In dem schummrigen Licht einer schwachen Glühbirne, die an einem Kabel von der Decke hing, hatte sie Knurrhahn in der Ecke entdeckt. Ein Stein war ihr vom Herzen gefallen. Vor Erleichterung waren ihr fast die Tränen gekommen. Der Hund lebte und schien äußerlich unversehrt, auch wenn er am ganzen Leib zitterte. Er war angekettet, es roch nach seinen Ausscheidungen. Das Tier konnte sich maximal einen Meter bewegen und trug einen Maulkorb. Der Klettverschluss war so eng, dass Knurrhahn Mühe hatte zu trinken. Ein gefüllter Wassernapf stand immerhin in seiner Reichweite. Sie müsse dafür sorgen, dass der Hund keinen Mucks von sich gebe, hatte der Entführer kommandiert. Sanna hatte dem verzweifelten Border Collie liebevoll zugewinkt und »ruhig« geflüstert. Er hatte sich ohne das übliche leise Knurren abgelegt. Sanna hatte sich ein bisschen entspannt und in sich hineingespürt. Der Mann schien ihr nichts angetan zu haben, während sie betäubt gewesen war. Sein fanatischer Blick, mit dem er sie jedes Mal abscannte, wenn er in den Verschlag kam, machte ihr trotzdem große Angst.

»Irgendwann werden wir das nicht mehr brauchen«, hatte er eben fabuliert, bevor er sie nach dem Telefonat mit Herbert wieder einsperrte. Nachsicht hatte in seiner Stimme gelegen. Seine Hand hatte sich in Richtung ihrer Haare bewegt. Sie war reflexartig zurückgewichen.

»Du bist noch nicht so weit. Deshalb bleibst du hier drin. Schrei bitte nicht. Sonst stirbt der Hund.«

Sie hatte ihn unbewegt angeschaut. Er sollte ihre Panik nicht spüren.

An den Fältchen um seine blassgrünen Augen meinte sie, ein Lächeln zu erkennen. Mehr war von seinem Gesicht nicht zu sehen. Er trug eine FFP2-Maske. Die Haare steckten unter einer schwarzen Wollmütze, die er tief in die Stirn gezogen hatte. Er war groß, schlank und gepflegt, roch nach einem teuren Aftershave. Er trug neue Jeans und bereits das zweite Polohemd, seit er sie hier festhielt.

Als er eben gegangen war, hatte er das Licht ausgemacht. Dann war zweimal ein metallisches Schiebegeräusch zu hören gewesen. Irgendetwas hatte er noch vor die Holztür gewuchtet. Sanna saß im Dunkeln, was ihre Beklemmung noch verstärkte. Sauerstoff schien vor allem von oben zu kommen. Sanna spürte immer wieder einen Luftzug. Jetzt am Abend wurde es kühl auf ihrer Matratze. Sie streckte sich aus, soweit es mit der Handschelle möglich war, und zog mit der freien Hand die dünne Decke über sich.

Draußen knarzten die Schritte des Entführers, vermutlich auf einem Holzboden. Außer dem Verschlag hatte Sanna noch nichts von ihrem Aufenthaltsort gesehen. Wenn er sie mit vorgehaltenem Messer auf die Toilette begleitete, musste sie die Augenbinde anlegen. Tagsüber hörte sie ihn vor der Tür, nachts auch über sich. Er war immer in der Nähe, konnte jeden Moment wiederkommen. Und dann vielleicht nicht nur, um Essen und Trinken zu bringen. Panik überflutete Sanna. Ihr Herz raste, das Gedankenkarussell drehte sich immer schneller. Sie sah vor ihrem inneren Auge, wie der Mann ihr die Kleider vom Leib riss, sie aufs Bett warf, sich stöhnend auf ihr bewegte. Voller Angst lauschte sie in die Dunkelheit.

SAMSTAGMORGEN, MÜNCHEN, HANSASTRASSE, KRIMINALPOLIZEI

Hochmotiviert betrat Marius Hilgenbrand gegen 7.40 Uhr als Erster das Büro. Sein Chef würde in einer knappen Stunde kommen. Der Kriminalkommissar fuhr den Computer hoch, packte als Frühstück die übliche Butterbrezn aus und biss genüsslich hinein. Dazu gab es Automatenkaffee. Selbst den fand er heute gar nicht so schlecht. Sein Festnetz klingelte – Hauswache Polizeipräsidium, die nette Sissy Wiebeldinger.

»Morgen, Sissy, hast du was für mich?«, rief er aufgeräumt.

»Eine Yazemin Arnsberger will ganz dringend jemanden sprechen, der sich mit dem Fall Angerer beschäftigt. Des seids doch der Josef und du, oder?«

Hilgenbrand spürte augenblicklich die bekannte Anspannung. Wenn ein Fall eine unerwartete Wendung nahm, geriet der ganze Marius in Wallung. Die Handflächen wurden feucht, sein Puls nahm Fahrt auf, die Füße begannen von allein zu wippen. Er mochte diesen Zustand vollkommenen Fokussiertseins. »Alles klar, ich gehe runter und hole sie ab. Danke dir.«

Yazemin würde vor der kugelsicheren Scheibe am Eingang stehen, sicher noch viel aufgeregter als Marius. Die Pforte in der Hansastraße war am Wochenende nicht besetzt, daher hatte sie klingeln müssen und war zur Hauswache im Polizeipräsidium weitergeleitet worden. Der Ermittler stand auf und spielte in Gedanken eine deeskalierende Gesprächseröffnung durch. Erninger sollte sehen, dass Marius den Fall im Griff hatte. Da vibrierte sein Handy, der Chef.

»Servus Marius, bin unten. Ich bring die Frau Arnsberger mit.«

»Okay, dann können wir gleich zusammen, also, natürlich, ist ja besser, wenn wir, äh, weil vier Ohren hören mehr als …«

»Bis gleich, Marius.«

Erninger hatte betont langsam gesprochen.

Hilgenbrand legte auf, atmete dreimal tief durch, und schon ging die Tür auf. Erninger ließ der Dame den Vortritt. Sie sah erbärmlich aus. Die Augen waren rot verweint, das Gesicht verquollen.

»Guten Tag, Frau Arnsberger, ich bin Kriminalkommissar Hilgenbrand, setzen Sie sich doch.« Marius hatte sich bemüht, in normalem Tempo zu sprechen. Seine Laune hob sich weiter. Er deutete auf den Besucherstuhl gegenüber seinem Schreibtisch und beobachtete, wie die Frau verhuscht durch das Büro schlich und sich auf den Rand setzte. Klassische Fluchtposition, registrierte der Kommissar. Abgesehen von ihrem Zustand war Yazemin Arnsberger eine attraktive Frau. Das erkannte Hilgenbrand sofort. Das lange schwarze Haar hing im Moment strähnig herunter. Normalerweise frisierte seine Trägerin es sicher zu einer beeindruckenden Mähne. Dazu ihre dunklen Augen, die markante Nase und der volle, sinnliche Mund. Die Skinny-Jeans und das enganliegende grüne Shirt betonten einen durchtrainierten und wohl proportionierten Körper.

Erninger hatte sich mit einem Hocker am Kopfende von Hilgenbrands Schreibtisch positioniert. Der Chef war der Ansicht, er könne sich ohne gemütliche Lehne besser konzentrieren. Ansonsten diente das altertümliche Teil nur dazu, Akten aus den höheren Bereichen des Einbauschranks zu holen, der sich über die ganze Länge des Büros zog.

Mit einem kurzen Nicken signalisierte Erninger seinem Kollegen loszulegen. Kumpelhaft wendete der sich an Yazemin: »Soll ich Ihnen erst mal was zu trinken holen? Kaffee, Tee, Wasser?«

»Nein, danke.« Die Frau rutschte nervös auf der Stuhlkante herum und knetete ihre sorgfältig manikürten Finger. Den knallroten Nagellack hatte sie vermutlich in fröhlicheren Zeiten aufgetragen.

»Was können wir für Sie tun?« Erninger lächelte aufmunternd.

Arnsberger fing sofort an zu weinen, senkte verschämt den Kopf und kramte in ihrer Handtasche. Als sie ein Taschentuch gefunden hatte, schnäuzte sie kräftig hinein. Dann räusperte sie sich und begann leise zu sprechen: »Ich habe ihn nicht umgebracht. Es war ein Unfall. Wir hatten Sex, er wollte es immer nur im Behandlungszimmer.« Sie schluchzte erneut auf und wischte sich mit dem Taschentuch über die Augen. »Ich habe ihn so oft gebeten, zu mir nach Hause zu gehen. Aber er wollte nicht – immer nur auf dem verdammten Schlingentisch. Das macht ihn heiß, hat er gesagt.« Yazemin starrte gedankenverloren vor sich hin. Die Hand, in der sie das verknautschte Taschentuch hielt, zitterte.

»Sie hatten ein Verhältnis mit Herrn Angerer?«, fasste Erninger zusammen.

Die junge Frau nickte. »Ja, schon sehr lange. Ich weiß, dass ich nicht die Einzige war. Mit Mareike hatte er auch mal was. Ich bin ein rotes Tuch für sie. Mich hat er nämlich geliebt.« Ein Hauch von Triumph lag jetzt in ihren traurigen Augen. »Mit der Schweigart lief nichts mehr. Sie ist, also … war sein Unglück.«

Wieder liefen Tränen über die schönen Wangen.

»Die berühmte Schauspielerin …«, spuckte Arnsberger weinend aus. »Wie sich Johnny gefühlt hat, war ihr egal. Der Arme, er war immer die Nummer zwei. Aber bei mir nicht, bei mir nicht.«

Das leise Weinen ging wieder in haltloses Schluchzen über. Der ganze Oberkörper bebte, das Taschentuch war völlig durchnässt. Der Frau schien es egal zu sein. Sie ließ die Tränen einfach laufen.

Von draußen waren Schritte und Stimmen zu hören. Langsam trudelten die Kolleginnen und Kollegen mit Wochenenddienst ein. Erninger öffnete kurz die Tür und hängte ein »Bitte nicht stören«-Schild daran.

Hilgenbrand holte Luft und wollte sich gerade Yazemin zuwenden, als der Chef ihn mit einem kleinen Handzeichen stoppte.

Die beiden Beamten saßen schweigend da und warteten. Irgendwann beruhigte sich die junge Frau. Erninger nickte Hilgenbrand zu.

»Was ist denn genau passiert in dieser Nacht?« Marius hatte betont langsam gesprochen.

»Eigentlich das Gleiche wie immer. Er wollte die Schlinge um den Hals, und während wir Sex hatten, sollte ich immer stärker ziehen. Er schrie ›fester, fester‹ und ich hab's halt gemacht. Nur dieses Mal …«

»… war er irgendwann tot«, ergänzte Hilgenbrand sachlich.

Yazemin nickte und wurde blass. »Es war so schrecklich. Plötzlich ist ihm der Kopf nach hinten gesackt und er hat sich nicht mehr bewegt.« Die junge Frau schaute ins Leere. »Ich musste ihn quasi aus mir rausholen und dann von dem leblosen Johnny heruntersteigen.« Sie fixierte den Boden. In ihrem Dekolleté bildeten sich rote Flecken.

»Warum haben Sie niemanden verständigt?«, schaltete Erninger sich ein.

»Weil ich Angst hatte, dass man mich für eine Mörderin hält. Sie glauben mir doch bestimmt kein Wort. Und wenn ich im Gefängnis lande ...« Yazemins Stimme bebte. »Meine Mutter ist im Pflegeheim, sie hat nur mich. Ich besuche sie normalerweise jeden Tag.« Wieder liefen Tränen. »Wie soll ich denn beweisen, dass ich die Wahrheit sage? Seit dieser Nacht bin ich in Panik. Ich kriege die Bilder nicht aus dem Kopf, schlafe nicht, esse nicht. An meine arme Mama darf ich gar nicht denken.«

»Haben Sie Herrn Angerers Smartphone an sich genommen?« Hilgenbrand fixierte die verstörte Frau.

»Klar. Da ist ja alles drin, was niemanden was angeht. Er hat mir ständig geschrieben. Was er beim nächsten Mal alles mit mir anstellen würde, wie geil er sei, solche Sachen. Ich fand's eklig. Aber er hätte die Schweigart bald verlassen, und dann hätte ich ihn zu einem glücklichen Mann gemacht.«

Erninger überging diese optimistische Einschätzung. »Wo ist das Gerät jetzt?«

»Ich habe es morgens in die Isar geschmissen. Beim Deutschen Museum. Die ganze Nacht bin ich durch die Stadt gerannt, nachdem ich aus der Praxis abgehauen war.«

Erninger und Hilgenbrand seufzten fast zeitgleich auf. Yazemin sah die Polizisten irritiert an.

»Sie haben vielleicht Beweismaterial vernichtet, das Sie entlasten könnte«, erklärte Erninger ruhig.

»Wie …«

»Na ja, dass Sie ein sexuelles Verhältnis hatten, würde offenbar aus Ihren Chats hervorgehen, vielleicht auch Angerers bevorzugte Praktiken. Bisher ist das nur eine Behauptung von Ihnen. Es könnte genauso gut sein, dass Sie Ihren Liebhaber mit den Schlingen stranguliert haben.«

»Aber ich, den Johnny … Niemals«, kam es erwartungsgemäß. »Die Kraft hätte ich gar nicht gehabt.«

Erninger und Hilgenbrand tauschten einen kurzen Blick und wussten, dass sie beide das Gleiche dachten: Das Argument hatte sie sich sorgfältig überlegt.

»Durch die Mechanik des Schlingentischs hätten Sie nicht viel Kraft gebraucht.« Erninger sah, wie Arnsberger zusammenzuckte. Dieser logische Fehler hätte ihr als Physiotherapeutin nicht passieren dürfen.

Ihre Schuld war damit trotzdem nicht bewiesen.

»Wie sieht das Smartphone Ihres Chefs denn aus und was für eine Marke ist es?« Hilgenbrand war aufgestanden.

»Äh, so ein neues japanisches mit einer silberfarbenen Metallhülle zum Aufklappen. Vorne ist ein Foto von einem Crosstrainer drauf, das aktuelle Modell aus unserer Praxis.«

»Ich hole jetzt mal eine Runde Wasser.« Hilgenbrand verließ das Büro.

»In welcher Verfassung war Angerer, als Sie ihn in der Nacht verließen?«, hakte Erninger nach.

»Er war tot, kein Herzschlag, kein Puls, er hat nicht mehr geatmet. Sonst hätte ich alles unternommen, um ihn zu retten. Ich habe dann so die Panik gekriegt, dass ich rausgerannt bin. Ich glaub, ich habe sogar vergessen, die Tür der Praxis hinter mir zu schließen.«

»Dass Sie einfach gegangen sind, kann Ihnen als unterlassene Hilfeleistung oder sogar fahrlässige Tötung angelastet werden. Sie können nicht beweisen, dass Angerer wirklich tot war, als Sie ihn verlassen haben. Es wäre besser gewesen, direkt die Polizei zu rufen, das ist Ihnen sicher klar.«

Yazemin nickte verzweifelt. »Ja, ich werde im Gefängnis landen. Die Schweigart habe ich auch angelogen.«

»Hat sie sich bei Ihnen gemeldet?«

»Nein, bei ihrem Mann, vorgestern Morgen. Sie hat zwar in irgendeinem komischen Dialekt gesprochen, aber ich glaube, dass sie es war. Ich habe meine Stimme verstellt und behauptet, das Smartphone sei bei mir in der Reparatur. Danach hab ich's in den Fluss geschmissen.«

Erninger fuhr sich über den Stoppelkopf und zählte langsam bis drei, um nicht grob zu werden. »Erinnern Sie sich, ob eine Nummer angezeigt wurde? Wie Sie sich vorstellen können, müssen wir Frau Schweigart den Tod ihres Mannes mitteilen. Das würden wir gern tun, bevor die Klatschpresse etwas mitbekommt.«

Die Schärfe in Erningers Stimme war Yazemin nicht entgangen. Wieder begann sie zu weinen. »Nein, da stand ›unbekannter Anruf‹. Das war immer so, wenn sie angerufen hat. Die hat ihre Nummer unterdrückt.« Die Physiotherapeutin starrte wieder zu Boden. »Ich wollte doch nichts Böses. Er hat gesagt, er liebt mich und ich würde ihn von seinem Unglück befreien.«

»Durch Ihre Lüge am Telefon kann der Verdacht der Verschleierung einer Straftat aufkommen. Ach, Frau Arnsberger, da haben Sie sich in was reingeritten.« Erninger schaute Angerers Geliebte ernst an.

Die wurde von einem Weinkrampf geschüttelt.

Hilgenbrand kam zurück und stellte ein Wasser vor die Frau. Arnsberger bemerkte es gar nicht, sondern kramte unkonzentriert nach einem weiteren Taschentuch.

Der Kriminalkommissar reichte auch seinem Chef ein Glas und flüsterte ihm etwas ins Ohr. Erninger nickte. Hilgenbrand errötete leicht und setzte sich hinter seinen Schreibtisch.

»So, Frau Arnsberger. Es gibt vielleicht eine gute Nachricht. Angerers Smartphone ist abgegeben worden. Jemand hat es isarabwärts am Ufer gefunden. Es wird gerade hergebracht. Es gibt doch noch ehrliche Menschen.« Erninger bedachte die junge Frau mit einem mehr als tadelnden Blick.

Selbst Hilgenbrand gefror jedes Mal das Blut in den Adern, wenn der Chef bei einer Befragung diese Miene aufsetzte.

»Wir werden sehen, ob Daten wiederhergestellt werden können. Dann lassen sich zumindest Teile dessen, was Sie uns berichtet haben, überprüfen. Ansonsten erwarten wir heute das Obduktionsergebnis der Leiche.«

Yazemin Arnsberger nickte unsicher. »Und ich …«

»Sie lassen uns bitte noch Fingerabdrücke da.« Erninger deutete auf den mobilen Scanner, den er von seinem Schreibtisch geholt hatte. Die Physiotherapeutin stand sofort auf und hielt unter Anleitung des Ermittlers ihren Daumen an das Gerät.

»Danke. Das war's erst mal. Sie bleiben bitte jederzeit erreichbar. Sollten Sie dem nicht Folge leisten, können wir sehr ungemütlich werden.« Erninger schaute noch eine Spur eisiger.

»Natürlich, klar, danke. Ich hätte nie gedacht, dass ich hier heute noch mal rauskomme. Dann darf ich einfach gehen?«

Beide Beamten nickten.

Yazemin stand auf, schob verlegen die enge Jeans nach unten und ging schnellen Schrittes zur Tür.

Vermutlich würde sie losrennen, sobald sie außer Sichtweite war, dachte Hilgenbrand. Er wollte nicht in ihrer Haut stecken.

»Großartige Arbeit, Angerers Smartphone ausfindig zu machen, Marius. Wie hast du das denn geschafft, auch noch am Samstag?«

Hilgenbrand lächelte geschmeichelt. »Kontakte. Eine Kollegin in der Innenstadt hat mir gestern versprochen, dass sie eine Praktikantin dransetzt. Die hat die Polizeidienststellen in der Nähe abtelefoniert und gebeten, sich wegen jedes Mobiltelefons zu melden, das seit Donnerstag abgegeben wurde. Bingo, vor einer halben Stunde hat der Finder Angerers Gerät in die Polizeiinspektion in der Au gebracht.«

»Top.« Erninger hatte inzwischen seinen Computer hochgefahren und starrte auf den Bildschirm. »Aha, schau dir das an.«

»Aha«, echote Hilgenbrand, während er über die Schulter seines Chefs gebeugt Angerers Obduktionsergebnis studierte.

GLEICHE ZEIT, MÜNCHEN, GISELASTRASSE, REDAKTION »ABENDAUSGABE«

Horst Riebelgeber öffnete das dritte Zuckerpäckchen und schüttete es zufrieden in seinen Filterkaffee. Danach war die Kondensmilch dran. Auch davon hortete er Portionspackungen in der Schreibtischschublade. Immer wenn er irgendwo Kaffeetrinken ging, ließ er ein paar Päckchen Zucker und Milch mitgehen – fürs Büro.

Vier Kondensmilch, drei Zucker – so trank man Kaffee. Dieses neumodische Macchiato-Soja-Hafer-lactosefrei-Gedöns war vielleicht was für die eine oder andere spindeldürre Mitarbeiterin seiner Redaktion. Er, Horst Riebelgeber, brauchte was Anständiges zu trinken … und zu essen.

Er packte zwei Butterbrezn und eine Leberwurstsemmel aus, die er sich wie jeden Morgen mitgebracht hatte, und legte sie auf einen der Papierstapel auf seinem Schreibtisch. Fein säuberlich hatte er die wichtigen Informationen sortiert und nebeneinander angeordnet. Viele Kollegen hielten ihn für einen Messie – ein weiterer Beweis für die Inkompetenz dieser Dilettanten. Alle Unterlagen in seinem Büro waren von enormer Wichtigkeit. Das Regal genügte schon lange nicht mehr. Auch auf den Boden musste er mittlerweile ausweichen, um auf Akten jederzeit zugreifen zu können. Warum? Weil er Chefreporter war. Weil er im Fall der Fälle blitzschnell zu handeln hatte.

Digitalisier' den Kram endlich, hatte ihm ein Kumpel neulich abends beim Bier geraten.

Papperlapapp, dann würde er genau das, was er brauchte, sicher nicht finden. Oder seine Exklusivinformationen würden gehackt. Als erfahrener Journalist wusste er doch, wie der Hase lief. Er biss ein großes Stück der Semmel ab und ließ den köstlichen Geschmack der gewürzten Leber auf der Zunge zergehen. Jetzt konnte er anfangen zu denken.

Er hatte noch immer keine Spur von dieser Schweigart oder ihrem Göttergatten. Es machte ihn ganz verrückt. Deswegen war er auch am Samstag ins Büro gekommen. Wochenenddienste überließ er ansonsten denen, die sowieso nichts anderes konnten, als über Bakterien im Freibad oder eine neue Eissorte zu schreiben.

Er war den großen Storys auf der Spur. Und Schweigart/ Angerer waren definitiv eine Megastory. Irgendetwas war passiert nachts in der Praxis in der Theatinerstraße. Aber niemand schien Genaueres zu wissen. Riebelgeber hatte es bei gleich mehreren der Mitarbeiterinnen versucht, erst mit Geld, dann mit Drohungen. Für Letztere hatte er wenig in der Hand gehabt, trotzdem waren Tränen geflossen. Diese kleine Mareike hatte ihm tatsächlich geglaubt, dass er sie wegen unterlassener Hilfeleistung anzeigen könnte. Erzählt hatte sie trotzdem nichts.

Missmutig spülte er den letzten Bissen Leberwurstsemmel mit dem Kaffee hinunter und brach ein Stück der ersten Butterbrezn ab. Wenigstens hatte er diesen dämlichen Rodriguez los. Das war ein kluger Schachzug gewesen, ihn durch ganz Bayern zu jagen. Natürlich würde nichts dabei rauskommen. Er hätte endlich den Vorwand, diesen Dünnbrettbohrer zu feuern. Für kurz nach neun Uhr hatte er ihn zum Rapport bestellt. Da konnte der Möchtegernschreiberling gleich lernen, dass es für Journalisten keine Wochenenden gab. Normalerweise wäre der Herr Praktikant samstags um diese Zeit wahrscheinlich gerade erst sturzbesoffen in sein ungemachtes Bett gefallen.

Der Chefreporter wischte die Massen von Krümeln, die sich über seine Papierstapel verteilt hatten, auf den Boden.

Als er gerade in die zweite Butterbrezn biss, klopfte es. Er schaute auf die Uhr, die über seiner Bürotür hing – das Weihnachtsgeschenk seines Bierlieferanten, der gut an ihm verdiente. Das Ziffernblatt hatte die Form eines Brotzeittellers, der bedruckt war mit einem Stillleben aus Maßkrug, Brezn und süßem Senf. Die Plastikweißwurst, die als Zeiger fungierte, stand auf kurz nach neun Uhr.

»Ja«, rief der Chefreporter kauend, schluckte und spülte mit einem Schluck Kaffee den Mund durch.

Jorge Rodriguez trat ein. Der Kerl sah wie immer fertig aus. Die schwarzen Haare hingen unsortiert um den Kopf, die Jeans waren so lang, dass der Praktikant ständig drauftrat – aber da war er nicht der Einzige. Es schien ein Modetrend zu sein, dessen Sinn Riebelgeber absolut nicht einleuchtete. Ansonsten war der Mann ein Hungerhaken und auch nicht gerade groß. Seine Klamotten kaufte er wahrscheinlich in der Kinderabteilung. Er sollte ein paar Leberwurstsemmeln zu sich nehmen, statt ständig diese ekelhafte kalte Gemüsesuppe zu schlürfen. Rodriguez stellte jeden Tag eine große Kanne in den Redaktionskühlschrank. Alle durften sich bedienen. Die Kollegen liebten sie. Riebelgeber hatte nur einmal dran gerochen und sich von dem Knoblauchdunst fast übergeben.

»Guten Morgen, ich habe gute Neuigkeiten.«

Der Spanier rieb sich aufgeregt mit den Händen über die Hose. Immerhin hatte er Respekt vor seinem Chef, das war ja wohl das Mindeste. Riebelgeber machte eine unwirsche Geste, die als Aufforderung dienen sollte loszulegen, und biss in seine Brezn. Auf den beiden Besucherstühlen bewahrte er wichtige Unterlagen auf. Rodriguez würde wie immer stehen müssen. Auch zu trinken gab es nichts – zumindest nicht für Praktikanten. Wenn gestandene Mannsbilder ihn besuchten, hatte der Chefreporter natürlich Hochprozentiges parat.

»Ich weiß, in welcher Klinik Johnny Angerer liegt.« Die Augen des Spaniers blitzten vor Begeisterung. Er ließ den Satz im Raum stehen und wartete offensichtlich auf Lob.

»Aha. Wo?« Riebelgeber versuchte, seine Erregung zu verbergen, indem er möglichst gelangweilt den letzten Bissen der Brezn in den Mund schob. Hatte dieser Wicht tatsächlich einen Treffer gelandet? Mist, er hätte sich selbst darum kümmern sollen. Dass dieser Anfänger jetzt die Lorbeeren erntete, ging gar nicht.

»Das darf ich leider nicht sagen, niemandem. Wir haben einen Deal, verstehen Sie.«

»Sie haben einen Deal? Mit wem? Ihr Chef bin immer noch ich.«

»Klar. Die Klinikleitung weiß, dass mein Vorgesetzter absolut vertrauenswürdig und zudem ein brillanter Journalist ist.«

Irgendetwas schien der Spargeltarzan ja doch mitgekriegt zu haben, immerhin. »Und?«, blaffte Riebelgeber. Zu Freundlichkeit bestand trotz allem kein Anlass.

»Na ja, ich habe die Zusage für ein exklusives Interview mit Angerer, sobald er dazu in der Lage ist. Seine Bedingung ist aber, dass nur ich seinen Aufenthaltsort kenne.«

»Wer ist Ihr Kontakt?«, hakte Riebelgeber investigativ nach.

»Die Klinikleitung – ich bin so vorgegangen, wie Sie es mir beigebracht haben.«

Riebelgeber meinte, Bewunderung aus dem Blick des Praktikanten zu lesen, gut so.

»Ich habe an der Pforte behauptet, ich wisse, dass Angerer hier sei. Es gebe jetzt die Möglichkeit, mit mir einen Deal zu machen, oder der Aufenthaltsort würde morgen in der Zeitung stehen.«

»Hätte auch schiefgehen können«, unkte der Chefreporter.

»Stimmt, ich hatte viel Glück. Es war eine der ersten Kliniken, die ich rausgesucht hatte. Öfter hätte ich mit der Nummer nicht kommen können. Die verständigen sich ja vielleicht untereinander. Jedenfalls habe ich der Dame von der Pforte Bakschisch zugesteckt. Das hatten Sie mal einem Kollegen empfohlen, daran habe ich mich erinnert. Ich wurde direkt in die Chefetage gebracht.« Rodriguez lächelte.

Chefetage – das Bürschchen ist nicht doof, konstatierte Riebelgeber. Nicht mal den Hinweis, ob Männlein oder Weiblein dieser verschissenen Klinik vorstand, ließ der Herr Praktikant raus.

»Und bis wann wird es so weit sein mit Ihrem Exklusivinterview?« Verächtlich hatte Riebelgeber das letzte Wort ausgespuckt.

»Konnten sie mir nicht sagen. Sie melden sich bei mir.«

»Aha.« Der Chefreporter war ratlos. Verlor er hier gerade die Kontrolle? Das hätte sein großes Ding werden sollen, er könnte kotzen.

»Sobald Sie was hören, geben Sie mir Bescheid. Ist das klar?«, schnauzte er den Hänfling an. »Wir werden jede einzelne Frage durchgehen, bevor ich Sie da hinlasse. Das ist ein paar Nummern zu groß für Sie, verstanden?«

Der Praktikant nickte verschreckt und wandte sich zur Tür.

»Moment, ich hab noch was, Rattenbefall in einer spanischen Buchhandlung in Haidhausen. Fahren Sie da mal hin, machen Fotos, natürlich unbedingt mit Ratten, und schreiben Sie was Schönes. Verständigen können Sie sich ja mit denen.«

Rodriguez nahm die Agenturmeldung schweigend entgegen, nickte und ging.

»Bis 13 Uhr auf meinem Tisch, das kommt noch in die Samstagsausgabe«, rief Riebelgeber ihm hinterher und strich sich schadenfroh über den voluminösen Bauch. Das Wochenende hatte er dem jungen Kollegen versaut.

Ein paar Minuten später rief Katharina bei Oliver an.

»Du kannst deinen Freunden von der Polizei sagen, dass die Klatschpresse die Füße stillhält. Es bleibt noch etwas Zeit, Schweigart zu finden.«

»Verstehe. Weiter nachfragen soll ich vermutlich nicht.«

»Birgit und ich sind diesmal fast unbeteiligt. Es ist vor allem Jorge Rodriguez zu verdanken.«

»Dann hat der jetzt nicht nur bei mir was gut, sondern auch bei dir?«

»Exakt.« Katharina lachte. »Ich habe auch schon einen Plan.«

»Alles andere hätte mich gewundert.«

»Ich bin jedenfalls froh, dass wir der Polizei doch noch einen Stein in den Garten schmeißen können, nachdem ich schon das mit der Handynummer vermasselt habe.«

»Oh, Mrs. Perfect, das verzeihst du dir natürlich nicht. Katharina, einen Versuch war's doch wert. Und dass du dir einen Abend mit Achim Wedel gegeben hast, allein dafür verdienst du schon alle Hochachtung.«

»Stimmt. Sonst alles gut bei dir?«

»Soweit ja. Ich habe eine neue Physiopraxis aufgetan in der Elisabethstraße, nur ein paar Schritte von mir. Ich bin jetzt in den Händen von Steffi. Echt angenehm, nicht mehr unter Angerers Pranken zu liegen, sondern etwas sanfter angefasst zu werden.«

»Klingt gut.«

»Sie ist hervorragend und …«

»Und?«

»… wundervoll. Sie liebt Schwabing, spanischen Rotwein, hat ein E-Bike.«

»So wie du.«

»Genau.«

»Olli?«

»Sie ist einfach süß.«

»Verstehe.«

»So, ich muss. René hat mal wieder ein Problem, er kommt gleich. Da hat Herr Arends auch am Samstag Dienst.«

Für den Türsteher von Münchens Nobelclub R8 war Oliver schon öfter der Retter in der Not gewesen. Vor einigen Jahren hatte er im Rechtsstreit gegen einen prominenten Ex-Fußballer Renés Unschuld beweisen können. Gewalttätig war nicht René geworden, wie der Kicker behauptet hatte, sondern der Fußballer selbst. Oliver hatte akribisch Beweise gesammelt und für den Türsteher ein ordentliches Schmerzensgeld erwirkt. »Alles klar, mein Lieber. Gibst du die Info an Erninger weiter?«

»Logo, Chefin. Bis bald.«

SAMSTAGNACHMITTAG, MÜNCHEN, SENDLINGER TOR, REDAKTION »FAKTEN«

Birgit verlor langsam die Lust. Den halben gestrigen Tag und große Teile der Nacht hatte sie am Computer gehockt und versucht herauszufinden, wer hinter Sannalover23 steckte. Zurückverfolgen ließ sich der Name in den sozialen Medien nicht. Wie sie schon bei der ersten Recherche festgestellt hatte, endeten alle Nachverfolgungsversuche wieder bei »the real Kini_ 2.0«.

Sie mussten Schweigart etwas Konkretes liefern, wenn sie sich meldete. Deshalb hockte die Archivarin am Samstag im Büro. Sie hatte bereits alle gängigen und die nur Insidern bekannten Browser gecheckt. In sämtlichen Sanna-Schweigart-Fangruppen war sie unter falschem Namen angemeldet. Sannalover23 könnte sich auch dort tummeln, vermutlich mit anderem Namen. Aber außer wilden Spekulationen, wo die Schauspielerin sich aufhalten könnte, tat sich nichts.

Frustriert nahm Birgit den letzten Schluck ihres Smoothies. Er schmeckte nicht. Zum Spinat und den Gurken hätten noch Aprikosen gehört. Sie hatte sie vergessen. Heute Morgen war sie gedanklich schon bei ihren nächsten digitalen Schritten gewesen und hatte püriert, was ihr als Erstes in die Finger gekommen war.

Sie stand auf und strich ihren schwarzen Volant-Minirock glatt. Durch das lange Sitzen hatte er sich an die mit

Silberfäden durchzogenen Leggins geklebt. Letztere waren in ihrem kühlen Kellerbüro auch im Hochsommer nötig. Außerdem sahen sie super aus und passten perfekt zu der kurzärmligen schwarzen Satinbluse, die an den Nähten ebenfalls mit Silbergarn durchwirkt war.

Frustriert schaute Birgit aus dem Fenster. Eigentlich hatte sie den Samstag nutzen wollen, um nach Gstadt zu fahren. Ihr Plan war so romantisch gewesen: In ihrer Lieblingseisdiele wollte sie zwei Eiskaffee holen und Lüftl überraschen. Die Zofe von Herrenchiemsee wäre aufs Ganze gegangen und hätte sich als Birgit Wachtelmaier geoutet. Obwohl daraus wohl nichts wurde, schwangen an ihren Ohren erhaben zwei silberne Krönchen.

Es war ein Traumtag, am Sendlinger Tor war die Hölle los. Vor ihrem Souterrainfenster lief jede Art sommerlichen Schuhwerks vorbei, von eleganten Riemchensandalen über High Heels, Gesundheitslatschen, Flip-Flops und Espadrilles bis zu scheußlichen Wandertretern.

Um sich aufzumuntern, öffnete Birgit ihre Lunchbox und aß den restlichen Krabbensalat mit Avocado. Eigentlich hatte sie die halbe Portion, die sie vom Mittagessen aufgehoben hatte, für den Abend vorgesehen. Egal. Herausfordernde Situationen erforderten flexibles Handeln. Während sie sich zu einer Krabbe ein Stückchen Avocado in den Mund schob, kam ihr eine Idee.

Katharina musste es ja nicht erfahren. Birgit holte das Tablet heraus, das nur für solche Zwecke in einer Schreibtischschublade lagerte, und legte einen neuen verschlüsselten Account auf einem Kryptoserver an. Sie würde sich im Darknet umsehen. Die üble Laune war verschwunden, gespannte Vorfreude breitete sich aus.

Tatsächlich: Es gab diverse Foren, in denen sich Hacker

über Scamming austauschten. Wo es sich lohne, wie man nicht zurückzuverfolgen war, welche Strafen drohten und wie denen am besten zu entgehen sei.

Birgit bekam gleich noch eine Schulung in Sachen Internetbetrug. Da protzte »nie_mehr_arm.hahaha«, er oder sie kapere Homepages von Onlineshops. Das Geld ahnungsloser Kunden lande auf seinem oder ihrem – natürlich bei einer ausländischen Bank geführten – Konto.

Menschen wurden dazu gebracht, persönliche Daten preiszugeben, mit denen die Kriminellen Einkäufe zu horrenden Summen tätigten. Ein »Modern_Donald_Duck« war außer sich vor Freude, weil er einer alten Dame ihr gesamtes Erspartes abgeluchst hatte.

»Fakten« hatte über all diese Betrügereien oft berichtet. Aber hier zu lesen, wie diese Verbrecher ihre Schadenfreude über die »Bekloppten« kundtaten, die auf die Tricks hereinfielen, das ging Birgit unter die Haut.

Ein »Secretfetishist007« brüstete sich, er bekäme verliebte junge Frauen »am Arsch«. Er scamme die Accounts der Ehemänner oder Lebensgefährten und gestand unter deren Namen den Partnerinnen eine Affäre. Der anschließende Zoff der Paare fand zum Teil über private Nachrichten in den sozialen Medien statt. »Secretfetishist« konnte mitlesen und fand's »geil«. »Manchmal trennen sich die Schnitten sogar, alles wegen mir, mega.«

In den Kommentaren überschlug sich die Community vor Begeisterung und Häme. Es wurden Tipps gegeben, welche Gemeinheiten noch möglich waren. »I_bin_da_checker2023« schrieb: »Du kommst mit Scamming an Leute ran, die das erst mal gar nicht wollen. Du warst's ja nicht 😏 😏 😏.«

Das wollte die Community genauer wissen.

»Gibste Biden Tipps, wie er Trump um die Ecke bringen kann, oder was?«, witzelte »Naturalbornkiller007«.

»Politik interessiert mich nicht«, antwortete »I_bin_da_checker2023«.

»Mach's nicht so spannend, Fakten her oder raus hier«, kommandierte »Bill_thekid«.

»Irgendwann wird sie mich lieben. Sie weiß es nur noch nicht.«

Birgit starrte auf den Bildschirm, ihre Hände wurden feucht. Der Community schien der Typ nicht zu gefallen. »Stalking, das ist doch total 90er …«

»Hast es wohl nötig.«

»Wer ist die Auserwählte? Taylor Swift? Klums Heidi? Helene Fischer?«

»Bald werdet ihr lesen, dass sie einen Neuen hat.«

Birgit flog durch die Zeilen. Es konnte irgendein Stalker sein, aber vielleicht hätte sie Glück.

»Keinen Bock mehr auf dieses Geschwurbel, bin raus.«

»Mal Butter bei die Fische, du Angeber …« In mehr als 100 Kommentaren wurde der Typ beschimpft. Andeutungen schätzte man hier gar nicht.

Der Chat war neu, der letzte Kommentar erst vor einer Stunde gepostet. Birgit klickte den Namen an, um dem Checker eine private Nachricht zu schreiben.

Sie nannte sich »soft_man« und hinterlegte eine verschlüsselte E-Mail-Adresse: »Hey, I_bin_da_checker2023. Bin neu, hoffe, du kannst mir helfen. Will auch Kontakt zu einer Unerreichbaren, habe aber Schiss, dass mich die Bullen schnappen. Warst du erfolgreich? Hast du Tipps?«

Nervös drückte Birgit auf »Senden«.

SPÄTER SAMSTAGNACHMITTAG, HÜTTERL AM GEIGELSTEIN

»Lieber Herbert, ich habe mich nicht mehr wohlgefühlt. Nach unserem Telefonat gab es wieder Geräusche rund ums Hütterl. Knurrhahn hat richtig gezittert. Ich laufe heute Nacht mit dem Hund ins Tal und fahre mit dem Taxi nach Rimsting. Von da gehen wir zu Fuß weiter nach Prien. Bin gut verkleidet. Johnny holt mich morgen Abend aus der Villa ab. Wir fliegen für drei Wochen nach New York, da interessiert sich niemand für mich. Du weißt, wie sehr ich die Stadt liebe. Knurrhahn kommt zu seiner Patentante. Danke dir sehr für deine Hilfe. Ich melde mich. Alles Liebe, Sanna.«

Herbert Schafgott starrte auf die handgeschriebene Nachricht. Er war umsonst aus Salzburg zurückgerast. Nach einer kurzen Dusche auf der Alm hatte er sich unter dem Vorwand, er müsse bei einem Schuhplattlabend aushelfen, sofort Richtung Hütterl aufgemacht.

Der kleine Raum sah ordentlich aus. In dem Einbauschrank neben der Küchenzeile lagen drei Shirts und ein Pullover von Sanna. Zwei Hosen hingen an Kleiderbügeln. Der Kühlschrank war leer.

Stirnrunzelnd zog Herbert sein Smartphone aus der Lederhose und wählte Sannas Nummer: »... temporarily not available ...«

Er versuchte es bei Angerer – keine Verbindung. Spontan rief er dessen Praxis am Chiemsee an. Die hatten laut Homepage auch samstags bis 20 Uhr geöffnet.

»›Angerers Home of the Fitness‹, mein Name ist Chantal Mesiers. Was kann ich für Sie tun?«

»Da is' der Herbert vom Geigelstein. I hätt' gern an Termin beim Johnny, mir is' ins Kreuz gschossn, aber so was von, des kannst du dir gar nicht vorstelln, Chantal. Geht's vielleicht heut' noch?«

»Ich kann Ihnen für Montag um 9.20 Uhr sehr gern einen Termin bei Sylvie anbieten. Sie ist eine ausgezeichnete Therapeutin.«

»Aha, soso. Aber verstehst, Chantal, an mei' Kreuz lass i halt bloß den Johnny. Wann dads denn bei dem am Montag gehn?«

»Der Herr Angerer ist aktuell leider nicht in der Praxis. Dann trage ich Sie bei Sylvie ein?«

»Und in München, in der Theatinerstraß', hat er da was frei? Für den Johnny fahr i auch a Stund'. S' Kreuz duad zwar sakrisch weh beim Fahrn, aber wurscht.«

»Der Chef vergibt aktuell keine Termine.« Chantal wurde schmallippiger.

»Ah, echt? Ja, des is' ja saubläd. Und wenn i no' an Hunderter draufleg? Geld spielt wirklich überhauptst gar keine Rolex nicht, weißt, Chantal.«

»Ich habe keine Termine bei Herrn Angerer für die nächsten Wochen. Soll ich Sie für Montag bei Sylvie eintragen?« Chantals Stimme vereiste zunehmend.

»Naa, dank' schön, dann muaß i die Murmeltiersalb' suchn.«

Nachdenklich legte Herbert auf. Angerer arbeitete tatsächlich nicht. Saßen Sanna und Johnny schon im Flieger?

Er öffnete die Kamera-App auf seinem Smartphone und scrollte die Bilder zurück. Da war Sanna gestern Abend, wie sie mit Knurrhahn die Hütte verließ. Sie trug tatsächlich ihre Perücke und ein Kopftuch. Herbert scrollte weiter nach hinten und sah, dass sie auf den Abendspaziergängen zuletzt immer so verkleidet gewesen war. Klar, sie hatte sich nicht mehr sicher gefühlt. Der Almwirt setzte sich an den Tisch und rieb nachdenklich mit den Händen über seine Lederhose. Nach Sannas Abgang hatte sich nichts mehr geregt, soweit er das angesichts der nächtlichen Dunkelheit beurteilen konnte.

Er betrachtete die Bilder von heute – ein strahlender Tag am Geigelstein. Was war das? Herbert scrollte zurück, wischte langsamer. Nach taghellen Sequenzen vom Eingang des Hütterls wurde es plötzlich fast schwarz. Der Almwirt suchte die Uhrzeitfunktion der App: Heute um 12.21 Uhr zeigte sie blauen Himmel, von 12.26 Uhr bis 12.31 Uhr Dunkelheit.

Herbert stand auf und lief vors Hütterl. Das Smartphone hing hinter dem Hirschgeweih, genau wie er es angebracht hatte. Klebte da Vogelscheiße an der Seite? Er schob die Holzbank unter die Tür, stieg darauf und berührte das Handy. Etwas Weißliches blieb an seinen Fingern hängen. Waren das Reste von Klebestreifen? Warum hätte jemand heute für fünf Minuten die Linse zukleben sollen?

Herbert stieg von der Bank und checkte noch mal die Aufnahmen. Die Kamera hatte seit der Installation lückenlos aufgezeichnet. Nur die fünf Minuten heute Mittag waren schwarz. Du wirst schon selbst paranoid, schimpfte er sich. WLAN-Probleme gab's öfter am Berg. Erstaunlich war eher, dass die App die Tage vorher einwandfrei funktioniert hatte.

Trotzdem kam ihm Sannas Abreise komisch vor. Er durchsuchte erneut das Hütterl – nichts Auffälliges. Wort für Wort ging er Sannas Nachricht ein zweites Mal durch. Plötzlich wurde ihm eiskalt.

Die Party damals in ihrer Münchener Wohnung hatte er plötzlich genau vor Augen. Der kleine Knurrhahn, gerade ein paar Monate alt, war durch die Zimmer getapert. Die Gäste hatten sich in »Ist der süüüüüß«-Rufen übertroffen. Eine Bekannte von Sanna wollte sich unbedingt als Knurrhahns Patentante andienen. Sanna hatte freundlich, aber bestimmt abgelehnt mit dem Hinweis, es handle sich immer noch um einen Hund. Sie hatte den Welpen auf den Arm genommen und aus dem Zimmer gebracht. Für alle Anwesenden war die Botschaft klar: Knurrhahn würde niemals eine Patentante bekommen.

Schafgott rieb sich hektisch über die Lederhose. Wieder pappte das weiße Zeug an seinen Fingern. Er versuchte, es wegzureiben. Kleine Kügelchen bildeten sich. Eindeutig Klebereste. Der Almwirt atmete tief durch, steckte die Nachricht ein und verließ das Hütterl. Er war sicher: Sanna befand sich nicht auf dem Weg nach New York.

GLEICHE ZEIT, DAS REFUGIUM

Der Verschlag ging auf. Ihr Peiniger stellte vorsichtig ein Tablett vor Sanna ab. Er servierte ein komplettes Menü: Mozzarella mit Tomaten, Wiener Schnitzel mit Kartoffelsalat und in einem Schälchen etwas, das wie Mousse au Chocolat aussah.

Sanna schnürte es den Hals zu. Warum so eine fürstliche Mahlzeit? Worauf wollte er sie einstimmen? Ihr wurde schlecht. Sie würde keinen Bissen hinunterkriegen.

Der Mann schnitt sorgfältig Tomaten, Käse und das Schnitzel klein. Mit leuchtenden Augen reichte er Sanna die Gabel.

Knurrhahn schaute aus der Ecke unsicher zwischen seinem Frauchen, dem Tablett und dem Feind hin und her.

Der Entführer holte einen gefüllten Hundenapf und schob ihn mit dem Fuß in Richtung des Border Collies. Der blickte fragend zu seinem Frauchen. Erst als Sanna nickte, näherte er sich dem Futter. Den Maulkorb war er los. Zumindest das hatte sie dem Mann abgerungen. Wollte er den Hund ruhigstellen? So voll war der Napf noch nie gewesen.

Der Entführer setzte sich zu ihr auf die Matratze und starrte fasziniert auf ihre Haare. Seine grünen Augen wirkten sanft, sein Aftershave hing in der Luft. Der trügerische Schein von Harmlosigkeit ließ Sannas Herz bis zum Hals schlagen. Sie neigte den Kopf nach unten. So spürte sie seinen Atem nicht in ihrem Gesicht.

»Ich weiß, du bist Besseres gewöhnt. Bald können wir aus den edelsten Speisen wählen.«

Sanna fuhr es in den Magen. Wir? Was redete der Mann da? Welchen Plan verfolgte er? Sofort tauchten wieder Bilder vor ihrem inneren Auge auf, die Würgereiz auslösten. Sie hüstelte leicht, versuchte, die Übelkeit zu überspielen. Um den Entführer hoffentlich bald wieder los zu sein, pikte sie ein Stück Mozzarella mit Tomate auf.

»Schmeckt es?«, suchte der Mann sofort das Gespräch.

»Hmm«, machte Sanna und schob einen Bissen Schnitzel und Kartoffelsalat hinterher. Etwas Kartoffeln fielen ihr in den Schoß. Sofort zog der Entführer ein Taschentuch hervor und rutschte näher an sie heran.

Sanna wich zurück.

»Du wirst es bald auch lieben, wenn wir uns berühren. Ich werde dich daran gewöhnen.«

Das war zu viel. Sanna erbrach die Happen, die sie gerade zu sich genommen hatte. Verzweifelt schaute sie auf ihre befleckte Hose.

Der Entführer verließ wortlos den Verschlag und kehrte mit frischen Jeans zurück.

Die Hose stammte aus dem Hütterl. War er noch mal dort gewesen? Dann befanden sie sich in der Nähe, denn lange hatte er sie nie allein gelassen. Herbert könnte den Mann auf der Kamera-App gesehen haben.

»Niemand wird uns aufhalten. Bald sind wir im Paradies.«

Konnte der Mann Gedanken lesen? Wo wollte er mit ihr hin? Und was hieß ›bald‹? Wenn Sanna nur eine Idee hätte, um sich und den Hund zu befreien. Der flackernde Blick des Entführers auf ihrem Körper und sein süßliches Säuseln waren kaum zu ertragen.

Aus Knurrhahns Ecke erklang ein vertrautes Geräusch. Der leere Napf klapperte leise auf dem Betonboden, während der Border Collie ihn gründlich ausleckte.

»Das reicht.« Der Mann angelte sich die Schüssel mit dem Fuß. Der Hund verzog sich sofort zitternd in die Ecke.

»Lassen Sie…«, hob Sanna resolut an.

»Ihm wird nichts passieren, solange er brav ist.«

Wieder dieser ekelhaft anbiedernde Ton.

»Der Hund scheint dir wichtiger zu sein als dein Johnny.« Abwartend fixierte der Entführer sein Opfer.

Sanna reagierte nicht, konzentrierte sich auf ihren Atem.

»Ruf ihn an und sag ihm, dass du die New-York-Geschichte für deinen Almöhi erfunden hast, damit er nicht nach dir sucht.«

Der Mann ging also davon aus, dass Herbert ihre Nachricht schon gelesen und eventuell Kontakt mit Johnny aufgenommen hatte. Der Postweg war so schnell nicht. Der Entführer hatte den Zettel tatsächlich im Hütterl platziert. Ihr Gefängnis musste in der Nähe sein.

»Dann bittest du ihn, dich übermorgen aus der Villa in Prien abzuholen. Du willst ihm keinen Stress machen und es geht dir gut.« Er hielt Sanna das Smartphone hin.

Deren Gedanken rasten. Wo wäre sie übermorgen? Brachte er sie weiter weg? An einen Ort, an dem er mit ihr machen konnte, was er wollte, und es keine Hilfe gab? Und wenn sie sich wehrte? Würden Knurrhahn und sie das überleben? Der Kloß in ihrem Hals schnürte Sanna die Luft ab. Wieder musste sie den Würgereiz unterdrücken.

»Locker und entspannt, du bist Schauspielerin«, erinnerte der Mann sie sanft und strich zärtlich über ihre Schulter. Sanna rutschte auf der Matratze so weit nach hinten wie möglich, nahm das Smartphone in die angekettete Hand und rief mit der anderen Johnnys Nummer auf. Ihr Peiniger hatte sie fest im Blick.

»Servus, Sannerl«, begann der vertraute Text, den ihr Mann für ihre Anrufe aufgesprochen hatte. Sie blendete alle Emotionen aus und spielte ihre Rolle. Die befohlene Botschaft klang ganz unbeschwert.

Kaum hatte sie aufgelegt, nahm der Entführer ihr das Smartphone weg, nicht ohne kurz über ihre Hand zu streicheln.

»Es werden mich noch mehr Menschen vermissen«, startete Sanna einen forschen Versuch.

»Lass dich fallen, vertrau mir. Dir wird es an nichts fehlen. Niemand wird mehr böse zu dir sein. Ich bin dein Retter.« Er streckte mit verzücktem Blick die Hand nach Sannas Haaren aus.

Sie bewegte sich zur Seite, sodass er ins Leere griff. »Herbert wird die Polizei verständigen.«

»Das macht nichts. Bis dahin sind wir längst im Schlaraffenland.«

SONNTAGMORGEN, MÜNCHEN, WEISSENBURGER PLATZ

»Katharina, dein Handy.« Tobias schüttelte seine Frau sanft.

Die brummte unwillig, öffnete die Augen und schaute auf den Wecker: 7.30 Uhr, an einem Sonntag. Sie setzte sich auf und schob sich verschlafen die Locken aus dem Gesicht. »Wer?«

Tobias hob die Haarpracht leicht an und küsste Katharina in den Nacken. »Melanie.«

Sofort war Katharina hellwach. Wenn ihre Assistentin sonntags anrief, dann musste es wichtig sein.

»Guten Morgen, was gibt's?«, rief Katharina unnötig laut, um möglichst wach zu klingen. Aber Melanie konnte sie nichts vormachen.

»Tut mir leid, dass ich dich wecken muss. Ich habe mein Redaktionstelefon übers Wochenende auf mobil umgeleitet wegen Schweigart und so. Prompt ruft gerade eben ein Herbert Schafgott an. Er klang ziemlich aufgeregt, meinte, es gehe um Sanna Schweigart. Mehr wollte er mir partout nicht sagen.« Melanie klang etwas eingeschnappt.

»Keine Ahnung, wer das ist. Schick mir die Nummer, ich rufe ihn an.«

»Musst du weg?«, fragte Tobias, nachdem sie aufgelegt hatte. »Ich habe schon Frühstück gemacht, wollte dich überraschen, bevor Svenja und ich zum Bouldern fahren.« Er schaute Katharina fast schüchtern zu, wie sie Jeans und eine bunt geblümte Sommerbluse aus dem Schrank zog.

»Wie schön, freu mich. Ich rufe nur kurz diesen mysteriösen Schafgott an.« Katharina drückte ihrem Mann einen schnellen Kuss auf die Wange und wuschelte ihm durch die Haare – ein Ritual, auf das Tobias normalerweise in gespielter Empörung mit »hey, bring mir nicht mein teures Styling durcheinander« reagierte. Heute stand er etwas ratlos herum.

»Ich bin gleich da.«

Tobias nickte und verließ das Schlafzimmer.

»Die Mama kommt hoffentlich gleich«, hörte Katharina ihn zu ihrer Tochter sagen.

»Okay, dann warte ich noch mit den Rühreiern.« Svenja hatte offenbar ihren konzilianten Tag.

Katharina nahm sich fest vor, nach dem Telefonat das Frühstück mit ihren beiden Schätzchen zu genießen, komme, was wolle. Sie prüfte, ob die Rufnummernerkennung ausgestellt war, wählte und meldete sich etwas unterkühlt. »Langenfels hier, guten Morgen.«

»Dank' schön, dass Sie glei' zrückrufn. I bin der Herbert Schafgott, a alter Schulfreund von der Sanna. Die is' die ganz' Zeit bei mir da am Geigelstein gwesn und jetzt is' verschwundn. I hätt' normalerweis' die Polizei verständigt. Aber i weiß genau, dass die Sanna des ned will, weil doch des mit dem Versteck ganz geheim bleibn sollt. Und weil sie ja mit Ihnen noch gsprochn hat und so begeistert von Ihnen war, hab i dacht, i ruf erstamal Sie an.«

»Äh … Herr …«

»Schafgott, aber Sie kenna ruhig Herbert sagn.«

»Alles klar, Herr Schafgott. Frau Schweigarts Rückzugsort war der Geigelstein?«

»Ja genau. I bin der Wirt von einer von dene Almhüttn da herobn. Die Sanna hat sich vor viele Jahr' a Hütterl ganz in der Näh' kauft. Außer dem Johnny und mir weiß des niemand. Sie is' rauf kommen vor a paar Tag und i habs versorgt.«

»Und dort ist sie jetzt nicht mehr?«, fasste Katharina zusammen.

»Naa.« In den nächsten Minuten berichtete Herbert Schafgott, was sich während Schweigarts Auszeit zugetragen hatte. Sie habe merkwürdige Geräusche rund um die Hütte gehört. Er, Schafgott, habe eine Überwachungskamera zu Sannas Beruhigung installiert. Mit gedämpfter Stimme sprach der Almwirt über das letzte Telefonat mit seiner Freundin und von einer schriftlichen Nachricht, die er gestern gefunden habe: Sie sei für einen Tag in der Villa in Prien und danach in New York. Knurrhahn würde bei seiner Patentante bleiben.

»Und des is' ein totaler Schmarrn. Da war i dabei, wie die Sanna gsagt hat, dass a Hund a Hund is' und dass der Knurrhahn niemals eine Patentante kriagt. Drum glaub i, des hat sie einbaut in die Nachricht, damit i merk, dass was ned stimmt.« Der Almwirt schilderte Katharina, was auf der Party damals vorgefallen war. »Als i des gestern glesn ghabt hab, bin i direkt runter nach Prien gfahrn zur Villa. Da is' niemand. Mir hätt' die Sanna aufgmacht, sie hätt' mich ja durch die Kamera gsehn. Die war ned da. Und jetzt weiß i ned, was i tun soll.«

»Haben Sie bei Johnny angerufen?«

»Logisch, is' aber ned zu erreichn, scho' die ganze Zeit ned. In der Praxis hab i auch angrufn in Prien. Die ham gsagt, der Angerer vergibt in der nächsten Zeit keine Termine. Der Sanna ihr Handy is' aus. Vielleicht hat der Johnny sie wirklich gholt. Aber des mit der Patentante, des is' halt komisch.«

Schafgott wusste nichts von Angerers Tod. Das musste vorerst auch so bleiben.

»Können Sie diese Bekannte, die Hunde-Patentante werden wollte, nicht einfach mal anrufen?«

»I weiß ned, wie die heißt.«

»Haben Sie in der Umgebung alles abgesucht? Vielleicht hatte Frau Schweigart einen Unfall.«

»Heut' war i jetzt noch ned unten, gestern Abend bin i alles abglaufn. Da hab i nix gsehn. Der Hund müsst' doch irgendwo sein, wenn's einen Unfall gehabt hätt'. Sagns amal, könnten Sie vielleicht herkommen? Weil vier Augn sehn halt mehr als zwei. Und zu Ihnen hat die Sanna a Vertraun, des weiß i.«

Katharina überlegte. Zeit hätte sie. Tobias und Svenja wären den ganzen Tag unterwegs. Katharina hatte sich den freien Sonntag zwar anders vorgestellt, aber wenn Sanna Schweigart wirklich verschwunden war … Konnte sie Schafgott vertrauen? In jedem Fall würde sie nicht allein dorthin fahren.

»Also, ich …«

»Sie ham natürlich was anders vor am Sonntag, scho' klar. Entschuldigens, des war eine Schnapsidee…«

»Nein, das passt, heute Vormittag hätte ich Zeit. Es kann sein, dass ich noch eine Kollegin mitbringe, die mir bei Recherchen hilft. Ich denke, wir können zwischen 10 und elf Uhr da sein.«

»Mei, des is' ja der Wahnsinn, vielen Dank. Kommens da rauf und dann gehma zusammen zum Hütterl.«

»Eins noch, Herr Schafgott …«

»… den Weg erklär ich Ihnen jetzt.«

»Schicken Sie die Koordinaten einfach an die E-Mail-Adresse der Redaktion. Was ich noch sagen wollte: Wenn wir keine Spuren finden oder sich etwas Beunruhigendes abzeichnet zum Verbleib von Frau Schweigart, dann verständigen wir noch heute die Polizei.«

»Aber die Sanna hat mir immer gsagt ...«

»... dass Sie die Polizei rauslassen sollen, ich weiß. Nur stellen Sie sich mal vor, sie ist in Gefahr. Dann wäre sie sicher mit der Hilfe der Polizei einverstanden. Wenn wir Schweigart heute nicht finden, wird das unsere Möglichkeiten übersteigen.«

»Ja, i weiß scho'. I hoff' halt, dass sich alles aufklärt und nix passiert is'. Dann machma des so. Wenn wir heut' nix findn, dann ruf' ma die Polizei. Damit wir keine Zeit verliern, fahrns mit dem Auto bis zu mir rauf. Des is' eigentlich verbotn. Wenn's anghaltn werdn, dann sagens, dass Sie für mi' unterwegs san.«

»Alles klar, bis später.«

Katharina schaute auf die Uhr, 7.45 Uhr. Birgit war hoffentlich schon wach.

»Was gibt's?« Die Freundin klang müde und atemlos zugleich.

»Störe ich dich?«

»Ehrlich gesagt, ja, erkläre ich dir später.«

»Dann hast du vermutlich keine Zeit, nachher mit an den Geigelstein zu fahren?« Katharina berichtete Birgit von dem Gespräch mit Schafgott.

»Wo ist das genau?«

»Äh, er hat die Koordinaten geschickt. Ich habe dir die Mail schon weitergeleitet.«

»Alles klar, hier ist sie – im Chiemgau hinter Aschau, aha.«

»Heißt das, du kommst mit?«

»Ja, unter Umständen mit Laptop auf dem Schoß. Das erkläre ich dir auf der Fahrt. Holst du mich ab?«

»Zu Hause? Neun Uhr?«

»Bingo, bis gleich.«

Zufrieden legte Katharina auf. Sie hatte mindestens eine Dreiviertelstunde Zeit für das Frühstück mit ihrer Familie. Kaum hatte sie das Schlafzimmer verlassen, hörte sie Svenja rufen.

»Sie kommt, ich fang mit dem Rührei an.«

»Super, meine Süße, das sieht ja toll aus.« Katharina stand vor einem üppigst gedeckten Frühstückstisch. Von Müsli über Lachs mit Meerrettich, einer Wurst- und Käseplatte, garniert mit Avocado, bis zu Marmelade, Honig, frischen Semmeln und Brezn fehlte nichts. Sie küsste Svenja auf den Kopf, wofür sie ein fast schon wohlwollendes »hey, don't touch« erntete.

Ihrem Mann streichelte Katharina dankbar über die Wange, setzte sich und begann, Avocado auf ihre Vollkornsemmel zu schichten.

Birgit saß zu Hause an ihrem Schreibtisch, starrte auf den Laptop und wartete. Ihr Puls raste, nervös warf sie die Haare nach hinten. Die gläsernen Computerbildschirmchen an ihren Ohren schwangen hektisch hin und her. Obwohl es erst acht Uhr morgens war, schwitzte die Archivarin bereits. Durch das offene Fenster klang vom Nordfriedhof vielstimmiges Vogelzwitschern herein. Ein kühles Lüftchen war trotz der frühen Stunde Fehlanzeige. In München würde es ein knallheißer Tag werden. Da war Abkühlung auf dem Geigelstein genau das Richtige. Der Fall Schweigart hätte ihr sowieso keine Ruhe gelassen, Sonntag hin oder her. Und sie war mit Katharina zusammmen. Birgit rannte ins Schlafzimmer, riss den Volant-Rock herunter und zog schwarze Shorts aus dem Schrank. Im Vorbeigehen schnappte sie sich im Flur Sneakers derselben Farbe und trug beides vor den Laptop. Während sie sich umzog, ließ sie den Bildschirm nicht aus den Augen.

Angespannt düste sie zum Spiegel im Flur, um zu checken, ob das schwarze Trägertop passte – ging gar nicht, da schaute der Bauch raus. Sie hetzte zurück zum Laptop – es tat sich nichts – dann zurück ins Schlafzimmer. Dort entdeckte sie das schwarze Sport-Polo mit den lustigen Rüschen an den Ärmeln. Für lässige fünf Euro hatte sie es vor Kurzem in einem Secondhand-Portal ergattert – für die Berge passend. Fertig gestylt lief sie zurück zum Schreibtisch – genau im richtigen Moment.

Im Geiste schickte sie Dankessalven an »i_bin_da_checker2023«. Der hatte gestern Abend auf ihre Nachricht geantwortet. Der Checker war zwar nicht der Mann, den sie suchte. Bei seiner Angebeteten handelte es sich um eine erfolgreiche Sportlerin, »Goldmedaille und so«, hatte er offenherzig mitgeteilt. Er wollte von Birgit alias »soft_man« aber wissen, um wen es bei ihr ginge. Näherer Kontakt zu Politikerinnen sei riskant, zu viel Security. Im Sport und in der Filmbranche hänge es vom Bekanntheitsgrad ab.

Sie hatte zurückgeschrieben: »Berühmte Schauspielerin, Name tut nichts zur Sache.«

Die Antwort hatte Birgits Blutdruck augenblicklich in die Höhe geschraubt: »So'n Sanna-Schweigart-Freak war hier vor einiger Zeit aktiv. Falls du sie willst, Warnung! Auf Konkurrenz wird der nicht stehen, voll crazy, wurde hier ausgeschlossen und gesperrt 😐.«

»Schweigart? Nicht mein Fall. Würde den Freak gern kontakten wegen Tipps. Wie komm ich an ihn ran?« Birgit war überzeugt gewesen, dass der Chat an diesem Punkt enden würde, aber:

»Hab ihn getrackt. Ist mit verschiedenen Adressen unterwegs, scammt Accounts. Der Schweigart schreibt er als König-Ludwig-Double, komplett gaga. Hier eine E-Mail, die er oft benutzt: ruofüujegjue8t9t7t@potan.com. Take care!«

Birgit hatte sich artig bedankt. Dann war sie mit einem Freudenschrei aufgesprungen und hatte einen Karotten-Spinat-Smoothie aus dem Kühlschrank geholt. Am umweltfreundlichen Trinkhalm aus Glas saugend war sie sofort in die digitalen Tiefen von Potan eingetaucht. Der Onlineservice bot im Darknet verschlüsselte E-Mail-Adressen an. So richtig schwer machte er es Hackerinnen nicht. Nach einer halben Stunde hatte Birgit Zugriff auf das Konto von ruofüujegjue8t9t7t. Den aktuellen Aufenthaltsort des Besitzers könnte sie zurückverfolgen, wenn er mit dieser E-Mail-Adresse eine Transaktion durchführte. Deshalb hypnotisierte sie seit gestern Abend 22.07 Uhr den Laptop. Sie wusste nicht, wie viel Kaffee sie getrunken hatte. Essen war nach dem Smoothie tabu gewesen. Es machte müde. Die ganze Nacht hatte die Aufzeichnung eines Black-Sabbath-Konzerts durch die Wohnung gedröhnt. Birgit hasste Heavy Metal, aber so blieb sie wach.

Und jetzt, um 8.43 Uhr, tat sich endlich etwas. Sie hatte den Bildschirm gesplittet. Auf der einen Seite sah sie den Maileingang von ruofüujegjue8t9t7t@potan.com und konnte mitlesen, was dessen Besitzer schrieb. Auf der anderen Seite würde sie versuchen, die Adresse zu tracken.

»Kündigung« erschien in der Betreffzeile. Es folgte eine lange Bestellnummer. Falls der Unbekannte ein Abo beendete, musste sie sich beeilen. Die Mail wäre kurz. Sie konnte sie nur zurückverfolgen, solange der Typ online war. Aber sie hatte sich jeden einzelnen Schritt genau überlegt. Ihre

Finger flogen über die Tastatur, während ihr Zielobjekt eine Computerzeitschrift kündigte. Unter »mit freundlichen Grüßen« erschien noch mal die Nummer, kein Name. Der Bildschirm zeigte an, von wo die Mail verschickt worden war. Schon hatte sich der Absender wieder ausgeloggt.

Birgit starrte fassungslos auf die Ortsangabe. Es war 8.45 Uhr. In einer Viertelstunde würde Katharina sie abholen. Sie hätten einiges zu besprechen.

GLEICHE ZEIT, MÜNCHEN, HANSASTRASSE, KRIMINALPOLIZEI

»Ich weiß, dass Sonntag ist. Ja, das Smartphone wurde aus der Isar gefischt … Klar … Auch das verstehe ich.« Erninger winkte Hilgenbrand, der mit Bäckertüte und Kaffeebecher ausgestattet das Büro betrat. Augenrollend deutete der Kriminaloberkommissar auf das Telefon.

»Um es abzukürzen: Ich kann mir vorstellen, dass es nicht einfach ist, die Daten zu rekonstruieren. Aber wir haben den vierten Tag einen prominenten Toten, dessen Frau wir nicht verständigen können. Jeden Moment kann die Klatschpresse davon Wind bekommen. Das möchte ich vermeiden.«

Erninger hätte am liebsten losgebrüllt, das konnte Hilgenbrand deutlich sehen. Auch er kannte die langatmigen, mit Fachbegriffen gespickten Erläuterungen, mit denen ein Kollege der »Digital Unit« gern von seiner Schwerfälligkeit ablenkte. Ausgerechnet der hatte Wochenenddienst. Die schnarrende Stimme und den leiernden Tonfall hörte Marius bis zu seinem Platz, ohne dass Erninger den Lautsprecher angestellt hatte. Der Chef klopfte ungeduldig mit dem Kugelschreiber auf den Tisch.

»Das Handy hat im Wasser gelegen, ist mir wie gesagt bekannt.« Erninger atmete tief ein und aus, während es wieder aus der Leitung schnarrte. Der Kollege ließ sich nur ungern unterbrechen.

»Was Sie unternehmen müssen, um an die Daten ranzukommen, brauche ich im Detail nicht zu wissen. Machbar ist es, das haben Sie mit Ihrer großen Sachkompetenz doch schon oft bewiesen.« Erninger zwinkerte Hilgenbrand zu.

»Also, Kollege, bis wann? Besonders wichtig ist die Mobilnummer von Angerers Frau, ansonsten Login-Daten, die letzten Anrufe, Mailboxnachrichten, Chats.«

Das Schnarren hatte sich in Entenquaken verwandelt.

Erninger riss überrascht die Augen auf. »In einer Stunde? Sehr gut. Ich wusste, dass ich mich auf Sie verlassen kann. Danke, bis nachher.«

Das Gemurmel des Chefs klang eindeutig nach einem sehr unschönen Schimpfwort. Grinsend holte Hilgenbrand die Brezn aus der Tüte, die bisher unangetastet vor ihm gelegen hatte. »Sehr kluger Schachzug, dem Mann Honig ums Maul zu schmieren.«

»Danke.« Erninger nahm einen Schluck aus einer bauchigen Kaffeetasse mit Münchner-Kindl-Aufdruck. »Kalt. So lange hat der Armleuchter mich belabert.« Der Chef stand auf und schüttete die braune Flüssigkeit routiniert in den Blumentopf auf dem Fensterbrett. Der Bonsai-Ficus war vermutlich koffeinabhängig. Es ging ihm jedenfalls blendend, obwohl er nur selten mit Wasser benetzt wurde.

»Yazemin Arnsberger hat mich heute Morgen schon angerufen«, berichtete Marius kauend. »Ich hatte ihr gestern noch meine Mobilnummer gegeben. Sie wollte wissen, ob wir inzwischen die nötigen Beweise haben, um sie zu entlasten.«

»Und?«

»Von mir hat sie nichts erfahren.«

»Sehr gut.« Erninger nickte zufrieden. »Ich will zuerst die Informationen von Angerers Handy. Und bevor wir die Schweigart nicht erreicht haben, geben wir auch Frau Arnsberger keine Entwarnung. Wer weiß, was die in ihrer Erleichterung alles ausplaudert.«

»Gott sei Dank hat sie keinen Mord begangen.«

»Allerdings. Kein Genickbruch, keine Hinweise auf Gewaltanwendung, keine Vergiftung, einfach ein schnöder Herzinfarkt«, fasste Erninger die Ergebnisse der Obduktion zusammen. »Aber immerhin war wohl ein Orgasmus das letzte irdische Erlebnis des Herrn Angerer. Es gibt schlechtere Arten zu sterben.«

Hilgenbrand nickte. »Arnsbergers Kolleginnen vermuten irgendwas. Die rufen wohl ständig bei ihr an. Sie geht aber weiterhin nicht dran und hat sich für eine Woche krankschreiben lassen. Von der Presse ist sie bisher verschont geblieben. Riebelgeber und Konsorten scheinen tatsächlich noch keine Lunte zu riechen. Stellen Sie sich mal vor, die wüssten, dass die Fingerabdrücke an Angerers Körper und auch an seinem besten Stück ausschließlich von Yazemin Arnsberger stammen.«

»Oliver Arends und diese Frau Langenfels von ›Fakten‹ waren offenbar sehr erfolgreich.« Erninger deutete auf die vor ihm liegende aktuelle »Abendausgabe«: »›Sprechen Ratten Spanisch?‹ – sehr einfallsreiche Schlagzeile. Wenn die nichts anderes zu vermelden haben, als dass im Keller einer spanischen Buchhandlung eine Ratte gesichtet wurde und den Putzmann verschreckt hat, dann ist die Welt doch in Ordnung.« Amüsiert warf der Beamte das Blatt auf den Tisch.

Marius knüllte die leere Brezntüte zusammen, zielte auf den Mülleimer neben Erningers Tisch und traf.

»Sauber, Marius.« Da klingelte sein Telefon. »Digital Unit«, zeigte das Display an. »Top, das ging schneller als gedacht«, begrüßte Erninger den Kollegen und lauschte dem Schnarren. »Verstehe. Es wäre gut gewesen, wenn Sie uns das gestern schon mitgeteilt hätten.«

Marius hörte eine leichte Schärfe im Ton des Chefs. »Können Sie uns dazu jetzt schon etwas sagen? ... Alles klar, dann in drei Stunden.« Erninger legte auf und strich sich fahrig über den Stoppelkopf. »Demnächst kriegen wir Schweigarts Mobilnummer. Der Kollege sitzt seit gestern Abend dran, sie über Angerers Smartphone herauszufinden. Die Dame hat vermutlich ein Kryptohandy. Deshalb ist es nicht ganz trivial, das weiß ich von einem früheren Fall. Uns über seine Bemühungen bereits gestern in Kenntnis zu setzen, hielt der Kollege für unnötig.«

Hilgenbrand schmunzelte: »Cool bleiben, Chef, wir sind auf der Zielgeraden.«

SONNTAGVORMITTAG,
A 8 MÜNCHEN-SALZBURG

»Ich fahre raus. Dann überlegen wir, wie wir vorgehen.«
Erst als die Raststätte Samerberg schon in Sicht war, wechselte Katharina auf den rechten Fahrstreifen und steuerte
zügig auf den Parkplatz zu.

In den letzten Minuten war es ungewöhnlich still im
Auto gewesen. Birgit ließ den Laptop auf ihrem Schoß nicht
aus den Augen. Gleich nach dem Einsteigen hatte sie aufgeregt von ihren digitalen Recherchen berichtet. Katharina
hatte staunend zugehört und nur bei der Schilderung des
Stalker-Chatraums kurz nachgehakt: »Du warst aber nicht
im Darknet, oder?«

Birgit war elegant darüber hinweg gegangen. »Ein paar
Minuten, nachdem du angerufen hast, hat der Typ das
Mail-Programm geöffnet. Er hat eine Zeitschrift abbestellt.
Durch diese Aktivität konnte ich ihn tracken.« Die kleinen
Glasbildschirme an Birgits Ohren hatten aufgeregt hin und
her gewippt.

»Die Mail wurde im Raum Rosenheim abgesendet.
Genauer kann ich es noch nicht eingrenzen.«

Katharina war es eiskalt geworden. »Sie könnte auch
vom Geigelstein gekommen sein?«

»Könnte, ja.«

»Was für ein Segen, dass du das herausgefunden hast,
bevor wir Schafgott treffen. Du bist die Beste.«

Seitdem saßen sie schweigend nebeneinander.

»Ich fasse es nicht«, rief die Hackerin in dem Moment, als Katharina zur Raststätte abbog. Birgit tippte hoch konzentriert weiter.

Katharina parkte und schaute auf den Bildschirm. »Ist es das, was ich denke?«

»Da bestätigt jemand Flüge. Für heute Abend 21.30 Uhr, ab München.«

»Nach Manila?«

»Yepp.«

»Auf Gerda und August Wanninger?«

»Yepp. Wanningers auf den Philippinen, klingt wie eine schlechte Doku-Soap.«

Birgit machte einen Screenshot. Sie war vollkommen fokussiert, selbst die kleinen Bildschirme an ihren Ohren hielten still. »Was ist Knurrhahn für eine Rasse?«

»Ein Border Collie.«

»Bingo.« Die Hackerin deutete auf den Bildschirm und las: »Hundekabine Frachtraum, Border Collie, 18 Kilogramm.« Sie scrollte nach unten. »Hier sind die Kreditkartendaten. Die Karte läuft auf ...«

»... Herbert Schafgott«, wisperte Katharina, als könnte der Almwirt sie sonst hören. »Wir sparen uns den Rasthof und fahren direkt weiter. Ich habe eine Idee, erzähl ich dir unterwegs.«

Birgit nickte und hypnotisierte weiter den Bildschirm.

Bevor Katharina startete, rief sie Olivers Nummer in der Freisprecheinrichtung auf. Als er ranging, waren sie bereits auf der Autobahn.

»Katharina mobil sonntags um zehn Uhr. Was will mir das sagen?« Oliver klang ausgesprochen aufgeräumt.

»Guten Morgen, mein Lieber. Birgit und ich sind auf dem Weg zum Geigelstein. Darüber will ich dich als reine

Vorsichtsmaßnahme informieren. Wir melden uns ab sofort jede Stunde bei dir mit einer kurzen Chatnachricht. Solltest du länger als eine Stunde nichts hören, verständigst du bitte die Kripo in Rosenheim, wenn du sie erreichst, direkt Nina Obermann. Ihre Handynummer schickt Birgit dir gleich. Obermann kennt mich von der Adelhofer-Sache. Sag, dass wir zu einer Alm auf dem Geigelstein wollten, um mit dem Wirt zu sprechen, Herbert Schafgott heißt der. Er ist ein Freund von Sanna Schweigart und befürchtet, dass ihr etwas zugestoßen ist. Er hat mich um Hilfe gebeten. Unter Umständen hängt er aber selbst mit drin. Wir schicken dir gleich die Koordinaten der Alm.«

»Katharina, was treibt ihr? Das klingt nicht gut. Wenn es um eine Straftat geht, müsst ihr die Polizei einschalten, und zwar jetzt.«

»Ich weiß. Bisher ist alles noch sehr unklar. Sobald es Anhaltspunkte für eine Straftat gibt, verständigen wir dich. Mach dir keine Sorgen. Wir melden uns jede Stunde, versprochen.«

Nachdem Katharina aufgelegt hatte, stand Oliver unruhig auf und schaute runter auf die Ainmillerstraße. Diesen traumhaften Sonntag hatte er sich anders vorgestellt. Er war leger gekleidet kurz von seiner Wohnung runter ins Büro gelaufen und hatte die Unterlagen seines Dauerklienten René geholt. Bei einem kühlen Bier im Englischen Garten hatte er eine Strategie vorbereiten wollen.

Seit gestern schwebte er auf Wolke sieben. Steffi hatte sich am Samstagvormittag seines verspannten Piriformis' angenommen. Die Schmerzen waren so gut wie weg. Vielleicht lag das auch daran, dass er sich komplett entspannte, wenn er nur an die Physiotherapeutin dachte: ihr schwingender dunkelblonder Pferdeschwanz, wenn sie sich über ihn beugte, um den vorderen Oberschenkel zu behandeln. Ihr Leuchten in den Augen, wenn sie lächelte. Und sie lächelte viel, wenn er bei ihr war. Das süße Stupsnäschen, die elegant geschwungenen Lippen, die er am liebsten sofort geküsst hätte – die ganze Steffi ließ sein Herz höherschlagen. Oliver würde die Therapeutin während der Behandlung am liebsten permanent anstarren. Die Piriformisbehandlung erforderte allerdings vorwiegend die Bauchlage. In dieser Position konnte Oliver zumindest Steffis angenehme Stimme hören, weiblich, aber nicht schrill. Sie sprach mit leicht bayerischen Anklängen, beispielsweise dem rollenden »r«, das Oliver so liebte.

»Jetzt drehns sich wieder rum«, klang wie Musik in seinen Ohren. Allein davon lösten sich Verspannungen.

Für den Samstagstermin hatte er sich vorgenommen, Steffi zu einer spanischen Rotweinverkostung in der Maxvorstadt einzuladen. Sie würde eine Woche später stattfinden, das war eine gute Zeitspanne. Es sollte nicht wie ein Überfall wirken. Normalerweise hätte Oliver über solch einen Vorstoß wochenlang nachgedacht, genaueste Formulierungen einstudiert und die Idee dann als vollkommen absurd abgetan. Die Ängste in Bezug auf seinen Erfolg bei Frauen hatten sich als sehr hartnäckig herausgestellt. Zum Glück war er Freitagabend auf die Idee gekommen, Focusing zu praktizieren. Er hatte sich die Situation vorgestellt, wie er Steffi einlud. Dann beobachtete er, wie sein Körper darauf reagierte. Angenehme Wärme hatte sich ausgebreitet. Das Bild eines wohltuenden roten Öls, das durch den Körper floss, tauchte vor seinem inneren Auge auf. Die Botschaft war für ihn vollkommen klar gewesen: Frag sie.

Am Ende der gestrigen Behandlung hatte er sich also angezogen und es einfach getan.

»Ja, sehr gern«, hatte sie wie selbstverständlich geantwortet und ihm wieder ihr entzückendes Lächeln geschenkt.

Er würde sie zu Hause abholen – sie wohnte nicht weit von ihm in der Franz-Joseph-Straße.

Auf dem Heimweg hatte er das Strahlen gar nicht mehr aus dem Gesicht bekommen. Das Stimmungshoch hatte ihn seitdem nicht mehr verlassen.

Und jetzt stand er hier mit feuchten Händen. Sein Brustkorb fühlte sich ganz eng an vor Nervosität. Er atmete ein paarmal tief durch. Dann setzte er sich und stellte sich Birgit und Katharina vor, wie sie dem Almwirt gegenübersaßen. Sie wären an einem öffentlichen Ort. Sie würden sich jede Stunde melden. Falls er nichts hörte, würde er sofort die Rosenheimer Kripo kontaktieren und selbst mit dem Auto in den Chiemgau düsen.

Den Englischen Garten strich er. Von zu Hause konnte er im Notfall schneller in den Chiemgau aufbrechen.

Um sich abzulenken, öffnete er Renés Akte. Der gegnerische Anwalt wollte einen Vergleich erzielen. Allerdings hatte dessen Mandant bereits achtmal im R8 die Zeche geprellt, immerhin stolze 1.467 Euro. Die Drinks dort hatten ihren Preis. Renés Aufgabe als Türsteher war es daher seit einiger Zeit, das Hausverbot gegen den bekannten Regisseur durchzusetzen. Beim letzten Mal war der Mann gewalttätig geworden, was Handyfilmchen diverser Gäste belegten. Er hatte den kräftigen René so gestoßen, dass der nach hinten gefallen war und sich eine Gehirnerschütterung zugezogen hatte. An einen Vergleich war also nicht zu denken, eher an ein sattes Schmerzensgeld für René. Das würde er dem Kollegen morgen deutlich machen. Oliver schlug die Akte wieder zu und schaute auf die Uhr. Noch eine halbe Stunde, dann mussten sich Birgit oder Katharina gemeldet haben. Und wenn nicht … Die Katastrophengedanken kamen, sein Herz begann zu rasen. Alles wird gut, versuchte er sich zu beruhigen. So richtig gelingen wollte es ihm nicht.

»Schafgott hat eine Mail geschickt.« Katharina deutete auf ihr Smartphone in der Halterung am Armaturenbrett.

»Am besten treffen wir uns gleich beim Hütterl. Das ist am unauffälligsten. Anbei die Wegbeschreibung, ein Stück müssen Sie laufen. Bis gleich H. Schafgott«, las Birgit vor und öffnete den Anhang.

»Diese Hütte liegt irgendwo im Nirgendwo.« Birgit rief einen Routenplaner auf. »Vom Wanderweg aus Sachrang müssen wir nach einiger Zeit links abbiegen, dann geht's tief in den Wald.«

»Da treffen wir uns auf keinen Fall. Schreib ihm, dass wir uns nicht verlaufen wollen und deshalb auf die Alm hochkommen.«

Birgit nickte, tippte und drückte auf »Senden«.

Eine halbe Stunde später parkten die beiden neben einer prachtvollen bayerischen Almhütte. Geranien leuchteten in sattem Rot aus den Balkonkästen im ersten Stock. Die langen Holztische vor dem Haus waren bereits gut besetzt. Die frühen Wanderer saßen auf blau-weiß gepolsterten Bierbänken und verspeisten am Sonntag um elf schon Schnitzel, Leberkäs' und andere Köstlichkeiten. Auch Tischdecken und Servietten waren im bayerischen Design gehalten. Als Katharina und Birgit die Hütte betraten, mussten sie einer resoluten Kellnerin im Dirndl ausweichen, die ein Tablett mit Brotzeittellern, Leberknödelsuppen und Brezn nach draußen balancierte. Die Gaststube war leer. Nur ein Mann in den Fünfzigern mit Lederhose und blau-weiß kariertem Hemd stand hinter der Theke und zapfte Bier. Das wettergegerbte, braun gebrannte Gesicht passte zu einem bayerischen Almwirt. Unter einer dunkelblauen Baseballkappe lugten graue Haare heraus. Der Wirt sah aus wie der ältere Bruder des Bergdoktors, konstatierte Katharina. Sie trat an den Tresen. »Herr Schafgott?«

Der Mann blickte auf, lächelte, stellte das Bier auf ein Tablett zu diversen anderen Getränken und rief in den Raum hinter dem Tresen: »Rafiq, kimmst bitte, i müsst weg.« Dann wischte er sich die Hände an einer Servierschürze ab und reichte Katharina und Birgit die Hand. »Servus, Frau Langenfels, Frau Wachtelmaier, oder?«

Die beiden nickten.

»Kommens, gehma.« Schafgott zeigte Richtung Ausgang.

»Moment, wir hätten vorher noch ein paar Fragen.« Katharina setzte sich. Birgit nahm neben ihr Platz, den Laptop stellte sie vor sich auf den abgegriffenen Holztisch.

Ungehalten raunzte der Wirt: »Dann bitt' schön im Nebenzimmer. I will ned, dass wer was mitkriagd.«

»Wir sprechen leise, keine Sorge.«

Der Mann runzelte die Stirn und setzte sich den Frauen gegenüber. »Uns lauft die Zeit davon, wir wissn doch ned, was los is'…«

»Erzählen Sie doch noch mal. Wann haben Sie die Frau das letzte Mal gesehen?« Katharina fixierte den Almwirt.

Birgit schrieb eine kurze Nachricht an Oliver: »Alles gut, sitzen in der Gaststube, sind nicht mit Sch. allein.«

Nach einem Blick zu Rafiq, der in seine Arbeit vertieft war, antwortete Schafgott leise: »Des hab i doch alles scho' am Telefon gsagt. Am Mittwochabend bin i bei ihr im Hütterl gwesn. Am Freitag hab i aus Salzburg mit ihr telefoniert und gestern hab i den Zettl im Hütterl gfundn. Des mit der Patentante is' mir glei' komisch vorkommen. Und in der Villa in Prien wars gestern nicht. So, wies mir gschriebn hat, hätts da aber letzte Nacht noch sei müssn. Können wir jetzt bitte los? I mach mir wirklich Sorgn.«

Die Bedienung kam schnellen Schrittes herein, registrierte überrascht ihren am Tisch sitzenden Chef und brüllte ungerührt die nächsten Essensbestellungen in die Küche. Dann wuchtete sie das Getränketablett hoch und verschwand wieder nach draußen.

»Sind Sie eigentlich mit der Alm auf Instagram, Herr Schafgott?« Birgit deutete auf den gemütlichen Gastraum und die Terrasse. »Das wäre doch eine gute Werbemöglichkeit, oder?«

Der Wirt konnte die Wut kaum noch verbergen. Seine Wangen hatten sich gerötet, er rieb mit den Händen über die Lederhose und schüttelte ungehalten den Kopf. »Na, bin i ned. Werbung brauch i ned, schauts doch amal raus. Des wird heut' am Sonntag noch viel voller. Aber nochamal: I will jetzt gehn. Deswegn hab i doch angrufn. Wenns mir nicht helfn wollts, guad, aber dann lassts mir bitt' schön mei' Ruh'. I muaß was unternehmen, um die S...«, Schafgott schaute wieder hektisch zu Rafiq, der eifrig Getränkekisten hinter den Tresen schleppte, »... um sie zu findn.«

»Meine Kollegin hat Sie aus einem bestimmten Grund nach Instagram gefragt. Die betreffende Frau bekommt von einem Unbekannten zu allen möglichen Tages- und Nachtzeiten zudringliche Nachrichten über diese Plattform. Gesendet werden sie hier aus der Gegend. Wissen Sie etwas darüber?« Katharina fixierte Schafgott. Dass ihre

Infos sich unkonkret auf den Raum Rosenheim bezogen, musste er nicht wissen.

Birgit saß mucksmäuschenstill da und schaute zwischen ihrem Laptop und Schafgott hin und her.

Der Wirt starrte seine Gäste ungläubig an: »Von da heroben?«

Katharina nickte selbstbewusst. Schafgott durfte ihr nicht ansehen, dass sie log.

»Des gibt's doch ned. Da bin doch bloß i rund um die Uhr da. Alle andern kommen morgens hoch und fahrn abends wieder runter.«

Die beiden Frauen schwiegen.

»Ihr glaubts, dass i des bin? Ja seids denn ihr narrisch? Die S…, also ihr wissts scho', die is' mei Freundin seit der Grundschul'. Ihr glaubts doch ned wirklich, dass i … Also wirklich. Gehts jetzt bitte, i werds scho' findn.« Schafgott stand wütend auf, setzte sich aber gleich noch mal und zischte leise: »Habts denn irgendwelche Beweise? Ihr könnts doch ned einfach so einen Schmarrn behauptn. Des würd i scho' gern genauer wissn.«

»Schauen Sie mal hier.« Birgit drehte den Laptop zu dem Wirt. »Vorhin wurden von der betreffenden Adresse drei Flüge nach Manila bestätigt, für heute Abend, bezahlt mit Ihrer Kreditkarte.«

Schafgott starrte fassungslos auf den Bildschirm. »I glaub, i spinn, was is' denn des?«

»Haben Sie diese Flüge gebucht?«, hakte Birgit freundlich nach.

»Natürlich ned. I hab absolut keine Ahnung, Manila, so ein Schmarrn.« Schafgott wischte sich verzweifelt über das Gesicht. »Mei' Kreditkartn is' da hintn in a Schubladn. Die is' abgsperrt, da komm bloß i dran und der Leopold.«

»Wer ist Leopold?« Katharina und Birgit tauschten einen schnellen Blick.

»Mein Sohn, der is' den Sommer da herobn, wohnt in der alten Scheun' da drübn.« Schafgott zeigte nach draußen, wo hinter ein paar Bäumen ein Stück Dach zu sehen war. »Die hab i vor a paar Jahr' umbaut. Er hat seinen Job kündigt und gfragt, ob er für a Zeit da obn wohnen kann. I hab dacht, dass er a Pausn braucht, weil ihn der Computer-Job so gstresst hat. Hab mi gfreut, hab ghofft, dass wir uns besser verstehn. Sei' Mutter is' ja scho' lang tot und wir zwei ham kein so guads Verhältnis. Er kann nix damit anfangen, dass i die Almwirtschaft mach. Des hat sich auch ned geändert, wie er dann da hoch kommen is'. I hab ihn kaum gsehn, darf ned nei zu ihm. I woaß ned, was er den ganzn Tag macht. Er will sei' Ruh'. S Essn kriegd er von der Alm, sonst will er nix von mir wissn. I bin fast froh, wenn er wieda weg is'. Er hat mir gsagt, dass er übermorgn wieder fahrt, dass er einen neuen Job in München hat.« Schafgott zog die Baseballkappe vom Kopf und klopfte damit gedankenverloren auf den Tisch.

»Wollen Sie mal nachschauen, ob die Karte noch da ist?«, schlug Katharina vor.

Der Wirt nickte und wartete, bis die Bedienung mit einem Tablett voll Schweinshaxn und Tafelspitz die Gaststube verlassen hatte. Rafiq räumte pfeifend die Spülmaschine aus. Schafgott winkte die beiden Frauen in den Raum hinter dem Ausschank, ging zu einem alten Buffet und holte aus einer Kaffeetasse, die ganz hinten auf einem Bord stand, einen Schlüssel. Damit sperrte er eine der Schubladen auf. Unsortiert lagen da Dokumente, ganz oben eine Kreditkarte.

»I leg die immer ganz nach untn zwecks der Sicherheit. Dem Leopold hab i an Schlüssl gebn und gsagt, dass er die Kartn benutzn darf, i wollt halt a guada Vater sein.«

»Ist Ihr Sohn denn ein Fan von Sanna Schweigart?«

»Des kann i mir ned vorstelln. Er hat sie fast nie gsehn, vielleicht amal, als er klein war. Aber jetzt in die letzte Jahr' ham er und i ganz wenig Kontakt ghabt. Drum hat's mi ja so gfreut, dass er in die Scheun' ziehn wollt übern Sommer. Und dass die Sanna im Hütterl is', des hab i niemand erzählt, dem Leopold auch ned.«

»Wenn er Sie nicht reinlässt, können wir wahrscheinlich auch keinen Blick in die Scheune werfen?« Birgit blickte aufgeregt in die Runde.

»Grad kurz bevor ihr kommen seids, hab i ihn troffn. Er hat an Rucksack tragn und Wanderschuh anghabt und gsagt, er macht a Tour für zwei Tag'. I soll mir keine Sorgn machen. I hab mi' no gwundert. Der hat den ganzn Sommer ned amal einen Spaziergang gmacht. Und jetzt glei' a Tour für zwei Tag. Aber es hat mi gfrait, dass er nausgeht.« Er schwieg nachdenklich. »Lassts mich erstamal allein hin. Des is' ned richtig, wenn i zwei fremde Leut' in sei' Wohnung lass.«

Katharina und Birgit reagierten nicht.

Schafgott verstand. »Glaubts, dass i euch abhau? O meiomeiomei. Ihr denkts immer no', dass i mit dem ganzen Schmarrn was zum Tun hab. Dann kommts mit. Aber i geh als Erstes rein.«

Katharina nickte und lief hinter Schafgott her.

Birgit wisperte: »Ich schreib schnell noch Oliver.«

Ein paar Minuten später hatte Schafgott mit einem Ersatzschlüssel die Tür zur ehemaligen Scheune geöffnet und war eingetreten. »Könnts kommen. Schaut alles guad aus.«

Birgit und Katharina blickten sich gespannt in dem kleinen Raum um. Er war spartanisch eingerichtet, alles wirkte sehr sauber und aufgeräumt. Computer oder Laptop waren nirgends zu sehen.

»Da oben is' des Schlafzimmer.«

Hintereinander stiegen die drei eine steile Holztreppe hoch und landeten vor einem ordentlich gemachten Doppelbett. Keine Kleidung lag herum. Überhaupt deutete nichts darauf hin, dass hier bis vor Kurzem jemand gewohnt hatte. Katharina und Birgit folgten dem Wirt wieder nach unten.

»Da is' des Klo und a Waschgelegenheit.« Schafgott öffnete die Holztür zu einem kleinen Verschlag mit Toilette und Waschbecken. Beides war blitzblank sauber.

»Daneben gibt's a Vorratskammer. Aber Vorräte braucht der Leopold ned. Der kriegd ja s Essn von der Alm.« Herbert trat an den zweiten Verschlag, schob den Metallriegel, der als Schloss diente, zur Seite und öffnete die Tür.

In dem engen Raum stand ein schmales Bettgestell mit einer Matratze. Die Decke darauf war ebenfalls ordentlich zusammengelegt. Ansonsten war der Raum leer.

»Was is' denn des? Ja für was hat denn der ...« Schafgott setzte sich verwirrt auf das Bett.

»Sie haben das hier also nicht reingestellt?« Birgit schaute fragend zu dem Wirt.

»Natürlich ned. Des is' a altes Gstell, des i immer vergess zum Sperrmüll zu bringa. Drübn im Keller hab i des verräumt ghabt scho' ewig. Was soll denn des da? I glaubs ja nicht. Des muss der irgendwann nachts da her bracht habn. Sonst hätt' i des doch mitkriagt.« Schafgott fuhr sich hektisch mit den Händen über die Lederhose, als könnte er das Bett dadurch zum Verschwinden bringen.

Katharina ging durch den Raum und schnupperte. Dann bückte sie sich und kroch auf allen vieren über den Steinboden. In einer Ecke klaubte sie mit Daumen und Zeigefinger etwas auf.

»Hier riecht es nach Hund. Und das sind dessen Haare.«

Sie hielt Birgit und Schafgott ein kleines weißliches Fellbüschel entgegen, in dem sich längere schwarze und weiße Haare befanden.

»Knurrhahn«, flüsterte Schafgott und nahm Katharina das Knäuel aus der Hand. »Des gibt's doch alles ned.« Verstört streichelte der Almwirt über das Andenken, das Sannas Border Collie hier offenbar hinterlassen hatte.

SPÄTER SONNTAGVORMITTAG, MÜNCHEN, HANSASTRASSE, KRIMINALPOLIZEI

»Alles klar, ich höre.« Erninger schrieb mit, was ihm der Kollege von der »Digital Unit« diktierte. »Und wann ...«

Er wurde unterbrochen. Hilgenbrand vernahm wieder das nervige Schnarren, noch aufgeregter diesmal.

»Lassen Sie mich bitte ausreden.« Erningers Stimme hatte jetzt eine beängstigende Schärfe. »Wann bekommen Sie die Info, wo Schweigarts Mobiltelefon zuletzt eingeloggt war? ... Wie bitte? Sie haben noch gar nicht angerufen? ... Doch, das können Sie auch am Sonntag. Die sind 24 Stunden erreichbar. Bis gleich.« Erninger warf das Telefon auf den Tisch und nahm einen großen Schluck Kaffee. Er schaute aus dem Fenster, atmete tief durch und hielt Hilgenbrand einen Zettel hin: »Wir haben die Nummer von Schweigart.«

»Mal testen.« Marius tippte die Nummer ein und drückte auf Lautsprecher.

Die übliche nervtötende Computerstimme informierte, dass »the number temporarily not available« sei.

Dafür klingelte Erningers Telefon. »Das hat gewirkt«, konstatierte der Kriminaloberkommissar nach einem Blick auf das Display. Er hob ab, schrieb nickend auf seinen Notizblock und grinste zufrieden. »Danke. Jetzt schicken Sie uns noch Schweigarts Nachrichten von Angerers Mailbox als

Audiodatei. Ich will das selbst hören ... Was das heißen soll? ... Jetzt heißt jetzt. Umgehend. In den nächsten zwei Minuten.« Erninger verabschiedete sich eisig von dem Kollegen und berichtete Hilgenbrand. »Gestern Nachmittag hat Sanna Schweigart ihrem Mann auf die Mailbox gesprochen, sie habe irgendeine New-York-Geschichte erfunden, damit ein gewisser Herbert sie nicht sucht. Angerer soll sie übermorgen, also morgen, aus Prien abholen. Da sieht man mal wieder, was diese Geräte alles aushalten. Angerers Smartphone hatte während oder in jedem Fall vor diesem Anruf ja länger im Wasser gelegen und trotzdem hat die Mailbox 1a funktioniert.« Erninger klopfte mit dem Kuli auf seinen Notizblock. »Aber jetzt kommt's: Schweigarts Handy war gestern Abend an einem Funkmast am Geigelstein eingeloggt. Im Moment ist es nicht zu orten.«

»Sie ist im Chiemgau untergetaucht?« Hilgenbrand riss erstaunt die Augen auf. »Wenn das die ›Abendausgabe‹ erfährt ...«

»Das darf sie nicht und das wird sie auch nicht. Dem engagierten Herrn Kriminaltechniker werde ich schriftlich mitteilen, dass diese Info absolut vertraulich bleiben muss.«

»Ob Frau Schweigart sich nicht wundert, dass sie von ihrem Mann gar nichts hört? Spätestens morgen wäre es ihr dann wohl aufgefallen, wenn er sie nicht abholt«, sinnierte Hilgenbrand. Er war aufgestanden und suchte auf der Bayernkarte an der Wand den Geigelstein.

»Sie wird Kummer gewohnt sein. Oh, jetzt spurt der Kollege, so ist es recht. Hier sind die Audio-Dateien und eine Liste mit den Telefonaten, die Schweigart zuletzt geführt hat.« Hilgenbrand trat hinter Erninger und schaute auf dessen Bildschirm.

»Tatsächlich hat Schweigart am Morgen nach seinem Tod Angerer angerufen und mit jemandem gesprochen, bestimmt mit der vermeintlichen Handyreparatur, also mit Yazemin.«

»Ja, und hier, schau: diverse Gespräche mit immer derselben Mobilnummer, die meistens am Geigelstein geortet wurde und einmal in Salzburg. Schweigart selbst hat immer vom Geigelstein aus telefoniert.« Hilgenbrand startete die Audiodatei »Schweigart Anruf Angerer« mit dem Datum vom Vortag.

Die beiden Polizisten hörten eine entspannte weibliche Stimme, die ihren Mann bat, sie in Prien abzuholen.

»Arme Frau.« Erningers Stimme war voll Mitgefühl. »Ich rufe in Rosenheim an. Die müssen da hin.«

GLEICHE ZEIT, ENTTARNTES REFUGIUM AM GEIGELSTEIN

Katharina beobachtete Schafgott. Der saß immer noch in dem Verschlag, der vermutlich bis vor Kurzem Sanna Schweigarts Gefängnis gewesen war. Er wirkte ernsthaft bestürzt, schien mit der Sache tatsächlich nichts zu tun zu haben. Ob sie es wagen sollte, ihn ins Vertrauen zu ziehen? Mit Birgit konnte sie sich nicht beraten. Sie wollte Schafgott lieber nicht allein lassen. Und ihnen blieb nicht viel Zeit. Um 21.30 Uhr startete der Flug auf die Philippinen.

»Wohin könnte Ihr Sohn gegangen sein? Oder, falls er tatsächlich Frau Schweigart und den Hund in seiner Gewalt hat, wohin könnte er sie gebracht haben?«

Der Mann schien ernsthaft nachzudenken. »Die Kamera«, murmelte er vor sich hin, »der hat die Kamera gfundn.«

»Was für eine …«, hakte Birgit nach.

Jetzt sprudelte es aus Schafgott heraus: »I hab a Smartphone am Hütterl installiert, weil die Sanna gmeint hat, dass da nachts jemand rumschleicht. Sie hat immer wieder Geräusche ghört. Über a App kann i die Bilder abrufn. Gestern Abend, wie i die Nachricht gfundn hab, is' mir des schon komisch vorkommen, hab i Ihnen ja gsagt. Dann hab i in der App gsehn, dass am Mittag für fünf Minuten alles dunkel gwesn is', da is' nix aufzeichnet wordn. I hab mir die Linse genauer angschaut und Reste von am Klebeband gfundn. Damit hat der gestern die Linse abklebt. Schauns.« Er scrollte zu der betreffenden Stelle.

Katharina beugte sich darüber. »Tatsächlich.«

Birgit trat hinter Schafgott. So konnte er nicht den gehobenen Daumen sehen, mit dem sie ihrer Freundin signalisierte, dass der Mann vertrauenswürdig war. »Checken Sie doch mal, was sich heute am Hütterl getan hat«, schlug Birgit vor.

Der Almwirt scrollte durch die Bilder. »Wahnsinn. Bis grad eben war alles schwarz, scho' seit heut' Nacht um zwei. Jetzt kann ma wieda was sehn.« Er zeigte auf den Bildschirm.

»Das deutet darauf hin, dass Ihr Sohn Frau Schweigart und den Hund heute Nacht zurück ins Hütterl gebracht hat. Und vorhin hat er sich auf den Weg zu den beiden gemacht.« Birgit setzte sich neben den Almwirt auf das Bett und faltete ihre Hände im Schoß. Der Mann sollte nicht sehen, dass sie zitterte. Ihr war kotzübel bei der Vorstellung, was die Schauspielerin in diesem Kabuff durchgemacht hatte und in diesem Moment wo auch immer weiter durchmachte.

»Nachdem die Kamera wieder Bilder zeigt, können wir davon ausgehen, dass die drei nicht mehr in der Hütte sind.« Katharina zog ihr Smartphone aus der Hosentasche. »Herr Schafgott, wir rufen jetzt die Polizei an. Ihr Sohn will offenbar heute Abend mit Frau Schweigart und Knurrhahn auf die Philippinen fliegen.«

»Ja, des machma. Der Leopold ... Des gibt's doch alles ned. Wenn der Sanna was passiert, des verzeih i mir mei ganzes Lebn lang ned. I hab ihr versprochn, dass i auf sie aufpass da heroben. Und jetzt is' kidnappt von meinem eigenen Sohn. Des derf ned sei', des derf einfach ned sei'.« Schafgott stützte den Kopf in seine Hände und starrte vor sich hin.

»Hallo, Frau Obermann, hier spricht Katharina Langenfels, die Redaktionsleiterin von ›Fakten‹. Erinnern Sie sich noch an mich?« Sie drückte auf Lautsprecher, und schon erfüllte donnerndes Lachen den Verschlag. Ihr Markenzeichen hatte die Kriminaloberkommissarin aus Rosenheim beibehalten, stellte Katharina fest. Das Lachen hatte schon damals gutgetan, als sie Obermann mitten in der Nacht um Hilfe gebeten hatte. Adelhofers Komplizin war damals auf der Flucht gewesen und niemand wusste, wie gefährlich sie war. Katharina hatte auch Angst um Svenja gehabt.

Obermann hatte sofort Unterstützung losgeschickt. Nötig war sie glücklicherweise nicht gewesen.

»Ja, die Frau Langenfels, logisch erinner ich mich an Sie. Der Fall Adelhofer, beautiful Robert, es war mir ein Vergnügen damals, Sie kennenzulernen. Was verschafft mir die Ehre am heiligen Sonntag?«

Katharina berichtete, die Polizistin hörte konzentriert zu. Dann ging es ganz schnell.

»Wir schickn sofort Kollegen zum Geigelstein und verständign alle Reviere auf dem Weg zur Autobahn und die Autobahnpolizei. Ich geb auch den Münchnern und der Polizei am Flughafen Bescheid. Ist der Mann mit einem Auto unterwegs?«

Katharina schaute zu Schafgott, der nur ratlos mit den Achseln zuckte.

»Sei' Auto steht draußn, keine Ahnung, wie die weida kommen.«

»Ich hab's gehört, alles klar«, kam es sofort von Nina Obermann.

»Die Flüge sind gebucht auf Gerda und August Wanninger. Vielleicht hat er unter den Namen ein Auto gemietet«, rief Birgit. Ihre Anspannung ließ augenblicklich nach, als sie sich nützlich machen konnte. »Ich biete an …«

Katharina machte ein deutliches Zeichen, dass Birgit nicht weiterreden sollte. Die verstand. Es war tatsächlich klüger, der Polizei nicht kundzutun, mit welcher Leichtigkeit sie sich in die Kundendateien sämtlicher deutscher Autovermietungen hacken konnte.

»Was Sie noch wissen müssen, Frau Obermann. Schweigarts Mann ist nach ihrem Abtauchen unter seltsamen Umständen verstorben. Ihre Kollegen in München sind dran. Bisher konnte Schweigart nicht verständigt werden, weil außer ihrem Mann niemand ihre Geheimnummer kannte. Von Herrn Schafgotts Existenz weiß ich erst seit heute Morgen.« Katharina lächelte den Almwirt aufmunternd an, der wie ein Häufchen Elend auf dem Bett saß.

»Hat Herr Schafgott noch mal versucht anzurufen?«

»Gestern Abend, wie i die Nachricht gfundn hab, danach nimma.«

»Des is' sehr gut.« Nina Obermann schien die Aufregung des Mannes zu spüren. »Dann fühlt der Entführer sich sicher. Bestimmt hat er Frau Schweigarts Mobiltelefon an sich genommen. Rufens bitte nicht mehr an.«

»Logisch. I mach alles, was hilft, dass die Sanna bald wieder frei is'.« Dem Wirt standen Tränen in den Augen.

»Eine Frage noch: Ist der Mann bewaffnet?«

»Koa Ahnung. Moment, i bin glei' wieda da.« Schafgott verließ den Verschlag. Nebenan schien er Schubladen aufzuziehen. Als er zurückkam, war jegliche Farbe aus seinem Gesicht verschwunden. »Des größte Küchnmesser fehlt. Des hat der Leopold sich vor a paar Tag' aus der Almküchn gholt.« Schafgott drehte sich von den Frauen weg. An den zuckenden Schultern konnten sie sehen, dass er weinte.

»Alles klar.« Nina Obermanns Stimme strahlte Ruhe aus. »Wir tun, was wir können. Und wir haben konkrete Hinweise, das wird schon.«

»Frau Obermann, wir sind ganz in der Nähe vom Hütterl.

Sollen wir hinlaufen und aus der Ferne checken, ob sich da was tut?« Katharina sah aus dem Augenwinkel, dass Birgit zustimmend nickte, auf ihren Laptop deutete und mit den Lippen »Oliver« formte.

Katharina nickte. Auf ihre Freundin war einfach Verlass. Oliver sollte sich nicht unnötig sorgen. Jetzt war die Polizei im Boot, das würde ihn beruhigen.

»Weil die Zeit drängt und ich Sie kenn, guad, machens des. Aber bringens sich bitte nicht in Gefahr. Wir wollen nicht auch noch nach Ihnen suchen.« Obermanns Lache dröhnte durch die Leitung. Die Stimmung im Verschlag hob sich ein wenig.

Schafgott stand auf, wischte sich kurz über die Augen und winkte die beiden Frauen mit einem »Gehma« Richtung Tür.

GLEICHE ZEIT, WANDERWEG AM GEIGELSTEIN

»Beeil dich.«

Der Entführer schubste sie schon wieder von hinten. Sanna schwitzte mit der Perücke auf dem Kopf und dem Wollschal um den Hals. Sie versuchte, schneller zu gehen, sah durch die dunkle Sonnenbrille aber sehr wenig. Auf dem steilen Pfad ragten Wurzeln aus der Erde, rutschige Steinflächen erschwerten das zügige Vorankommen.

»Schneller kann ich hier nicht«, protestierte sie. Bald wären sie auf dem Wanderweg nach Sachrang. Ob er da mit ihnen hinwollte? Und dann? Sanna verdrängte diese Gedanken sofort wieder und konzentrierte sich auf den Weg.

Sie würden Aufmerksamkeit erregen, wenn sie jemandem begegneten. Dem Entführer war das offenbar egal. Er trug wieder seine Wollmütze und die Maske. Ihr hatte er den dicken Schal verpasst – bei gefühlt 30 Grad. Sanna hatte die Anweisung, sich als seine Ehefrau auszugeben.

»Wenn du es nicht tust, ist der Hund dran.«

Knurrhahn hüpfte vor ihr geschickt über den Pfad. Ab und zu hielt er inne, wartete auf sein Frauchen und nutzte die Zeit, um sein Fell abzuschlecken. Sobald der Entführer es bemerkte, intervenierte er: »Er soll damit aufhören, sonst bleibt er hier.«

»Nein, Knurrhahn, aus!«, rief Sanna flehend. Der Hund legte den Kopf schief, verstand und lief weiter.

Als der Mann im Verschlag begonnen hatte, Knurrhahns Fell komplett zu schwärzen, hatte Sanna fast nicht mehr an sich halten können.

»Das ist Lebensmittelfarbe, es passiert ihm nichts«, hatte ihr Peiniger sanft erklärt, als er Sannas Aufregung bemerkte. Er hatte sich zu ihr auf die Matratze gesetzt und versucht, ihr über die Wange zu streicheln. Um dem zu entgehen, neigte sie schnell den Kopf nach unten. Das hatte ihm Gelegenheit gegeben, endlich in ihre Haare zu fassen. Der genießerische Seufzer, den er ausstieß, hatte bei Sanna eine erneute Panikattacke ausgelöst. Die Sekunden, bis er seine Hand wegnahm, waren ihr wie Stunden vorgekommen. »Bald wirst du es auch wollen. Ich werde dir alles geben, alles.« Er hatte sie verzückt angestarrt.

Sie waren schon eine Weile unterwegs, als der Mann murmelte: »Da vorne kommt jemand. Du weißt, was du zu tun hast.«

Sannas Schläfen pochten, ihr Herzschlag galoppierte. Das könnte ihre Chance sein. »Ganz ruhig, Knurrhahn, ganz ruhig.«

Der Hund hatte den Wanderer auch bemerkt, schaute kurz zu seinem Frauchen und lief vertrauensvoll weiter.

Der Bergsteiger marschierte zügig auf sie zu. Sanna musste schnell sein, wahrscheinlich gäbe es nur einen kurzen Moment.

Er grüßte mit einem knappen »Hallo«, und schon war er vorbei, Mist.

»Mei sorry, des duad ma leid«, hörte Sanna von hinten. Sie drehte sich um. Direkt hinter ihr waren die beiden Männer auf dem engen Pfad zusammengestoßen. Der Entführer war gestürzt, der Wanderer wollte ihm aufhelfen.

»Danke, geht schon.« Gereizt rappelte sich Sannas Peiniger auf.

Sie nutzte diesen kurzen Moment und stieß den Wanderer von hinten leicht an. Der wandte sich überrascht um.

Sanna formte mit den Lippen: »Hilfe, Polizei«.

Der Bayer schaute sie verwirrt an, nickte unmerklich und setzte mit einem »Servus« seinen Weg Richtung Geigelstein fort.

WENIG SPÄTER, ROSENHEIM UND MÜNCHEN, KRIMINALPOLIZEI

»Ja Sakradi. Die ganze Zeit ist besetzt und jetzt ruft die beste aller Kolleginnen freiwillig bei mir an. Servus, Nina.« Obermann war Erningers Highlight in der Polizeischule gewesen. Er hätte sich damals auch mehr als ein rein berufliches Verhältnis vorstellen können. Aber Nina hatte kein Interesse gezeigt. Seiner Hochachtung für die Kollegin hatte das keinen Abbruch getan. Inzwischen war er glücklich verheiratet und die Verliebtheit in die junge Nina eine angenehme Erinnerung.

»Servus, Josef. Danke für die Blumen, leider kein erfreulicher Anlass, warum ich mich meld.«

Erninger drückte auf »Lautsprecher«. Hilgenbrand trat gespannt an den Schreibtisch seines Chefs. Der lauschte den Worten der Kollegin.

»Gibt's ja nicht«, entfuhr es Erninger immer wieder. Hilgenbrands Miene versteinerte zusehends.

»Gerade eben hat mich die Frau Langenfels noch mal angerufen. In Schweigarts Hütte ist niemand mehr. Sie sind zu dritt hinglaufen und haben aus sicherem Abstand mit einem Fernglas reingschaut.«

»Ist der junge Schafgott bewaffnet?« Erninger klopfte angespannt mit dem Kugelschreiber auf den Schreibtisch.

»Der Vater geht davon aus, dass er ein großes Küchenmesser dabeihat.«

»Gibt's ja nicht. Ich hab gedacht, wir hätten die Frau

Schweigart endlich ausfindig gemacht. Jetzt ist nicht nur ihr Mann tot, sondern sie auch noch entführt worden. Das Ableben vom Johnny Angerer hat mit der Entführung übrigens nichts zu tun.« Erninger schilderte seiner Kollegin kurz die skurrilen Umstände, die zum Tod des Physiotherapeuten geführt hatten.

»Bis auf die abgedrückte Gurgel ein angenehmes Hinübergleiten«, kommentierte Nina Obermann trocken. »Du, Josef, ich kriege gerade einen Zettel hergereicht, Momenterl.«

Erninger und Hilgenbrand hörten die Kollegin nachfragen.

»Vom Geigelstein? Und wir wissen den genauen Standort? Super, dank' dir.«

»Geigelstein?« Erningers Klopfen traktierte die Schreibtischplatte jetzt im Stakkato. Jedes Aufsetzen des Kulis hinterließ einen kleinen blauen Fleck.

»Ein Wanderer hat sich gemeldet. Er steigt grad auf den Geigelstein und ist einem seltsamen Trio begegnet, das Richtung Sachrang unterwegs war: ein Mann mit FFP2-Maske und Baseballkappe, eine verkleidete Frau mit Wollschal und ein schwarzer Hund. Der Mann ist gstürzt, und während der sich aufgrappelt hat, hat die Frau dem Wanderer einen Hinweis gebn, dass er die Polizei rufen soll.«

»Knurrhahn ist schwarz-weiß.«

Erninger legte den Kuli hin und schaute überrascht zu seinem Kollegen.

»In einer Homestory vor einiger Zeit war Schweigarts Hund zu sehen, ein schwarz-weißer Border Collie.« Verlegen hatte Marius die Info in rasender Geschwindigkeit herausgehauen.

»Hundefell kann man färben.« Die Beamten hörten Obermann tippen. »Des sagt die Suchmaschine. Mit

Lebensmittelfarb' vergiftet sich des Viecherl beim Fellleckn ned. Vielleicht hat der Entführer des auch glesn und hält sich für bsonders schlau.«

Zum ersten Mal in diesem Gespräch hörte Erninger Nina Obermanns donnernde Lache, wenn auch nur ganz kurz.

»Wir gebn sofort der Streife Bescheid, die zum Geigelstein gfahrn is'. Sämtliche Reviere in der Umgebung werden informiert. Ich schick noch Verstärkung in des Gebiet. Ein Team sitzt dran, Autovermietungen abzutelefonieren wegen einem Kunden namens August Wanninger. Vielleicht findn wir den Kidnapper auch über den Hund. Den muss er angeben.«

»Läuft, Nina. Wir sprechen mit der Flughafen- und der Autobahnpolizei.«

»Momenterl ... Passt! Wir ham den Mietwagen. Gebucht auf August Wanninger für zwei Personen mit Hund, als Bereitstellung um 13.30 Uhr in Sachrang am Start vom Wanderweg auf den Geigelstein. Einen roten SEAT Leon hat er bestellt für einen Tag, Rückgabe in der Zentrale in Bernau. Dass ich nicht lach. In Bernau gibt der des Auto unter Garantie nicht zruck. Der will seine Spur verwischn.« Nach kurzem Schweigen verkündete Obermann: »Josef, ich fahr selber nach Sachrang. Bis später.«

»Alles klar, Nina. Meld dich und seid vorsichtig.«

FRÜHER SONNTAGNACHMITTAG, SACHRANG IM CHIEMGAU

»Ihr habts des Auto bstellt?« Geschäftig ging der junge Mann auf die Kunden zu. Er trug weiße Bermudas und ein blaues Polohemd, auf das in einem helleren Blauton die Silhouette des Chiemsees gedruckt war – das Logo der Autovermietung »ChiemCar«.

Der Mann mit der Maske, der dicht hinter einer Frau mit Sonnenbrille, Kopftuch und Wollschal stand, nickte.

Der Vermieter reichte ihm den Autoschlüssel. »Vertrag habts ja scho' online erledigt. Ihr bringts den Flitzer heut Abend zruck, richtig?«

Die Frau zeigte keine Regung. Sie schien sich an der Leine ihres Hundes festzuklammern. Der »ChiemCar«-Mitarbeiter streichelte dem Tier über den Kopf und schaute verstohlen auf seine sich leicht schwarz verfärbende Handfläche.

»Das müssen wir doch anders lösen. Wir geben den Wagen am Flughafen München zurück.« Der Masken-Mann hatte schon seinen Geldbeutel gezückt.

»Ah guad. Dann kost' des nochamal 180 Euro extra wegen der Rückführung. Des wär super, wennst du des glei' zahln kanntst, bar oder mit Kartn.«

Der Maskierte zählte das Geld in Scheinen ab.

»Perfetto. Wart', i schreib' dir no' a Quittung ...« Der Vermieter überreichte den Zettel, verabschiedete sich höflich und ging zum zweiten Wagen seines Arbeitgebers. Der

Kollege war ihm gefolgt. Es sollte so aussehen, als würden sie in die Zentrale nach Bernau fahren. Beim Einsteigen sprach der junge Mann unauffällig in das Mikro, das wie ein Pflaster auf seiner Brust klebte: »Des sans. Des Hundefell is' gfärbt und des arme Vieh hat an Maulkorb auf. Die Frau trägt unter Garantie a Perückn. Die is' ganz weiß im Gsicht, i glaub, vor Angst.«

»Danke, alles klar. Ihr fahrts zruck nach Bernau und haltets euch bereit wie besprochn.« Nina Obermann sah, wie der Wagen mit den beiden Autovermietern sich entfernte. Als der Entführer den Seat startete, nickte sie dem Kollegen Furtenbichler zu, der neben ihr am Steuer des zivilen Polizeiwagens saß. Der graue Opel mit Rosenheimer Kennzeichen bog aus einem Feldweg und setzte sich mit deutlichem Abstand hinter den Mietwagen.

Bis Aschau konnten sie den roten Wagen gut im Blick behalten. Im Ort bogen dann aber immer wieder Fahrzeuge von links oder rechts auf die Hauptstraße ein. Der Abstand vergrößerte sich.

»Herrschaftszeitn«, schimpfte Furtenbichler. Ein Traktor mit dem Anhänger voller Heu versperrte ihnen jetzt komplett die Sicht nach vorne.

»Wenn die nach München wolln, fahrens sicher bis Frasdorf und dann auf die A 8. Da ham wir sie spätestens wieder. Außerdem ist ein Ortungssystem im Fahrzeug installiert. Die gehn uns nicht durch die Lappen, Johann.« Nina Obermann tätschelte dem Kollegen beruhigend den Oberschenkel.

»Ned, dass der sie no' was Saudumms einfalln lasst, der Saubazi, der damische. A Frau und an Hund kidnappen, geht's no'?« Der Polizist trommelte ungeduldig auf das Lenkrad.

Sie hatten die Ortsgrenze von Aschau passiert, die Fahrbahn war frei. Furtenbichler stieg aufs Gas, überholte rasant den Traktor und gleich noch zwei Touristenautos mit schwedischem und Frankfurter Kennzeichen. Der Seat kam wieder in Sicht, hinter ihm nur noch ein Wagen.

»Der Abstand ist perfekt. Wir dürfen dem Herrn Schafgott junior nicht auffallen, des ist des Allerwichtigste.« Nina Obermann rief eine Nummer in der Freisprecheinrichtung auf.

»Alles bereit, Nina.«

»Super, Kollegen, danke.«

Obermann reckte den Daumen hoch. Furtenbichlers Gesichtszüge entspannten sich ein wenig.

»Wollen Sie mir nicht langsam sagen, was Sie vorhaben? Flughafen München?« Sanna saß auf dem Beifahrersitz und schwitzte trotz der eingeschalteten Klimaanlage weiter unter ihrer Maskerade. Wenigstens hatte sie ihren Peiniger überzeugen können, Knurrhahn auf der Rückbank zu platzieren und ihm den Maulkorb abzunehmen. Der Wahnsinnige hatte den Hund allen Ernstes in den Kofferraum packen wollen.

Den Zahn hatte sie ihm gezogen. Sie habe dann keinen Einfluss auf Knurrhahn. Er werde heulen, mit der Pfote klopfen und alles tun, um auf sich aufmerksam zu machen. Das wäre sicher nicht ratsam.

Widerwillig hatte der Entführer zugestimmt, aber auf den Maulkorb bestanden. Auch das hatte sie verhindert. Knurrhahn würde sich beim Autofahren oft erbrechen, hatte sie gelogen. Mit Maulkorb wäre die Gefahr noch größer.

»Wenn der Hund eine falsche Bewegung macht, weißt du, was passiert.« Der Mann hatte erneut auf das große Messer gedeutet, das er bei der Ankunft in Sachrang in eine offenbar extra eingenähte Hülle in seiner Hose hatte gleiten lassen. Das Hemd hing über die Jeans, die Waffe war nicht zu sehen. Der Entführer hatte sich perfekt vorbereitet, so viel war Sanna längst klar. Ob er fähig wäre, sie oder den Hund ernsthaft zu verletzen oder gar zu töten? Diesen Gedanken verdrängte sie sofort.

»Was wir beide vorhaben? Das wirst du bald sehen.«

Wie immer, wenn es um die Zukunft ging, sprach er leise und verträumt. Seine Augen flackerten vermutlich wieder vor Begeisterung. Glücklicherweise schaute er gerade auf die Straße. Es genügte schon, dass sie sein Aftershave in der Nase hatte, von dem ihr wieder kotzübel wurde.

Mit der rechten Hand steuerte er ihren Oberschenkel an. Sie legte abwehrend den Arm darauf. Seine Hand hing einen Moment orientierungslos in der Luft. Dann gab er den Annäherungsversuch auf.

»Bald wirst du mich spüren und es lieben«, murmelte er anzüglich.

Sanna fuhr wieder die Angst in den Körper. Sie konzentrierte sich auf ihren Atem, durfte jetzt nicht panisch werden. Sie hatten die Landstraße verlassen und bogen auf die A 8 Richtung München ein. Knurrhahn lag auf der Rückbank und wirkte einigermaßen entspannt. Nur an seinen aufgestellten Ohren erkannte Sanna, dass er sehr genau aufpasste. Sie flüsterte ihm beruhigend zu. Er legte den Kopf schief und beobachtete sie. Die Ohren blieben aufrecht.

Sie fuhren ungefähr eine Viertelstunde auf der Autobahn, als ein schriller Warnton im Wagen erklang. Diverse rote Lämpchen des Bordcomputers leuchteten bedrohlich. Symbole für ein Ausrufezeichen, ein Lenkrad und ein Thermometer. Sannas Hals schnürte sich zu. Das unangenehme

Geräusch hatte Knurrhahn aufspringen lassen. Er tippelte verstört auf der Rückbank hin und her. Sanna drehte sich um und legte ihren Finger auf den Mund. Der Border Collie verstand und gab keinen Ton von sich.

»Wir sollten anhalten, das sieht nicht gut aus.« Sie hatte es ihrem Beruf zu verdanken, dass ihre Stimme so gefasst klang.

»Hol die Betriebsanleitung raus und schau nach, was das bedeutet.« Der Mann wirkte fahrig, drückte aufs Gas und fluchte leise vor sich hin.

»Bremsanlage gestört, Lenkanlage gestört, Kühlmittel fehlt. Wenn diese Lampen leuchten und nicht nur blinken, heißt das sofort anhalten. Bitte tun Sie das, jetzt.« Sanna war vollkommen konzentriert, verdrängte ihre Angst. Sollte sie einfach ins Lenkrad greifen? Oder Knurrhahn auffordern, den Mann zu beißen? Der Hund würde keine Sekunde zögern.

Das Auto verlangsamte. Sannas Blick ging zum Gaspedal. Der Irre drückte es voll durch – ohne Erfolg. Er tippte hektisch auf die Tastatur am Bordcomputer. Der Fahrer hinter ihnen machte mit Lichthupe darauf aufmerksam, dass sie den Verkehr behinderten. Sie waren mit 70 Stundenkilometern auf der mittleren Spur unterwegs. Der Entführer machte eine beschwichtigende Geste zu seinem Hintermann und wechselte nach rechts.

»In 1.000 Metern kommt der Rasthof Irschenberg, da fahren wir raus. Ich rufe die Vermietung an. Die müssen uns einen neuen Wagen bringen. Wir setzen uns draußen hin, der Hund vor dich. Du sprichst mit niemandem.«

Sanna nickte erleichtert.

»Auf geht's.« Johann Furtenbichler hatte sich auf die linke Spur gesetzt, als der Seat verlangsamte. Er raste mit

180 Sachen Richtung Rasthof Irschenberg. Sie mussten vor Schafgott da sein.

Nina Obermann rief die Kriminaltechnik an. »Hervorragend, Kollege. Des Timing hat hundert Prozent gestimmt. Wir sind kurz vor Irschenberg, er ist sehr gemächlich unterwegs. Ich hoff', er fährt raus. Dank' schön noch mal.« Zufrieden beendete Obermann das Telefonat. »Der Charlie ist der Größte. A bissl unheimlich ist es ja scho', wie man die Elektronik an einem Auto aus der Ferne stören kann.«

Furtenbichler nickte, blinkte und fädelte sich erst auf die mittlere, dann auf die rechte Spur ein. Zwei Kilometer bis zum Rasthof Irschenberg, von dem Seat war noch nichts zu sehen.

»Susi, wir sind gleich da. Wo stehts ihr?«

»Wir ham neben dem Rasthof so a kleine Sitzeckn mit Tisch und zwei Holzbänken belegt. Wenns kommen, is' des frei genauso wie der Parkplatz direkt davor. Wir san mit am hellblauen Toyota Yaris da und bleibn ganz in der Näh'.«

»Perfekt.«

Furtenbichler bog in den Rasthof ein, während Obermann ihren Plan erklärte. »Nochamal für alle: kein Zugriff. Ich will mir ein Bild von diesem Leopold Schafgott machn und sehn, in welcher Verfassung Schweigart und der Hund san. Nur wenn ihr merkts, dass irgendwas ned rund läuft und Gefahr im Verzug is', dann greifts ein.«

»So machma des, Nina. Wir können euch schon sehn.«

»Wir parken ein Stück weiter vorn, ich lauf dann zu der Sitzecke.«

Er bog in die Ausfahrt zum Rasthof ein, Gott sei Dank. Sanna warf einen Blick zu Knurrhahn, der nervös auf der Rückbank stand. »Ganz ruhig, mein Süßer, alles wird gut.«

»Der macht keinen Mucks. Und du setzt ihm den Maulkorb auf.« Der Entführer hatte einen freien Parkplatz direkt vor einem Tisch mit zwei Sitzbänken entdeckt. Er fuhr hinein, schaltete den Motor ab und die Zentralverriegelung ein.

Vielleicht könnte Sanna sich bei irgendwem bemerkbar machen, während sie auf den neuen Wagen warteten. Sprechen durfte sie nicht. Vielleicht würde sich spontan etwas ergeben. Auf jeden Fall musste Knurrhahn unbeschadet aus der Sache herauskommen. Voller schlechtem Gewissen zog sie ihm die Sperre über die Schnauze und machte den Klettverschluss zu.

Ihr wurde schwindlig, sie spürte, wie Panik in ihr hochkroch. Atme, redete sie sich gut zu und zwang sich zu einem Lächeln. Sie wollte Knurrhahn nicht noch mehr verunsichern. Er sah mit dem Maulkorb so furchtbar unglücklich aus. Mit den Lippen formte sie ein unhörbares »wir schaffen das«. Einen Moment sah es so aus, als würde der Hund nicken.

»Wie lange?« Der Entführer verhandelte mit der Autovermietung. Sie hatten ihm bereits Schadenersatz zugesichert, auszuzahlen in bar hier am Rasthof, bei der Fahrzeugübergabe.

»Alles klar, wir warten. Beeilen Sie sich.« Leise fluchend beendete er das Telefonat. »In spätestens 20 Minuten sind sie hier. Ich komme jetzt rüber und lasse euch aussteigen.«

Sanna nickte. Der Entführer zog das Messer aus der Innentasche seiner Hose und schob es in eine eingenähte Hülle an der Innenseite des linken Hemdärmels. Für Unbeteiligte war es nicht zu sehen. Sanna wurde schlecht. Der Schweiß lief ihr über den ganzen Körper. Wie sollte das erst draußen werden bei der Hitze? Sie hatte bisher nichts zu trinken bekommen.

»Komm«, orderte er an der Beifahrertür. Sanna starrte auf die Stelle, wo sie das Messer wusste. Sie musste stark sein, durfte jetzt nicht umkippen. Langsam stieg sie aus, ging zur Hintertür und leinte Knurrhahn an. Der sonst so muntere und dynamische Hund verließ in Zeitlupe den Wagen und blieb regungslos dicht neben seinem Frauchen stehen.

»Wir laufen gemeinsam zu der Bank da vorne«, kommandierte der Mann leise. Für Außenstehende musste es so aussehen, als lege er liebevoll den Arm um sie. Tatsächlich spürte sie das Messer in seiner ganzen Länge an ihrem Rücken. Auf der Bank setzte er sich dicht neben sie. Knurrhahn hockte sich vor Sanna. Sein Blick ging aufmerksam zwischen ihr und dem Entführer hin und her.

»Mei, so a Hitzn heut'. Derf i mi' kurz daher sitzn?« Eine kräftige Endvierzigerin mit kurzen roten Haaren ignorierte fröhlich die verhaltene Reaktion des Paares, stellte ihren Rucksack auf die Bank und nahm Platz. Sie öffnete eine knallrote Edelstahltrinkflasche. »Wollns auch was?« Die Frau holte zwei ungeöffnete Plastikflaschen mit Wasser aus dem Rucksack und hielt sie Sanna und dem Entführer hin. Sanna nickte und griff dankbar zu.

»Schatz, ob das so gut ist? Kaltes Wasser? Bei deiner Kehlkopfentzündung?«

Sanna zuckte mit den Schultern, trank einen großen Schluck, bückte sich dann zu Knurrhahn und schüttete Wasser in ihre Hand. Auch der Hund schlabberte gierig.

Der Entführer lehnte die zweite Flasche höflich ab.

Die Rothaarige packte ein Wurstbrot aus. »Zum Essn kann i eana jetzt leider nix anbietn, i hab an saumäßign Hunger und bloß des eine Brot.« Sie deutete entschuldigend auf die leere Lunchbox.

Sanna nickte und lächelte unsicher.

»Habns no' weit zum fahrn?«, setzte die Frau die Unterhaltung fort. Sanna drehte sich zu ihrem Peiniger. Was würde er antworten?

»Nein, nein, nicht mehr weit. Wir müssen jetzt los. Wiedersehen.« Er zeigte auf den ankommenden Wagen von »ChiemCar« und bedeutete Sanna aufzustehen. Er selbst erhob sich fast gleichzeitig und legte wieder den Arm um sie. Knurrhahn fixierte voller Sehnsucht die nette Wurstbrotesserin. Sanna zog leicht an der Leine. Der Hund starrte sie verständnislos an und trottete dann traurig hinter ihr her. Sanna war genauso enttäuscht. Ihr war nichts eingefallen, was sie hätte tun können. Die ganze Zeit hatte sie das Messer vor ihrem geistigen Auge gesehen. Kurz hatte sie überlegt, ob die Rothaarige eine Polizistin war und der Mietwagen manipuliert, um sie zu befreien. Aber es war wohl doch nur eine redselige Dame auf der Durchreise.

»Mei, des duad uns so leid. Des hama noch nie erlebt, ehrlich. Da hams den Autoschlüssl und die 180 Euro zruck. Der Rücktransport geht aufs Haus.« Der junge Mann von »ChiemCar« hatte eine weiße Limousine mitgebracht und reichte dem Entführer den Schlüssel. »Mit dem werd nix passiern. Hundertpro.« Der Vermieter reckte Zeige- und Mittelfinger hoch. »I hab Ihnen noch a Lunchpaket mitbracht. Sandwiches vom Feinsten und Biolimo. Tschuldigns nochamal.« Er reichte Sanna eine Papiertüte.

Sie nahm den Proviant schweigend entgegen und nickte dankbar. Der Entführer hakte Sanna ein und geleitete sie zur Beifahrerseite. Sie ließ den Hund hinten auf den schwarzen Ledersitz springen und nahm ihm Maulkorb und Leine ab. Knurrhahn beobachtete genau, was sein Frauchen tat. Sanna stieg vorne ein und schnallte sich sofort an, um dem Hund zu signalisieren, dass sie nicht vorhatte zu verschwinden.

Der Entführer lief im Eilschritt auf die Fahrerseite und fuhr los, ohne den winkenden Autovermieter noch eines Blickes zu würdigen. Kaum waren sie außer Sichtweite, ermahnte er Sanna: »Du wirst nirgends auf die Toilette gehen können, bis wir gelandet sind. Trink lieber nichts mehr.«

»Es hat 38 Grad draußen. Das ist Wahnsinn. Wenn ich in Ohnmacht falle, kann es kompliziert werden.«

»Das wirst du schon nicht. Denk einfach daran, dass uns das Paradies erwartet.« Er schaute kurz zu ihr und strich mit der Hand über ihr Kopftuch.

Sie saß stocksteif da und hielt den Blick nach vorn gerichtet. Die Panik hatte sie jetzt voll im Griff. Der Wanderer hatte wahrscheinlich gar nichts unternommen, sie für eine Verrückte gehalten. Und dieser Wahnsinnige hier wollte womöglich mit ihr ans andere Ende der Welt fliegen, wo niemand mehr helfen konnte. Sie spürte, wie ihr Tränen in die Augen stiegen, blinzelte sie weg, konzentrierte sich wieder auf ihren Atem. Nach ein paar Minuten konnte sie klarer denken. Sie musste Knurrhahn und sich befreien.

»Der nächste Stopp wird schätzungsweise der Flughafen sein.« Nina Obermann telefonierte mit Erninger, während Furtenbichler konzentriert dem weißen Wagen folgte. Obermann war zum Auto zurückgeschlendert und erst eingestiegen, als der Entführer sie nicht mehr sehen konnte. Furtenbichler hatte ordentlich aufs Gas steigen müssen, um den Wagen einzuholen. Die Rasthofbesucher hatten erstaunt dem davonrasenden grauen Opel hinterhergeschaut. Aber der clevere Johann hatte es geschafft. Sie fuhren auf der A8, Schafgott drei Wagen vor ihnen auf der mittleren Spur.

»Wie geht's denn der Frau Schweigart?« Erninger klang besorgt.

Nina Obermann hörte Klopfen durch die Leitung. Vermutlich malträtierte Josef mal wieder den Schreibtisch mit einem Kugelschreiber. »Schlecht, würd ich sagen. Mit dem Kopftuch, der Perücke und dem Wollschal schwitzt sie wie blöd. Des Wasser, des ich ihr anboten hab, hats angenommen und auch gleich dem Hund was gebn. Gsagt hat sie nichts. Kehlkopfentzündung, hat der Schafgott sofort erklärt. Der hat eine FFP2-Maskn auf. Vielleicht hofft er, dass die Leut' einen Bogen um ihn machen, weil sie glauben, er ist ansteckend.«

Nina Obermann lachte bitter. Mit der üblichen fröhlichen Donnersalve hatte das nichts gemeinsam.

»Im linken Ärmel hat er a langes Messer versteckt. Den Arm hat er fast die ganze Zeit hinter der Schweigart ghabt – sollt' wohl so aussehen, als würd' er sie beschützn. Als sie aufgstanden sind, hat sich des Messer kurz abgezeichnet. Der Hund is' völlig eingeschüchtert, sitzt aber wenigstens ohne Maulkorb und ohne Leine im Auto.«

»Sehr gut, dass du erst mal die Lage sondiert hast, Nina. Die Einsatzfahrzeuge in München und Umgebung sind informiert. Am Flughafen ist alles vorbereitet. Wir müssen die Frau da lebend rausholen.«

»Und den Hund«, hörte Obermann jemanden im Hintergrund.

»Selbstverständlich auch den Hund, Marius«, bestätigte Erninger und konnte eine leichte Gereiztheit nicht verbergen.

Den Kollegen schien das nicht zu beeindrucken. Er sprach jetzt direkt ins Telefon. »Der Hund ist Frau Schweigarts Ein und Alles. Das hat sie immer wieder in Interviews betont. Außerdem kann Knurrhahn nichts dafür.«

Der aufgeregte Mann hatte die Erklärung wieder im Stakkato herausgefeuert, stellte Obermann fest. »Sie haben vollkommen recht. Selbstverständlich ist es unser Ziel, auch den Hund zu retten.«

»Danke«, murmelte Hilgenbrand.

»Nina, noch was anderes«, übernahm Erninger. »Am Flughafen können wir Gaffer vielleicht nicht verhindern. Des Mobilfunknetz stören wir, dann kann erstmal niemand Filmchen von der Aktion posten. Aber später ist das, was passieren wird, natürlich Gold wert für die Klatschpresse. Wollen wir die Langenfels dazuholen? Vielleicht schreiben nachher ein paar Schmutzfinken von ihr ab, weil nur sie von uns Exklusivinformationen bekommt und als einzige Pressevertreterin beim Zugriff dabei war.«

»Super Idee, Josef. Für die Frau Langenfels leg ich meine Hand ins Feuer. Rufst du sie an? Ich schick dir ihre Handynummer. Hoffentlich schafft sie das so schnell vom Geigelstein.«

»Wenn wir am Flughafen ankommen, gilt das Gleiche wie am Rasthof. Du bist still, der Hund benimmt sich. Er kommt dann sowieso in den Frachtraum. Beim Sicherheitscheck werde ich dafür sorgen, dass du nichts ausziehen musst.«

Die Schilder vom Flughafen »München Franz Josef Strauß« flogen schon seit einer Weile an ihnen vorbei, jetzt fuhr der Entführer auf das Gelände. Sanna war vollkommen fokussiert, auch wenn ihr Herzschlag sich wieder beschleunigte. Sie musste einen Weg in die Freiheit finden, für Knurrhahn und für sich selbst. Nur darauf hatte sie sich jetzt zu konzentrieren.

Als der Entführer eben vom Sicherheitscheck gesprochen

hatte, war ihr das Messer wieder eingefallen. Wie wollte er damit durch die Kontrolle kommen? Beim Losfahren am Rasthof hatte er es sich wieder in den Einsatz in seiner Hose geschoben. Sie warf einen kurzen Blick auf seine Beine.

Er bemerkte es sofort. »Ich habe nicht nur das Messer. Wenn du von den Regeln abweichst, ist der Hund dran. Für dich habe ich was ganz Besonderes. Das darf mit in den Flieger, wird niemand merken. Aber wahrscheinlich brauchen wir es nicht.« Er schaute zu ihr rüber.

Sie hielt den Blick starr nach vorne gerichtet, wollte sich von seinen grünen Monsteraugen nicht irritieren lassen.

»Bald wirst du sehen, wie gut du es mit mir hast.«

Er war wieder in diesen träumerischen Singsang verfallen. Sanna reagierte nicht. Sie musste konzentriert bleiben. Das Schwitzen ignorierte sie ebenso wie den leichten Schwindel wegen der fehlenden Flüssigkeitszufuhr. Zu trinken hatte sie sich nicht mehr getraut. Die Vorstellung, in die Hose machen zu müssen, war unerträglich.

Der Entführer fuhr über die Zentralallee und steuerte die unterirdische Ebene des Parkhauses P 3 an. Von anderen Reisen wusste Sanna, dass es direkt am Check-in von Terminal 1 lag. Wohin würden sie fliegen? In jedem Fall gab es hier Polizei, schoss es ihr plötzlich durch den Kopf. Sie fuhren nach unten auf das Parkdeck. Der Entführer schien die Nummern der Parkplätze zu checken. Sicher hatte er online reserviert. Zwischen zwei Kleinwagen befand sich eine Lücke. Da lenkte er die Limousine hinein. Sanna schaute sich unauffällig um. Ein junges Pärchen lud ein Stück entfernt Gepäck aus. Ein mittelalter Mann rollte mit seinem Koffer Richtung Terminal. Ein dritter Wagen mit vier Insassen parkte gerade schräg hinter ihnen ein. Sie musste Zeit gewinnen, irgendwie auf sich aufmerksam machen. Vielleicht half ihr die seltsame Maskerade? Auch das gefärbte Fell des Hundes könnte bei genauerem Hinsehen auffallen und Fragen aufwerfen.

Der Entführer hatte den Motor abgeschaltet. Einen Moment saß er still da. Dann wanderte seine Hand wieder zu ihr hinüber. »Wir werden es …«

»Lassen Sie das«, herrschte sie ihn an und schlug die Hand weg.

»Du brauchst dringend Entspannung. Ich werde dafür sorgen.«

Das Gesäusel machte sie wütend, das war gut. Hauptsache keine Panik jetzt. Der Entführer öffnete die Fahrertür, stieg aus und ging zum Kofferraum. Konnte sie den Moment nutzen, wenn er den Rucksack schulterte? Die Zentralverriegelung war offen. Aber Knurrhahn wäre noch im Auto. Der Wahnsinnige würde ihn vor Wut töten, wenn sie flüchtete. Sie wischte sich den Schweiß von der Stirn und schloss kurz die Augen. Ihr wurde wieder schwindlig. Wie gern hätte sie etwas getrunken. Aber was, wenn sie … Konnte das die Lösung sein?

Da kam er schon, den Rucksack auf dem Rücken, öffnete die Beifahrertür und wisperte: »Tu, was ich dir sage, dann wird alles gut. Der Hund kommt an die Leine und kriegt den Maulkorb auf.«

Schwerfällig hob Sanna das rechte Bein und stöhnte auf, während sie ihre steifen Gliedmaßen aus dem Auto wuchtete. Wie in Zeitlupe stieg sie aus, im Augenwinkel die umstehenden Menschen im Blick. Die Vierergruppe lud unter lautem Gejohle massenweise Gepäck aus. Den Mann mit dem Koffer konnte sie nicht mehr sehen. Das Pärchen stand neben seinen drei Reisetaschen. Die Frau motzte ihren Begleiter an, der telefonierte.

Als Sanna es aus dem Wagen geschafft hatte, rekelte sie sich und dehnte ihre Arme und Beine.

»Beeil dich.«

Sie schlich ungelenk zum hinteren Teil des Wagens, als tue ihr alles weh. Knurrhahn beobachtete sein Frauchen aufmerksam und tippelte schwanzwedelnd auf dem Rücksitz hin und her. Sanna beugte sich mit schmerzverzerrtem Gesicht in den Fußraum und holte Maulkorb und Leine. Der Entführer stand direkt hinter ihr. Sannas Rücken verdeckte hoffentlich die Sicht auf den Hund.

Statt ihn anzuleinen, kommandierte sie leise, aber bestimmt: »Lauf und schimpf.«

Der Border Collie verstand sofort und sprang mit einem Riesensatz laut bellend aus dem Auto. Der Entführer konnte ihm nur noch hinterherschauen. Aufgeregt raste Knurrhahn herum. Sein Bellen hallte durch das ganze Parkdeck. Das Vierergrüppchen stand da und beobachtete die Szene irritiert. Der Mann, der eben noch telefoniert hatte, versuchte, mit freundlichen Rufen, den Hund zu sich zu locken. Vergeblich. Der Border Collie rannte wie von der Tarantel gestochen kreuz und quer über das Parkdeck und bellte sich die Seele aus dem Leib. Immer wieder wanderte der Blick zu seinem Frauchen.

Der Entführer hatte kurz angesetzt, den Hund einzufangen, ließ es aber sein. Auf das Messer in seiner Hose deutend zischte er: »Zurück ins Auto.«

Als Sanna dem Befehl nicht Folge leistete, positionierte er sich so, dass niemand sehen konnte, wie er das Messer herauszog. Er trat auf sie zu, aus seinen Augen sprach der pure Hass. Sannas Herz pochte so heftig, dass sie das Gefühl hatte, man müsste sehen, wie ihr ganzer Brustkorb vibrierte. Trotzdem wartete die Schauspielerin. Das Messer bewegte sich auf ihren Hals zu. Sie sah Schweißperlen auf der Stirn ihres Peinigers. Er hob den Arm, sie spürte das Messer an ihrer Kehle. In diesem Moment sank sie neben die Limousine – genau im Blickfeld der Vierergruppe und des Pärchens.

»Los, steh auf, wir müssen weg«, schnauzte der Entführer. Er zerrte grob an ihrem Arm, bekam sie aber nicht hoch. Ohnmacht hatte Sanna nicht nur einmal gespielt, sie wusste, wie sie sich schwer machen musste, damit es echt wirkte. Sie atmete ganz flach und lag da »wie ein Stein«. So hatte ein Regisseur es ihr mal eingebläut.

»Herr Schafgott, hier ist die Polizei. Werfen Sie das Messer weg. Es ist vorbei.«

Das ist doch nicht Herbert, schoss es Sanna durch den Kopf, als schnelle Schritte sich näherten. Etwas fiel auf den Boden.

»Wir nehmen Sie fest wegen des Verdachts auf erpresserischen Menschenraub, Nötigung und versuchter Körperverletzung.«

Sanna vernahm ein Klicken, vermutlich Handschellen. Jemand trat zu ihr, eine weibliche Stimme fragte: »Frau Schweigart? Können Sie mich hören?«

Sie öffnete die Augen und sah die junge Frau, die eben genervt neben ihrem Partner gestanden hatte. Jetzt kniete sie besorgt bei Sanna.

»Alles gut«, murmelte die Schauspielerin, blieb einfach liegen und genoss das Gefühl der Erleichterung, das sich in ihrem Körper ausbreitete. Die Spannung in den Muskeln ließ nach, ihr Brustkorb wurde weiter, das Herz schlug langsamer. Sie war frei, endlich. Ohne Knurrhahn hätte sie es nicht geschafft. Apropos Knurrhahn, wo war er? Sie hörte ihn nicht mehr bellen. Panisch setzte sie sich auf.

»Wo ist mein Hund?«, schrie sie.

Der alleinstehende Reisende von eben lächelte sie an. Neben ihm stand in Handschellen der Entführer. Man hatte ihm die Maske abgenommen. Er sah aus wie der junge Herbert. Sanna verstand gar nichts mehr. War das Leopold? Hatte er sie entführt? Steckte Herbert mit drin?

»Frau Schweigart, ich bin Kriminaloberkommissar Josef Erninger. Herbert Schafgott hat uns sehr geholfen, Sie zu finden. Es schaut so aus, als hätte er von den Aktivitäten seines Sohnes nix gewusst.« Der Polizist schien ihre Verwirrung bemerkt zu haben. Er übergab den Entführer einem Beamten, der ihn zu einem Einsatzwagen brachte.

»Natürlich nicht«, schnaubte Leopold verächtlich über die Schulter. »Mein Vater ist ein Weichei, zählt am liebsten Grashalme auf der Alm.«

Niemand reagierte, der Polizist wandte sich an Sanna. »Ihrem Hund geht es gut, drehen Sie sich mal um.«

Der junge Mann, der eben telefoniert hatte, saß ein Stück weiter hinten auf dem Betonboden, streichelte den nervösen Knurrhahn und flüsterte ihm beruhigend ins Ohr. Als er sah, dass Sanna sich ihm zugewandt hatte, wurde er knallrot.

»Marius Hilgenbrand von der Kripo München, guten Tag, Frau Schweigart. Es ist mir eine Ehre, Sie persönlich kennenzulernen.«

Sanna hatte nur Augen für ihren Hund, der jetzt auf sie zuraste. Er legte ihr die Pfoten auf die Schultern und schleckte sie begeistert ab. Sie umarmte ihn zärtlich und drückte ihre Nase in sein Fell. Der vertraute Geruch ließ alle Dämme brechen. Schluchzer schüttelten ihren Körper. Mit Knurrhahn im Arm saß Sanna da und weinte. Der Border Collie schleckte unablässig ihr Gesicht. Trotzdem landeten viele Tränen im plüschigen Hundefell.

EIN PAAR TAGE SPÄTER, MORGENS, MÜNCHEN, GISELASTRASSE, REDAKTION »ABENDAUSGABE«

Fassungslos starrte Horst Riebelgeber auf die Anzeigen. Wie jeden Morgen hatte er abschätzig durch die »Süd-Zeitung« geblättert, das angeblich beste Blatt in Bayern. Diese hintergründigen, ach so reflektierten Artikel widerten ihn an. Wer wollte dieses langatmige Geschreibsel? Knallen musste es. So begeisterte man Leser. Ob alles der Wahrheit entsprach, war zweitrangig. Die Traueranzeigen waren das Einzige, was ihn an diesem Intellektuellen-Organ wirklich interessierte. Manchmal steckte eine geile Story hinter einem Todesfall. Zunächst hatte Riebelgeber genüsslich begonnen zu lesen:

> *»Der Tod bringt Trauer, wenn er das Ende ist, er*
> *bringt Hoffnung, wenn er eine Wende ist.«*
> *Möge der Tod meines Mannes eine Wende sein.*
> *Johnny, ich werde dich nicht vergessen.*
> *Sanna Schweigart im Juli 2023*
> *Die Beisetzung fand bereits im engsten Familien-*
> *kreis statt.*

Und darunter eine zweite Anzeige:

Voller Trauer und zutiefst bestürzt nehmen wir
Abschied von unserem außergewöhnlichen Chef
Johnny Angerer. Sein Können und sein Charme
bleiben uns Inspiration und Vorbild.
Johnny, du hinterlässt eine unfassbare Lücke,
menschlich, fachlich und in allen unseren Leben.
Deine heilenden Hände wirken nun anderswo. In
unseren Herzen lebst du weiter.
Deine Teams von
»Angerers Home of the Fitness« München und Prien
am Chiemsee

Der Chefreporter der »Abendausgabe« legte seine Wurstsemmel aus der Hand und wischte sich den Schweiß von
der Stirn. Wie konnte das sein? Wieso hatten sie nichts
gewusst? Wo war dieser verdammte Rodriguez?

Riebelgebers Schläfen pochten vor Wut. Er nahm einen
Schluck von dem abgestandenen Wasser, das er sich zwar
jeden Morgen bereitstellte, aber nie trank. Kaffee war sein
Lebenselixier. Jetzt war sein Mund aber so trocken, dass er
das ganze Glas herunterstürzte.

Er würde diesen Dünnbrettbohrer feuern. Von wegen
»gute Quelle« und »wir erfahren als Erste, wenn es ihm
besser geht«. Angerer war tot und sie hatten keine Ahnung
gehabt. Das war eine Katastrophe.

Rodriguez saß nicht am Platz. Riebelgeber hackte auf seinem Smartphone herum, bis er die Nummer des dümms-
ten Praktikanten aller Zeiten gefunden hatte.

»Jorge hier. Ich bin derzeit nicht zu erreichen, bitte hin-
terlassen Sie …« Wie von Sinnen knallte Riebelgeber das
Handy an die Wand. In diesem Moment klopfte es an der
Tür.

»Ja«, bellte der Chefreporter.

Eine junge Kollegin lugte schüchtern herein. »Entschuldigen Sie, das hier sollten Sie wissen, denke ich. Es laufen auch schon die ersten Eilmeldungen. Darf ich kurz ...« Sie legte ihrem Chef eine Zeitschrift auf den Tisch und war schon wieder verschwunden.

Horst Riebelgeber starrte auf die heute erschienene Ausgabe von »Fakten«. Auf dem Cover ein Porträt der Schweigart mit ihrem Hund. Die grauen Haare machten die Schauspielerin alt. Riebelgeber fand sowieso, dass sie überschätzt wurde. Dem Vierbeiner konnte der Chefreporter förmlich ansehen, wie er stank. Unter dem Foto stand: »Filmstar Sanna Schweigart im Exklusivinterview mit Katharina Langenfels – über Krisenbewältigung und Trost durch Hunde«.

Das Interview interessierte Riebelgeber nicht. Hektisch blätterte er noch mal durch die Süd-Zeitung – und fand keine Zeile zu Schweigart oder Angerer. Entgegen seiner sonstigen Gewohnheit durchforstete der Chefreporter persönlich auch alle anderen wichtigen und unwichtigen Blätter, die sich auf seinem Tisch stapelten: nichts. Diese vom Ehrgeiz zerfressene Langenfels hatte Exklusivinformationen bekommen. Wenigstens war nicht nur der »Abendausgabe« dieser Scoop durch die Lappen gegangen. Trotzdem hätte Riebelgeber kotzen können. Bebend vor Zorn blätterte er durch das Heft. Zehn Seiten füllte das Interview. Am Ende war die übliche Autorenangabe platziert, ein weiterer Dolchstoß:

»Das Gespräch führte Katharina Langenfels, redaktionelle Mitarbeit Jorge Rodriguez«.

Der Puls des Chefreporters raste. Er stand auf, tigerte durch sein Büro, nahm noch einen Schluck Wasser, biss in die Wurstsemmel, lief wieder zu seinem Schreibtisch und blätterte zum Impressum von »Fakten«. Tatsächlich, unter »redaktionelle Mitarbeiter*innen« – natürlich genderte Langenfels' Intellektuellenblatt – las er es schwarz auf weiß: Jorge Rodriguez. Der Dünnbrettbohrer hatte die Seiten gewechselt.

Wieder klopfte es an der Tür.

»Was?«, brüllte Riebelgeber.

Draußen stand fast die komplette Redaktion der »Abendausgabe«. Ein älterer Kollege trat vor: »Bringen wir heute einen Nachklapp zur Entführung von Sanna Schweigart?«

Riebelgeber wurde kreidebleich. Was hatte er für einen Haufen Penner versammelt? Welche Entführung? Warum hatte ihn niemand informiert?

»Es steht in dem Interview, das ich Ihnen hingelegt habe«, wisperte die junge Kollegin, die sich hinter einem muskulösen Fotojournalisten versteckte, kaum hörbar.

Riebelgeber schnauzte: »Darüber muss ich noch nachdenken.« Er knallte seiner Mannschaft die Tür vor der Nase zu. Dann holte er den Flachmann aus der Schreibtischschublade und nahm einen ordentlichen Schluck. Wie sonst sollte er mit dem bisher schwärzesten Tag seiner Karriere umgehen?

GLEICHER TAG NACHMITTAGS, MÜNCHEN, HANSASTRASSE, KRIMINALPOLIZEI

»Servus, Frau Langenfels, schön, dass Sie da sind.« Erninger war aufgestanden und drückte Katharina herzlich die Hand.

Neben ihm wartete Marius Hilgenbrand. »Es ist für mich etwas ganz Besonderes, Sie persönlich kennenzulernen«, schoss der Kriminalkommissar verlegen heraus. »Ich verfolge Ihre Arbeit seit Langem. Die Adelhofersache und Ihr Enthüllungsbericht über die Verleumdungskampagne gegen den grünen Landtagsabgeordneten damals, großartig. Setzen Sie sich doch. Wir haben Butterbrezn, alkoholfreies Hefe, Kaffee, Tee, Wasser …«

Erninger betrachtete seinen Kollegen amüsiert.

Katharina schüttelte dem jungen Polizisten die Hand und unterbrach den stakkatoartigen Redefluss. »Wow, das ist sehr nett von Ihnen.« Sie griff sich eine Brezn und ging zu dem Stuhl, den Hilgenbrand für sie herangezogen hatte.

»Das war mal eine erfreuliche Zusammenarbeit zwischen Polizei und Presse. Chapeau!« Erninger biss in seine Brezn.

»Ich bin so froh, dass nichts durchgesickert ist bis nach der Beisetzung und dem Erscheinen des neuen Interviews. Im Internet gab es ein paar Schlaumeier, die was von Polizeieinsatz auf Parkdeck 3 geschrieben haben. Aber niemand wusste Näheres. Dass im Parkhaus in der Nähe des

Entführerwagens nur Ihre Leute waren und Autovermietung und Flughafenpersonal dichtgehalten haben, top!«

Hilgenbrand errötete schon wieder. Er hatte die Gespräche mit »ChiemCar« und der Flughafen-Security geführt. Die fatalen Folgen für Sanna Schweigart, wenn die Boulevardpresse verfrüht Wind von ihrer Entführung bekäme, hatte er ziemlich dramatisch geschildert – mit Erfolg.

»Danke, danke. Der Leopold Schafgott hatte online einen Parkplatz reserviert auf August Wanninger. So konnten wir gut steuern, wer drum herum gerade parkt.« Erninger klopfte Hilgenbrand stolz auf den Oberschenkel. »Und die Kommunikation in Sachen Vertraulichkeit – da war der Marius nicht ganz unbeteiligt, hervorragender Mann.«

Der wurde jetzt dunkelrot.

»Als ich während des Zugriffs im Kontrollzentrum am Flughafen saß, habe ich schon gemerkt, dass alle Anwesenden den Ernst der Lage begriffen hatten.« Katharina nahm einen Schluck Weißbier. Selbst in der Erinnerung an diese dramatischen Minuten wurde ihr noch mal heiß. »Ich habe so einen Einsatz zum ersten Mal gesehen und war wahrscheinlich aufgeregter als Sie alle zusammen. Ich hätte die Nerven nicht gehabt abzuwarten, bis Schafgott mit dem Messer auf Schweigart losgeht.«

»Gut, dass Sie uns eingeschaltet haben. Die vielen Informationen, die Sie schon gesammelt hatten, haben uns sehr geholfen. Apropos: Frau Wachtelmaier hatte heute keine Zeit? Wir hätten sie gern auch kennengelernt.« Erningers Grinsen ging von einem Ohr zum anderen.

»Sie hat leider einen Termin«, blieb Katharina vage.

»Schade. Sie scheint sehr gute digitale Fähigkeiten zu haben. Der junge Schafgott hatte tatsächlich zwei gefälschte Pässe auf August und Gerda Wanninger dabei. Unsere IT hat herausgefunden, dass er die schon vor einiger Zeit im Darknet besorgt hat. Sie sahen täuschend echt aus.« Erninger ließ Katharina nicht aus den Augen.

»Wie geht es denn jetzt weiter mit Leopold Schafgott?«, lenkte die das Gespräch in eine andere Richtung.

»Er sitzt wegen Verdunkelungsgefahr in Untersuchungshaft. Wir müssen verhindern, dass er die Infos, die er digital und analog zu Schweigart gesammelt hat, verschwinden lässt. Sein Computer ist voller Details aus ihrem Leben, Fotos, Artikel, Videos und so weiter. Auf den Lüftl ist er wohl durch Zufall gestoßen und fand's witzig, ausgerechnet diesen Account zu scammen – hat sich wohl auch allmächtig gefühlt wie der Kini.« Erninger schüttelte nachdenklich den Kopf. »Jedenfalls prüfen die Kollegen gerade, ob der junge Schafgott in die Psychiatrie kommt. Die Besessenheit, mit der er an der Schauspielerin hing, hat offenbar manische Züge. Er hat früh seine Mutter verloren, vielleicht wurde deswegen eine so viel ältere Frau sein Sehnsuchtsobjekt. Angefangen hat das anscheinend nach einer Trennung, die der Mann nicht verwunden hat. Dann ist er im Frühjahr auch noch arbeitslos geworden. Die Firma, bei der er in München als Programmierer gearbeitet hat, ist insolvent. Seinem Vater hat er erzählt, er hätte selbst gekündigt und wolle eine Auszeit bei ihm auf der Alm nehmen. Dass ausgerechnet zu der Zeit die Schweigart in der Nähe untergetaucht ist, muss ein Sechser im Lotto für den Leopold gewesen sein. Er hat mitgekriegt, dass der Vater mit Lebensmitteln im Rucksack zu Fuß am Berg unterwegs war. Da ist er hinterher. Entführungspläne hatte er schon länger. Plötzlich kriegt er sein Opfer auf dem Silbertablett serviert. Für den Vater ist das natürlich furchtbar. Er macht sich große Vorwürfe, dass er nicht mitbekommen hat, was der Sohn ein paar Meter entfernt treibt.« Das Schicksal von Herbert Schafgott schien Erninger nah zu gehen.

»Gott sei Dank hatte er nichts mit der Entführung zu tun. Das wäre für Schweigart noch ein herber Schlag mehr gewesen. Es reicht doch schon, dass ihr Mann beim Seitensprung gestorben und sie selbst entführt worden ist.« Katharina dachte daran, dass Sanna Schweigart selbst kurzzeitig Zweifel gegen Herbert gehegt hatte. Nach dem Interview hatte sie ihr das anvertraut.

Erninger brach ein Stück von seiner Brezn ab. »Einen Prozess wird es in jedem Fall geben. Mal schauen, ob der Leopold Schafgott dann ins Gefängnis geht oder in die forensische Psychiatrie.«

»Ihr Interview mit Frau Schweigart ist übrigens fantastisch«, schaltete sich Hilgenbrand ein und deutete auf die aktuelle Ausgabe von »Fakten«, die auf seinem Schreibtisch lag.

»Danke. Heute stehen auch die Todesanzeigen für Johnny Angerer in den Zeitungen. Schweigart hat selbst vorgeschlagen, sie erst am Erscheinungstag des Interviews zu veröffentlichen. Sie will weiterhin so wenig Trubel wie möglich. Das Hütterl wird sie wohl verkaufen. Wir sagen zwar in ›Fakten‹ nicht, wo Schweigart gefangen gehalten wurde, aber sie kann sich dort oben wohl trotzdem nicht mehr aufhalten.«

Erninger und Hilgenbrand nickten.

»Die Entführung ist heute das Hauptthema im Netz. Alle schreiben von Ihnen ab«, stellte Marius anerkennend fest.

»Das ist tatsächlich ein Highlight, dass die gesamte Klatschpresse keinen Wind bekommen hat, auch von Johnny Angerers Tod nicht.« Katharina spülte den letzten Bissen Brezn mit dem Bier hinunter.

»Bei dem Angerer scheint's ja so zu sein, wenn ich das unter uns drei Unschuldslämmern mal ausplaudern darf«, Erninger schaute verschmitzt von seinem Kollegen zu Katharina, »dass unter den Mitarbeiterinnen kaum eine ist, die nicht auch schon mal ganz freiwillig mit ihm auf dem Schlingentisch gelegen hat.«

»Also Chef, wirklich.«

Hilgenbrands vorwurfsvoller Blick amüsierte Katharina.

»Ich will doch bloß sagen, dass da keine so genau nachgehakt hat, wie denn der arme Johnny ums Leben gekommen ist. Die sind wahrscheinlich froh, dass sie nicht plötzlich auch in der Zeitung stehen. Der Yazemin selber ist das Ganze so peinlich, dass sie die Klappe hält, bis jetzt jedenfalls. Und den aufstrebenden Jungreporter haben Sie und Ihr Freund ja ganz geschickt auf die rechte Bahn gebracht.« Erninger nickte Katharina zufrieden zu.

»Der war so frustriert bei der ›Abendausgabe‹. Wer Riebelgeber kennt, weiß, warum. Rodriguez ist ein exzellenter Journalist. Sämtliche Vorrecherchen für mein Interview mit Frau Schweigart gehen auf sein Konto. Ich bin sehr froh, dass ich ihn jetzt in meiner Redaktion habe.«

»Was für ein Glück, dass sich der Herr Arends ausgerechnet an dem besagten Morgen durchkneten lassen wollte.« Erninger leerte sein Bierglas.

»Oliver ist mein engster Freund seit der Grundschule, absolut verlässlich und loyal. Niemand hätte die ersten Schritte besser in die Wege leiten können.«

»Dann grüßen Sie ihn und sagens noch mal dank' schön.«

Katharina war aufgestanden und reichte Erninger die Hand.

Der drückte kräftig zu. »Vielleicht war es ja nicht unsere letzte Zusammenarbeit. Würd mich freuen.«

Katharina nickte und wandte sich zu Hilgenbrand, der die aktuelle Ausgabe von »Fakten« hochhielt. Er war schon wieder knallrot.

»Könnten Sie mir vielleicht, netterweise, also nur, wenn es Ihnen nichts ausmacht ...«

Erninger und Katharina schauten den Polizisten fragend an.

»... ein Autogramm geben.« Hilgenbrand starrte auf den Boden, als hoffte er, ein Loch würde sich dort auftun.

»Natürlich, ich fühle mich sehr geehrt.« Lächelnd schrieb Katharina über das Cover: »Für Marius Hilgenbrand. Danke! Katharina Langenfels«.

Auf dem Heimweg rief sie Tobias an und berichtete ihm vom ersten Autogramm ihres Lebens.

»Das müssen wir feiern, meine Schöne. Kommst du jetzt heim?«

»Ja.«

»Dann gehen wir zu dritt was Leckeres essen? Falls Svenja Zeit erübrigen kann?«

Katharina lachte entspannt. »Sehr gern.«

»Hast du übrigens die Todesanzeigen für Angerer gesehen?«

»Hm, recht unterschiedlich, was das Emotionale betrifft. Seine Mitarbeiterinnen fanden ihn toll.«

»Stimmt. Bitte gib lieber gar keine Anzeige auf, wenn ich mal sterbe, bevor es so eine wird.«

»Ich habe keinen Grund, mir nach deinem Tod die Wende zum Guten zu wünschen.« Katharina schmunzelte.

»Ich werde dafür sorgen, dass das so bleibt.« Tobias schmatzte einen Kuss durch die Leitung. »Apropos Wende: Deine beiden Mitstreiter kommen vermutlich nicht mit?«

»Richtig, die sind beschäftigt.«

»Beide?«

»Ich hoffe.«

Seit ein paar Tagen hatte Oliver sehr wenig Zeit. Der Name »Steffi« fiel auffallend häufig. Birgit schickte, während Katharina zur U-Bahn lief, eine Chat-Nachricht:

»Bin bei Ludwig in Gstadt. Er weiß jetzt, dass ich ihn für einen Stalker gehalten habe, findet es lustig. Die Yoga-tante von neulich und Sisis Zofe hat er nicht zusammen-gebracht 😜. Am Samstag begleite ich ihn zum Souper auf Herrenchiemsee, ich als Zarin Maria Alexandrowna (da du es nicht wissen wirst: Das war eine Vertraute vom Kini. Unterschied zu mir: Ich sehe besser aus 😍).«

Katharina schrieb zurück: »Danke für die Geschichts-stunde 😜. Sag deinem Kini, dass ich den Artikel über seine Soupers nicht vergessen habe. Vielleicht machst du noch eine kleine Zusatzrecherche über den echten Lüftl. Dann erscheint die Reportage in einer der nächsten Aus-gaben 😊.«

Mit sich und der Welt zufrieden fuhr die Redaktionslei-terin von »Fakten« nach Hause.

EIN PAAR WOCHEN SPÄTER, MÜNCHEN, AINMILLERSTRASSE

»Dein Handy klingelt, unbekannte Nummer.« Steffi stupste Oliver an, der im Tiefschlaf neben ihr lag. Es war zehn Uhr am Freitagmorgen. Sie hatten sich beide freigenommen. Gestern Abend waren sie nach einem leckeren Essen und ein paar Cocktails noch zu einem Mitternachtsspaziergang durch den Englischen Garten aufgebrochen. Steffi hatte sich das schon lange gewünscht, aber mangels passender Begleitung nie in die Tat umgesetzt. Mit Oliver war es so romantisch gewesen, sowohl die Wanderung als auch die restliche Nacht.

Ihr Freund setzte sich verschlafen auf, hüstelte und meldete sich mit einem leicht kratzigen »Arends, hallo?«. Beim Zuhören wurden seine Augen immer größer.

»Sehr gern, Frau Schweigart. Ich fühle mich geehrt. Selbstverständlich übernehme ich das.«

Steffi sprang aus dem Bett und kam mit dem vor ein paar Stunden angebrochenen Champagner und zwei Gläsern ins Schlafzimmer zurück.

»Montag, zwölf Uhr ist perfekt. Ich werde pünktlich da sein … Ihnen auch ein schönes Wochenende und danke noch mal.« Oliver legte voller Ehrfurcht das Smartphone auf die Bettdecke und beäugte es, als rechne er mit einem erneuten Anruf, der das eben Gehörte gleich wieder zunichtemachen würde. Ungläubig starrte er seine Steffi an.

»Neue Mandantin?«

Oliver nickte.

Steffi stieg wieder ins Bett, küsste ihren Freund und streichelte ihm liebevoll die Wangen.

Langsam kam Oliver wieder zu sich. »Katharina hat Frau Schweigart erzählt, wie ich den Praktikanten der ›Abendausgabe‹ am Tag von Johnnys Tod dazu gekriegt habe, nicht darüber zu berichten. Meine juristischen Fähigkeiten hat sie wohl auch in den höchsten Tönen angepriesen. Schweigart will unbedingt mich als ihren Anwalt im Prozess gegen Leopold Schafgott.«

»Das hast du verdient. Ich freu mich so für dich!«

Oliver strahlte und küsste Steffi »voll mit Zunge«, wie Svenja den Vorgang bezeichnen würde. Den Champagner ließen sie warm werden.

»Jetzt haben wir einen guten Anwalt, mein Süßer.« Sanna setzte sich zu Knurrhahn auf den Teppich und drückte ihre Nase in sein weiches Fell. Das hatte wieder seine normale Färbung, weiß und schwarz. Die anderen dunklen Erinnerungen verblassten, wenn auch sehr langsam.

Dass Johnny tot war, hatte Sanna natürlich schockiert. Ihr gemeinsames Leben blitzte seither ständig in Momentaufnahmen vor ihrem inneren Auge auf. Als die Polizei ihr schonend die Todesumstände beigebracht hatte, war die alte Wut auf ihren Mann hochgekommen. So oft hatte sie sie unterdrückt. Jetzt war sie ihr ständiger Begleiter, ebenso wie die Trauer um den verlorenen Ehemann und die Panik bei der Erinnerung an ihre Entführung.

Erst seit ein paar Tagen gab es kurze Augenblicke, in denen sie sich so etwas wie Zukunft wieder vorstellen konnte. Sie würde in der Villa in Prien bleiben. Hier waren die Leute nicht so aufdringlich. Mit Johnny war sie nicht oft hier gewesen. Das machte es leichter. Und sie hatte seit Kurzem Anas.

»Name heißt ›Freundlichkeit‹«, hatte der junge Syrer beim ersten Treffen erklärt. Seine dunklen Augen hatten geleuchtet. Über Vermittlung von Herbert war der Mann zu Sanna gekommen und seit Kurzem für ihre Sicherheit zuständig. Anas besuchte den gleichen Deutschkurs wie Herberts Almhelfer Rafiq.

Herbert – er war so froh gewesen, Sanna etwas Gutes tun zu können. Das schlechte Gewissen, dass ausgerechnet sein Sohn sie in Angst und Schrecken versetzt hatte, plagte ihn nach wie vor sehr. Immer und immer wieder hatte er ihr erklärt, wie unfassbar es für ihn war, was sich vor seinen Augen zugetragen hatte. Leopold hatte ihn schon im Frühjahr gefragt, ob er den Sommer in der Scheune verbringen könne, »zum Abhängen«. Herberts Sohn hatte sich nie besonders für seinen Vater interessiert, meldete sich selten. Daher hatte sich Herbert über das plötzliche Interesse umso mehr gefreut. Dass Leopold von Sanna besessen war, davon hatte Herbert keine Ahnung gehabt. Sanna und Leopold hatten sich in den letzten Jahrzehnten nie getroffen. Sie konnte sich dunkel an den kleinen Jungen erinnern, als dessen Mutter noch gelebt hatte. Herbert auf ihn anzusprechen, hatte Sanna immer vermieden, weil sie wusste, wie weh es ihrem Freund tat, dass er keinen Draht zu seinem Sohn hatte.

Sannas anfänglicher Verdacht, der Vater könnte an der Entführung beteiligt gewesen sein, hatte sich schnell in Luft aufgelöst. Wenn sie über die Tage ihrer Gefangenschaft sprachen, trat eine solche Verzweiflung in Herberts Augen, dass Sanna ihm jedes Wort glaubte.

Um »a bisserl was wieder gut zum macha«, umsorgte er seine Freundin noch rührender als vorher. Ständig rief er an. Vor zwei Wochen hatte er ihr die Idee unterbreitet, Anas könne ihr Bodyguard werden. Der Syrer war ein gut gelauntes ein Meter 90 großes Muskelpaket mit riesigen braunen Augen und einem lustigen dunklen Wuschelkopf. In Aleppo hatte der friedliebende Mann bei der Polizei gearbeitet. Irgendwann wollte er das verbrecherische System nicht mehr unterstützen und hatte gemeinsam mit Rafiq eine gefährliche Flucht gewagt. Dass Anas jetzt für die Sicherheit einer berühmten Schauspielerin sorgte, statt im Supermarkt Regale einzuräumen, »is' supa Glück für mi«, wie er Sanna mehrmals am Tag versicherte.

»Anas, wir laufen an den See, kommst du mit?«

Das Wort »See« erkannte Knurrhahn sofort, raste zur Haustür und zog seine Leine vom Haken.

Anas kam angeschlendert, streichelte dem Hund zärtlich über den Kopf und warf Sanna ein lässiges »auf geht's, gehma« hin.

Hochdeutsch würde der Syrer vermutlich nie lernen, wenn er am Chiemsee blieb. Sanna hatte aber nicht den Eindruck, dass es ihn störte. Ein Lächeln umspielte ihre Lippen, als sie sich beim Hinausgehen im Spiegel betrachtete und durch die grauen Haare strich. Entschlossen trat sie ins Freie.

DANKSAGUNG

Zu danken habe ich vielen Menschen, zuallererst meinen spitzenmäßigen Testleser*innen:

Winnie Bartsch fürs akribische Hinterfragen. Schon während des Schreibprozesses ist er ein konstruktiver Mitdenker.

Christine Brombacher, die ihre hilfreichen Anmerkungen postwendend aus dem Urlaub geschickt hat. Das »Daumen hoch« der großen Schwester ist von ganz besonderer Bedeutung ☺.

Kai Karsten, der mit unerschütterlicher Geduld Auskünfte rund um die digitale Welt gegeben hat.

Eva Maria Schmidt, der schnellsten Testleserin und Krimi-Fachfrau. Nach nur einer Nacht kamen ihre nützlichen Kommentare.

Mein besonderer Dank geht an das Team des Gmeiner-Verlags für die immer so freundliche und kompetente Unterstützung. Hier vor allem ein dickes Dankeschön an meine Lektorin Teresa Storkenmaier. Ihre Vorschläge treffen ins Schwarze und sind mir eine sehr wichtige Inspiration und Hilfe.

FÜR WEITERE INHALTLICHE UNTERSTÜTZUNG DANKE ICH:

Kai Becker, Heilpraktiker für Physiotherapie aus Waldbronn

Christian Drexler, Pressestelle Polizeipräsidium München

Henner Euting, Leiter Media Relations Flughafen München

Till Gottbrath, Outdoorjournalist aus Sachrang im Chiemgau

Larissa Großmann, Pressestelle Polizeipräsidium Karlsruhe

Simon Möschle, SWR Onlineredakteur

Timo Nüßlein, Haus der Bayerischen Geschichte München

Heidi Schnurr, SWR Redakteurin und Juristin

QUELLEN ZU KÖNIG LUDWIG II.:

Bayerisches Fernsehen: Bayern erleben – Speisen wie der Kini, Juni 2022.

Bayerisches Fernsehen: Zwischen Spessart und Karwendel, Königsküche, März 2014.

Interview von Kathrin Haimerl mit dem Volkskundler Wolfgang Till aus der Süddeutschen Zeitung vom 18.01.2011: »Ludwig II. war nie tuntig.«

Robert Holzschuh: Das verlorene Paradies Ludwigs II. Die persönliche Tragödie des Märchenkönigs, Eichborn Verlag 2001.

Katja Lau, Renate Schütterle, Ernst Roscher: Speisen wie ein König. Tomus Verlag, 1995.

Alle Bücher von Caroline Sendele:

**Journalistin
Katharina Langenfels
auf Spurensuche:**

**1. Fall: Chiemsee-
Komplott**
ISBN 978-3-8392-2799-2

**2. Fall: Chiemgau-
Schweigen**
ISBN 978-3-8392-0674-4

GMEINER SPANNUNG

WWW.GMEINER-VERLAG.DE
Wir machen's spannend

Mia C. Brunner
Hüttentod
Kriminalroman
288 Seiten, 12,5 x 20,5 cm,
Broschur
ISBN 978-3-8392-0700-0

Den Urlaub in den Allgäuer Alpen bei Oberstdorf
hat Hauptkommissar Forster sich anders vorgestellt.
Erst der schwere Lawinenabgang, dann die Leiche
eines Professors auf der eingeschneiten Berghütte. Hat
einer der fünf Studenten in der Herberge etwas mit
seinem Tod zu tun? Und wie ist es möglich, dass viele
Kilometer entfernt zur gleichen Zeit ein zweiter Mord
geschieht, bei dem alle Indizien ebenfalls auf diese fünf
jungen Menschen hindeuten? Als Forster der Lösung
näherkommt, gerät er in Lebensgefahr …

SPANNUNG

GMEINER

WWW.GMEINER-VERLAG.DE
Wir machen's spannend

Kaspar Panizza
Wiesnkatz
Kriminalroman
272 Seiten, 12,5 x 20,5 cm,
Broschur
ISBN 978-3-8392-0742-0

Nicht unbedingt erfreulich, wenn zur Eröffnung
des Oktoberfestes ein Toter kopfunter am Riesenrad
hängt und das makabre Foto auf den sozialen Medien
erscheint. Zwangsläufig muss Kommissar Steinböck für
seine Ermittlungen die ungeliebte Wiesn besuchen. Und
dann schickt ihm der Mörder auch noch einen Kinder-
reim, in dem er weitere Morde ankündigt. Ein perfides
Spiel beginnt und mittendrin die Katze Frau Merkel,
die sich gegen den aufdringlichen Geisterbahnkater
Berlusconi zur Wehr setzen muss.

GMEINER SPANNUNG

WWW.GMEINER-VERLAG.DE
Wir machen's spannend

Kirsten Nähle
Schrei am Main
Kriminalroman
352 Seiten, 12,5 x 20,5 cm,
Broschur
ISBN 978-3-8392-0729-1

Robert hat seiner fränkischen Heimat den Rücken
gekehrt. Seit dem ungeklärten Mord an seiner Schwester
vor 20 Jahren ist auch der Kontakt zur Familie fast
abgebrochen. Doch die Krankheit seiner Mutter führt
ihn zurück nach Würzburg. Bald trifft er alte Bekannte
und Freunde seiner Schwester, die damals unter
Verdacht standen. Sie wecken in Robert unerwünschte
Erinnerungen, da er mit der Vergangenheit abgeschlossen hat. Aber als ein anonymer Brief auftaucht, beginnt
er nachzuforschen und kommt der Wahrheit über den
Tod der Schwester gefährlich nahe.

GMEINER SPANNUNG

WWW.GMEINER-VERLAG.DE
Wir machen's spannend